中公文庫

# 相剋

## 警視庁失踪課・高城賢吾

堂場瞬一

JN264226

中央公論新社

目次

## 登場人物紹介

高城賢吾《たかしろけんご》……………………失踪人捜査課三方面分室の刑事
阿比留真弓《あびるまゆみ》………………失踪人捜査課三方面分室室長
明 神《みょうじん》愛美《めぐみ》 ………………失踪人捜査課三方面分室の刑事
法月大智《のりづきだいち》……………………同上
醍醐塁《だいごるい》………………………同上
森田《もりた》 純一《じゅんいち》 ………………同上
六条《ろくじょう》 舞《まい》 ………………同上
小杉公子《こすぎきみこ》…………………失踪人捜査課三方面分室庶務担当
石垣《いしがき》 徹《とおる》 ………………失踪人捜査課課長
長岡《ながおか》……………………………捜査一課管理官

安岡卓美《やすかおたくみ》………………杉並事件の被害者
堀《ほり》…………………………………杉並事件の通報者
里田《さとだ》 希《のぞみ》 ………………失踪した少女
川村拓也《かわむらたくや》………………希の友人。少女の失踪を警察に届ける
里田直紀《なおき》………………………希の父親。デジタルプラスワン社長
里田愛華《あいか》………………………希の母親
田村《たむら》……………………………デジタルプラスワン総務部長
塩田《しおた》 龍二《りゅうじ》 ………………京三連合幹部

# 相剋

## 警視庁失踪課・高城賢吾

# 1

大失敗だ。

背広を椅子《いす》に引っかけ、ワイシャツの袖《そで》に染みついた米粒ほどの血痕《けっこん》を眺めて、私は溜《ため》息《いき》をついた。健康診断での採血の跡。止まったはずだと思い、脱脂綿を外して袖を戻しておいたのだが、しっかり赤い染みがついている。大きさに反して不快感は強い。

いや、健康診断も悪いことばかりではない、と自分を慰めた。今日のために一週間前から酒を抜いていたので、頭がすっきりしている。久しぶりに頭痛もない。それに今夜はアルコール解禁で、何の心配もなしに呑《の》めると考えると、自然に頬《ほお》が緩んできた。

「どうしたんですか、高城《たかしろ》さん」

斜め向かいに座る明神愛美《みょうじんめぐみ》が顔を上げる。私は黙って腕を上げ、雪に散った南天《なんてん》のような赤い丸を見せてやった。

「ああ、健康診断だったんですね」

「クリーニングに出したばかりなんだぜ、このシャツ」

「それぐらい、すぐに洗えば楽勝ですよ。ただし、水で。お湯で洗うと落ちにくくなりますから。それで駄目なら大根おろしを使って下さい」

「大根おろし？」

「染み抜きにはジアスターゼがいいそうです」

「何でそんな所帯じみたことを知ってるんだよ」

「常識でしょう、それぐらい」

「だけど、こんなところに大根おろしがあるわけがない」

「食堂にあるかもしれませんよ。無駄話をしているうちに、早く洗った方がいいと思いますけど。乾くと落ちにくくなりますから」

「やってくれる気はない？」

愛美が大きな丸い目をきゅっと細め、厳しい視線を投げつけてきた。

「どうして私が？　アドバイスだけでもありがたく思ってもらわないと」

「分かったよ」私は立ち上がり、ネクタイを外した。またもや愛美が厳しく忠告する。

「ここで脱がないで下さいよ」

「何でそんなに口煩《くちうるさ》いのかね」

「お客さんがいるんです」愛美が薄い唇に人差し指を当てた。

「お客さんって、室長に？」私は二面をガラスで張られた部屋に目をやったが、室長の阿《あ》比留真弓《びるまゆみ》の姿は見えなかった。

「室長は会議で本庁です。今、法月《のりづき》さんが相手してますよ」

「それで、お客さんって誰なんだ？」

「本庁からですけど、私の知らない人ですね」

私はネクタイを締め直して金魚鉢――ガラス張りなので室長室はそう呼ばれている――に目をやった。

「本庁ね。また何か嫌味でも言いに来たのかな」

「ちょっと気にし過ぎじゃないですか」

失踪課《しっそうか》――正式には「刑事部失踪人捜査課」――は桜田門《さくらだもん》の本庁にあるが、都内三か所に設置された分室が実働部隊になっている。私たちが所属する第三分室は、渋谷《しぶや》中央署に間借りしていた。失踪人の捜索と行方《ゆくえ》不明事案の分析が職務だが、警視庁の中で「お荷物」と揶揄《やゆ》されているのは公然の事実である。元都知事の孫が失踪後に殺された事件を契機に新設されたのだが、それは一種のアリバイ作りであり、ここにいるのは訳ありの人間ばかりだ。立場が弱いせいか、いろいろと煩いことを言ってくる連中が絶えない。自分たちでは始末するには面倒な仕事を、「尻拭《しりぬぐ》いだ」と言わんばかりに押しつけてくることもしばしばだった。

金魚鉢のドアが開く。相手は法月に向かって馬鹿丁寧に頭を下げたが、傲岸不遜《ごうがんふそん》な態度は隠しようもない。私と同年輩の四十代半《なか》ば。小柄、短く刈り上げた髪、体にぴたりと合った濃紺のスーツ。こちらに向き直った瞬間、目を細めて室内を睥睨《へいげい》した。法月の顔にはあからさまな戸惑いが浮かんでいたが、一方でこの状況を面白がっているような余裕も感じられる。この男はいつもそうだ。心臓を悪くして、定年間際になって閑職のこの部署に異動してきたが、飄々《ひょうひょう》とした態度はベテランのゆとりを感じさせる。実際は心臓に負担をかけないように、無理な動きや無用な怒りを避けているだけなのだが。

男がもう一度、誰にともなく頭を下げて去って行った。溜息をついた法月が、薄い笑みを浮かべて私に近づいて来る。

「おいおい、どこへ行ってたんだよ。おかげで俺が面倒な客を引き受けなくちゃならなくなったぞ。ナンバーツーは常に部屋にいてもらわないと困る」

「今日は健康診断ですよ」

「ああ、そうか」法月の唇の端がきゅっと上がった。「どうだい、立派にメタボの仲間入りしたか？」

「ウエストはぎりぎりセーフでした。他の結果はこれからですね。いずれにせよ、これで今夜は美味《うま》い酒が呑めます」愛美が疑わしげに私の腹回りを見ているのに気づいたが、無視して法月と話し続ける。「それより今のお客さんは？　随分目つきの悪い男でしたね」

「捜査一課の管理官だ」

「見覚えがないな」

「お前さん、自分が一課を出てからどれだけ経つと思ってるんだ？　もう全員入れ替わっちまっただろう」

「そうでした」頭を掻《か》いた。娘を失い、酒を友に過ごした日々は、私の時間感覚を麻痺《まひ》させてしまっている。「で、用件は何だったんですか」

「何とまあ、人捜しの依頼だよ」法月が苦笑を浮かべて自分のデスクに尻を載せ、浮かせた右足をぶらぶらさせた。「ここは探偵事務所みたいになってきたな」

「筋違いですね」かすかに怒りがこみ上げてくるのを意識しながら吐《は》き捨てた。「仕事の話なら、きちんとルートを通すべきでしょう。室長がいない間にオヤジさんに話をするなんて、やり方がおかしいですよ」

「いやいや、奴《やっこ》さんは室長に会いに来たんだよ。いなかったから俺が代わりに話を聞いただけでさ。俺でも済むっていうことは、あくまで非公式な話という意味だ。やり方がおかしいもクソもない」

「だけど、こっちをいいように利用されちゃ困る」

「何を役人みたいなことを言ってるのかね」法月が噴き出しそうになった。「お前さんはこの部屋で一番、そういうことを言いそうにないタイプなのに」

「俺たちを好き勝手に使えると思ってるなら、大きな勘違いですよ」

「何の話？」

部屋の入り口に目を向けると、ちょうど真弓が帰って来たところだった。ベージュのブラウスに、少し春めいた薄いブルーのパンツスーツ。柔らかい色合いのコーディネートで多少は女性らしい雰囲気《ふんいき》を醸《かも》し出しているが、目つきは刑事の常で相手を切り裂くように鋭い。法月が来客について報告すると、小さくうなずいて金魚鉢に向けて顎《あご》をしゃくった。

それから庶務を担当している小杉公子《こすぎきみこ》に声をかける。

「公子さん、何か冷たいもの、あったかしら」

「麦茶ならありますよ」

涼しい声で公子が返事をする。冷たい麦茶？　まだ三月なのに？　実際今日も、吐く息が白いほどなのだ。

「三つ、お願いできますか」言ってから、私と法月に順番に視線を据えた。「ややこしい話みたいね。お茶でも飲みながら話しましょう」

勘の鋭さを発揮して、真弓が自室に入って行く。私は法月と顔を見合わせて肩をすくめ、彼女の後に続いた。室長用の椅子のほかには折り畳み椅子が一つあるだけなので、そちらに法月を座らせ、私はその背後に立つ。

真弓が自席に着いてノートパソコンを開き、眼鏡《めがね》をかけて素早くマウスを操作した。メールのチェックだろう。すぐに返事をする必要のあるものはなかったようで、自分の出身大学のロゴが入ったマグカップを引き寄せ、中を覗《のぞ》きこんで顔をしかめた。何故《なぜ》かこのカップには、いつも冷えたコーヒーが少しだけ入っている。出かける時に洗うという考えはないのか……公子が麦茶の入ったグラスを三つとメモを持って金魚鉢に入って来た。私と法月に麦茶を渡すと、最後に真弓のデスクにグラスとメモを置く。メモに視線を落とした彼女が一瞬だけ顔をしかめた。注視しなければ分からないほどだったが、顔を過《よぎ》ったのが露骨な不快感であることを私は読み取った。

「先にそのメモを処理しなくていいんですか」

「個人的なものだから」さらりと言って真弓がデスクにメモを伏せる。「それで法月さん、今のお客さんは？」

冷たい麦茶を一口啜《すす》ってから、法月が口を開いた。

「捜査一課の長岡《ながおか》管理官です」

「ああ、長岡さんね」

「非公式な協力の依頼なんですが、どうしましょうか」

「内容は？」

真弓が眼鏡をさっと取り、髪を乱暴に掻き上げる。麦茶のグラスを手元に引き寄せたが、口をつけようとはしなかった。一瞬だけ視線をフォトフレームに注ぐと、ほんの少し表情が和らぐ。そこには彼女の飼い犬、二匹の豆柴犬が写っているのだ。もう一つのフォトフレームの方は、私はまだ未見である。

「一課が追ってる事件で、杉並《すぎなみ》事件があるんですが」法月が続ける。

「ああ、あの通り魔ね」

真弓がうなずいたが、実際には通り魔かどうか不明である。夜半、公園である男が脳天を一撃された事件。私は新聞で読んだだけだが、確か被害者は意識不明の状態が続いているのではなかったか。法月が手にしたフォルダを開き、書類を取り出した。

「被害者は安岡卓美《やすおかたくみ》、三十二歳。住所、職業不詳。三月二十日午後十一時半頃、杉並区上井草《かみいぐさ》の路上で、頭部を一撃されて倒れているのを発見された。凶器と見られる花壇――歩道の植えこみですね――の石が近くで発見されています。現在も意識不明です……それで、行方不明になっているのはその事件の目撃者でしてね」困ったように顔を上げ、小さく首を振る。

「何、それ？」真弓が右目だけを細めた。

「有力な目撃者が名乗り出てきたんですが、ちゃんと供述を取れないうちに行方をくらました、ということです。それでうちに、捜索に協力して欲しいと」

「冗談じゃない」真弓が口を開くより先に、私は半ば叫んでいた。「それは要するに、俺たちに尻拭いをしろってことでしょう。自分たちの失敗を棚に上げて。ふざけてもらっちゃ困る。自分の失敗ぐらい自分でカバーしないと」

「何か事情がありそうね」私の抗議を無視して、真弓が法月に話しかけた。法月もしたり顔でうなずく。

「室長、こんな話を受ける必要はありませんよ。こっちにはこっちの仕事もあるんだし」

「高城君、話ぐらい聞いても損はないわよ。聞くだけなら時間がかかるわけじゃないし」

一本取られた。口を引き結んで反論を呑みこむと、法月が振り返ってにやりと笑いかける。この二人は、共謀して私をからかっているのだろうか。法月が指先を舐《な》めて湿《しめ》らせ、手帳のページを繰《く》った。

「目撃者は昨日の朝、自分で捜査本部に電話をかけてきているんです。かなり詳しい情報を知っている様子でした。直接会って、正式に話を聴くのも了承していたんですが、捜査員が待ち合わせの場所に行っても姿を現さなかった、ということなんですな」

「目撃者の名前と住所は？」

「名前は堀《ほり》」

「それだけ？」

「そうなんですよ」自分が責められたように、法月が頭を掻いた。「電話の相手はかなり慌てていた様子で、個人情報をほとんど明かさなかったんですね。現場の近くに住んでいる、という程度ですよ。確かに、現場近くの公衆電話から通報してきたことは分かっています。職業は会社員らしい。その辺《あた》りのことは、事情聴取で改めて確認することになっていたそうですが」

何をやってるんだ、一課の馬鹿どもは。怒りが自然に口を突いて出る。

「名前も住所も押さえていない？　そんなヘマをやった連中を助けてやる必要はないでしょう」

「高城君、最後まで聞いて」

真弓が私の抗議をあっさり却下した。睨《にら》みつけてやったが、彼女は自分の周りに透明なバリアを張り巡らしたように、まったく動じない。法月も平然とした口調で続ける。

「この男、堀から捜査本部に連絡があったのは、二日前ですね。二日前の午前八時。十時に西武池袋《いけぶくろ》線の練馬高野台《ねりまたかのだい》駅で待ち合わせをしていたんですが、姿を現さなかった。一課の方でもずっと捜していたんですが、いかんせん、割ける人手が足りない。ということで、うちにお鉢が回ってきたんです」

「分かりました」あっさりとうなずいて真弓が麦茶を一口飲んだ。「引き受けましょう。長岡管理官には私から改めて電話します」

「室長、それは無茶ですよ」

「無茶？　どうして？」真弓が小首を傾《かし》げて私を凝視した。「失踪人を捜すのは私たちの仕事でしょう」

「何か依頼したいなら、きちんと筋を通して連絡してくるべきです。こんないい加減なやり方をされたら、うちは単なる雑用係になり下がりますよ」

「杓子《しやくし》定規なことを言わないの」

「しかし、ですね」

「ここで一課に恩を売っておいても損はないでしょう。幸い今うちは、それほど忙しくないし……というわけで、法月さん、この件をお願いしていいですか？　明神が空いてるはずだから、彼女を使って」

「了解です」飄々とした調子でうなずき、法月が立ち上がる。私がまだ鼻から荒い息を吐いているように見えたのか、苦笑しながらぽん、と肩を叩《たた》いた。「そんなに鼻息が荒いなら、お前さんがやるかい？」

「俺は一課の尻拭いなんかご免ですよ」

「じゃ、この件は喜んで俺がやらせてもらうよ。人間は仕事があるうちが華《はな》だからな」軽やかに小さく手を振って、法月が室長室を出て行く。

「室長……」私は空いた椅子に座り、溜息混じりに抗議を始めようとしたが、真弓は素早く首を振って封じこめた。

「仕事は仕事です」

「これはまともな仕事じゃない。一課の連中が、自分は能無しだと言ってるようなものじゃないですか」クソ。今夜は久しぶりに徹底して呑むことになりそうだ。美味い酒のはずだったのに、苦くなるだろう。

「その分、こっちの有能さが際立つわけよ。さあ、さっさと——」

卓上の電話が鳴り出した。真弓が流れるような動きで受話器を取り上げる。

「はい……そう、じゃあ、その件は高城君にやってもらうわ。ええ、大丈夫。彼は今、仕事を一つ断ったから、手は空いてるはずよ」

受話器を置くと、ドアに向かって手を差し伸べる。その顔には、悪戯《いたずら》っぽい笑みが浮かんでいた。

「相談に来てる人がいるそうよ。話を聞いてあげて下さい」

「室長」私はまた溜息をついたが、真弓はまったく動じなかった。

「仕事は、早く取った方がだいたい得をするのよね。後から回ってくる仕事には、苦労させられることが多いわ」

それがどういう意味なのか、ほどなく私は身を以《もっ》て知ることになった。

「十四歳です」

「中学二年生？」

「いえ、誕生日が三月三十日ですから、中三です。四月から高校です」

「ちょっと待って」私は額をゆっくりと揉《も》んだ。先ほどまで頭はすっきりしていたのに、いつの間にかお馴染《なじ》みの頭痛が襲ってきている。ズボンのポケットからピルケースを取り出し、頭痛薬を二つ押し出して口に放りこんだ。バリウムを飲んだ後で鎮痛剤を飲むのは問題ないのか……とりあえず、頭痛を退散させるのが先決だ。

「あのな、君は立派に未成年だ」立派にという形容詞と未成年という名詞を同じ文脈で使うことにかすかな違和感を感じながら、私は指摘した。

「分かってます」

「何か問題があるなら、家族を通して言ってこなくちゃ駄目だよ。未成年には警察に相談する権利がないとは言わないけど、勝手にこんなことをしたら、親御さんが心配するんじゃないか」

「自分のことぐらい、自分でできます。今回も親には相談してません。関係ありませんから」

　頭痛は簡単に引きそうにない。メモ用紙を引き寄せ、鉛筆の先を二度、三度と叩きつける。目の前に座っているのは、まだ顔に幼さが残る少年。春休みなので学校の制服姿ではなく、トレーナーにジーンズ、ダッフルコートというラフでこざっぱりとした格好だが、ひどく生真面目そうな雰囲気を漂わせている。失踪人の家族から相談を受けるのに使っている面談室で向き合っていると、自分が進路指導の教師ででもあるかのような気分になった。

「とにかく用件を先に聞くよ」

「僕の名前や住所はいいんですか」少年が不満そうに唇を捻《ね》じ曲げる。まず名前と住所を聞かれるものだと思いこんでいるようだ。

「用件がはっきりしないと、そんなことを聞いても無駄になるかもしれないからな。君、ここへ来る前に所轄《しょかつ》へ寄ってきたのか？　ああ、所轄っていうのは……」

「地元の警察ですよね。それぐらい、分かっています」ぴしりと背筋を伸ばし、「馬鹿にするなよ」とでも言いたげに目を細める。

「そう突っ張るなって」

「馬鹿にされたままではいけないと教えられています」

「誰に」

「祖父《そふ》です」

「お祖父《じい》さん？　何者なんだ？　今時そういうのは流行《はや》らないだろう」

「祖父は剣道七段です」

拳《こぶし》を固めて、こめかみにぐりぐりと押しつける。頭痛は短時間で急激に悪化してきた。この少年は大真面目なのだろうが、どこかピントがずれている。

「分かった、分かった。君のおじいさんはいつも背筋をピンと伸ばして、舐めたことを言う相手を一喝《いっかつ》するようなタイプなわけだ」

「そういうことです」

「所轄ではろくに話を聞いてもらえなくて、ここを紹介されたんだな？」

「ええ。こちらにはプロがいるからと」

「それは間違ってないんだけどな」

「プロだったら最初に、名前と住所を確認するんじゃないんですか」少年は未《いま》だに不満な様子だった。まるで自分の名前と住所を自慢したいような勢いである。

「あのな」私は鉛筆をテーブルに転がした。無性に煙草《たばこ》が恋しい。「君の名前も住所も、この一件には何の関係もないんじゃないか？　君自身が事件に関係しているなら別だけど、そういう様子でもないしな。とにかく事情を話してくれ。君が誰であろうと関係ない、ちゃんと話は聞くから」

「ありがとうございます」

まだ不満そうだったが、少年が丁寧に頭を下げる。剣道七段の祖父が「孫を馬鹿にするな」と怒鳴りこんでくる可能性はどれぐらいあるだろう。念のために頭痛薬をあと二錠、追加して飲んでおくべきだろうかと真剣に考えた。

「それで、行方不明になったのは誰なんだ？」

「僕の同級生です。中学校の」

「ちょっと待て」私は白木のテーブルに置いてある卓上カレンダーを手にした。「君も、君の友だちも中学三年生なんだよな」

「はい」

「今日は三月二十三日……ということは当然、高校受験も終わって春休みに入ってる」

「そうです。でも、三月三十一日までは、中学校に籍があります」

「行方不明になっている人の名前は？」鉛筆を構えて答えを待つ。一瞬躊躇《ためら》った後、少年は「里田《さとだ》希《のぞみ》」と告げた。

「女性だね」十五歳……家出する人間が多い年頃だ。家庭にも学校にも——十五歳にとってはその二つが人生のほとんど全てだが——うんざりし、どこかに自分を受け入れてくれる場所があるはずだと妄想する。そんな場所はどこにもなく、既製服に体を合わせるように、生き方を社会に合わせなければならないという事実を知るにはまだ早い。

「はい」

「さて、お待ちかねのポイントだ。君の名前と学校を教えてくれ」

「川村《かわむら》拓也《たくや》です。学校は……」さっさと人定《じんてい》に関する質問を済ませて欲しいようなことを言っていたのに、学校の名前を告げる段になると明らかな戸惑いを見せる。

「どうした」私は鉛筆を構えたまま、目を上げずに訊ねた。「学校の名前を言えない事情でもあるのか？」

「うちの学校は、ものすごく厳しいんです。家出とかそんなことは、絶対に許さないから」

「校則で、家出しちゃいけないことになってるのか？」

「はい？」拓也が片目を細める。ひどく大人っぽい仕草だった。

「校則を最初から最後まで読んだこと、あるか？　家出しちゃいけないなんて、どこにも書いてないはずだぜ」

「そうかもしれませんけど、とにかくそういうことには煩いんです。これが学校にばれたら、希の高校進学だって駄目になるかもしれない」

「駄目になるかどうかは分からないけど、学校の名前を言わないと始まらないんだよな。言えないっていうなら、現代警察の拷問技術を見せてやってもいいんだぜ」

私の言葉が冗談なのか本気なのか捉え切れない様子で、拓也が両手をきつく組み合わせる。私は体を斜めに倒して、ズボンのポケットから煙草とライター、それに携帯灰皿を取り出した。素早く火を点《つ》け、拓也を避けるように顔を捻って煙を吐き出す。

「こういう拷問もある」

「ここ、禁煙じゃないんですか」拓也の視線は壁の張り紙に吸いついていた。

「細かいことを気にしてると、ろくな大人になれないぞ」

「ふざけないで下さい。警察は人の話を真面目に聞いてくれないんですか？」

「今までの話、本筋の部分で俺が茶化したか？」私は彼に向かって空いた右手を差し伸べた。「学校の名前を喋《しゃべ》れば、すぐに煙草は消してやるよ」

「ひどいな。本当に拷問じゃないですか。煙草なんて野蛮ですよ」拳を鼻に押し当てる。

「どうする？　ここには換気設備がないから、どんどん部屋の中が白くなるぞ。副流煙は体に悪い」

「……杉並黎拓《れいたく》中」

それなら私も知っている。私立中学で、生活指導の厳しさで有名だ。名前を出したくないのも分かる。

「分かった。じゃあ次に、彼女がいなくなった時の状況を教えてくれ」

「学校の話は終わりなんですか？」

「確認しただけだよ。まだ話したいか？」私は煙草を携帯灰皿に突っこんだ。約束だからな、とつけ加えながら。「生活指導がしっかりしてて、礼儀正しい生徒が集まってる。それで有名人の子弟もたくさんいるぐらいは、俺も知ってるよ。驚いて欲しかったのか？」

「そうじゃないけど」不満そうに拓也が爪をいじった。

「事情は承知した」私はデスクに両肘《りょうひじ》をついて身を乗り出した。「あの学校の校則が厳しいのはよく分かったよ。確かに、家出なんてしたら厄介なことになるかもしれない。でも、学校の規則は今のところ関係ないだろう。とにかく彼女が本当に行方不明になっているのか、そうだとしても無事なのか、それを調べるのが先決だよ」

「はい」ようやく拓也の口から素直な言葉が聞けた。

「行方不明になったのはいつ？」

拓也が話し出す。何とか冷静さを保とうとしていたが、かなり苦労している様子で、話があちこちに飛んだ。一通り話し終えたところで私はメモ帳に散った文字を眺め、頭の中で情報を再構築した。

里田希と連絡が取れなくなったのは、二日前の三月二十一日。その日から三年生は、一足早い春休みに入っていた。受験も終わり、それぞれ志望校への進学が決まっていた仲間同士で遊びに行く約束をしていたのに、希だけが姿を現さなかったという。何度も携帯にかけたが反応はない。自宅にも電話を入れたが、家族は「予定通り出かけた」と繰り返すだけだった。結局一人欠けたままのディズニーランド行きになったのだが、心配になった拓也はその夜、希の家を訪ねてみた。母親が応対してくれたのだが、「今はいない」というだけで居場所は教えてもらえなかった。その後も希の携帯は通じず、昨日も別の友人との約束をすっぽかしている。

手回し良く拓也が用意してきた希の写真を確認する。彼が撮ったものだろうか、写真の技術としては見るべきものはないが、特徴はよく捉えられていた。愛嬌のある丸顔。優しそうに微笑を浮かべる唇に大きな目。拓也が恋愛感情を持ってもおかしくない、と思った。

「今まで、こういうことはあったのかな」

「こういうことって、家出ですか？」

「家出とまでいかなくても、約束をすっぽかしたりとか、急に連絡が取れなくなったりとか」

「ないです」拓也が即座に断言した。「いつも仲間の中心にいる子で、誰かが遅れたりすると、自分が最初に連絡係を買って出るようなタイプですから。中学校も、三年間無遅刻無欠席ですよ。それで表彰を受けたぐらいです。家出なんかする子じゃないんです」

「なるほど」

拓也は少し神経質になり過ぎているのではないだろうか。一方で、嫌な予感も捨て切れない——例えば、家庭内暴力。家の中のことは概して、手遅れになるまで分からないものだ。親が子どもを虐待したり、子どもが親を殺すことがさほど珍しくない御時世である。何があってもおかしくはない。

「家族はどんな感じだった？」

「普通、だと思います」

「君は、今まで彼女の家族に会ったことはあるのかな」

「一、二回は」

「それじゃ、ご両親が本当はどんな人なのかは分からないんじゃないかな」

「それはそうですけど……」拓也が唇を噛《か》んでうつむいた。顔にかかった長い前髪の隙間《すきま》から、恨めしそうに私を凝視する。

「彼女は家出しそうにないタイプだと君は考えてるわけだ」

「はい」

「それぐらいよく、希さんのことが分かってるわけだ……君の彼女なのか？」

「違いますよ」耳を赤くしてむきになり、拓也が身を乗り出した。「仲間だけど、そういうんじゃありません」

「だけど君は、一人でわざわざここに来たじゃないか」

「それは、皆の代表で」

「残念だけどな、明らかな事件性がない場合、誰かが行方不明になったとしても家族以外から捜索願を受けるのは難しいんだ。警察は、そういう決まりで動いてる」

「そんな……」

腰を浮かしかけていた拓也が、がっくりと椅子に崩れ落ちる。私は彼の前に名刺を一枚置いた。

「俺の名前は高城賢吾《けんご》だ。何か新しい情報があったら、いつでもここに電話してくれていいから」

「それは……」拓也の目が光を取り戻す。

「それとここに、彼女が立ち寄りそうな場所や友だちの名前を書いてくれないか」私はメモ用箋《ようせん》を逆さにして彼の方へ押しやった。拓也が驚いたように目を開き、私の顔をまじまじと見詰める。私は煙草を一本引き抜き、顔の前で振ってやった。「こいつを見れば分かるだろう？　俺は無意味な規則に興味がない人間なんだ。家族が届け出なくても、君が心配してるなら捜してやるさ」

## 2

「引き受けたの？」真弓が怪訝《けげん》そうに首を傾げる。

「何か問題でも？」

「そうは言わないけど……相手は中学生じゃない。てっきり、説諭して追い払うと思ってたんだけど」

「室長こそ官僚主義ですね。家族が届けてこないと調べられない、そう言いたいんでしょう」

「それはどうでもいいけど、本当に事件なの、これは？」

「さあ、どうかな」私は肩をすくめた。「少なくとも捜査一課の尻拭いをするよりは、世の中の役に立つ仕事だと思いますよ。失踪課本来の業務なんだから」

「高城君」真弓が自分のマグカップをぐっと握り締めた。相変わらずそこには、冷えたコーヒーが入っているのだろう。「事件性がない限り、捜査は無駄になります」

「そういうケースも多いですね」

「だったら――」

「幸い今うちは、それほど忙しくない」彼女の言葉を遮《さえぎ》って私は宣言した。「……と言ったのは室長ですよ。それで法月さんを一課の尻拭いに送り出したんだから」

「尻拭い、は法月さんに失礼よ」

「屁理屈のぶつけ合いになったら、俺に勝つのはかなり大変ですよ。引き分けに持ちこむだけでも、相当なエネルギーを使うでしょうね。室長はそこまで暇ですか？」

真弓がきつい視線で私を射抜こうとした。不思議なことに、私にはまったくプレッシャーにならない。女性の上司だから軽んじているわけではなく、そういうことを感じる神経がいつの間にか抜けてしまったようなのだ。相手が誰でも、今は萎縮《いしゅく》することがない。

結局真弓が折れた。マグカップに口をつけると中身をぐっと飲み干し、強烈な味の漢方薬を飲んだように顔をしかめる。

「人手は割けないわよ」

「もちろん。俺一人でやるつもりでしたから」

「あまり入れこまない方がいいわね。相手は中学生なんだから。ちょっと気にいらないことがあって家を飛び出すぐらい、珍しくも何ともないでしょう。今頃はもう家に帰ってるかもしれない。それともあなた、何かぴんときたの？　有名な高城の勘が働いた？」

「そういうわけじゃないですけどね。ただ、中学生が友だちを見る目は、案外鋭かったりするもんでしょう。ここへ来た川村拓也っていう子も、彼女のことをよく知ってると思います。だからこそ、不安に駆られて警察に駆けこんできたんだろうし」

「それで、あなたの見立ては？」

「虐待された上に、父親に首を絞められて殺された。死体は家の中」

真弓が唇を噛み、それがスイッチになったように顔色が青褪《あおざ》める。私は一瞬だけ笑みを浮かべた。

「――という状況でないことを祈りましょう」

「高城君、冗談はそれぐらいで」

「ただし、誘拐《ゆうかい》の線は考えられないでもないですよ」

「中学生を誘拐するのは結構難しいわよ。小さな子どもと違って抵抗するからね。父親の職業は？」

「会社社長。何をやっているか、まだ具体的には分かりませんが、金は持ってるんじゃないかな」

「だとしたら、営利目的の線は考えられないでもないわね」カップを握る真弓の手に力が入る。

「今はまだ、あらゆる可能性を否定すべきじゃないでしょうね。とにかく、個人的にちょっと調べてみます」

頭を下げ、室長室を出る。背広の上着を着て、インナーを外したトレンチコートを肩に担《かつ》いだが、思い直してもう一度腰かけた。拓也が残してくれたリストを点検し、受話器を取り上げる。いきなり希の自宅を訪問するよりも、まずは電話を入れた方がいいだろう。万が一これが誘拐だったら、犯人は警察官の出入りをチェックしている可能性もある。

呼び出し音が二回鳴ったところで、女性の声が応じた。

「里田さんのお宅ですか?」

「そうですが」探りを入れるような、慎重な口調だった。

「私、警視庁失踪人捜査課の高城賢吾と申します」

「警視庁……」

「警察です。里田希さんのお母さんでいらっしゃいますね」

「はい、そうです」

彼女の声にこめられたのは恐怖だろうか? いきなり警察官を名乗る人間から電話がかかってきて、平然としていられる人間はいない。私の耳に入ってきた声には、恐怖よりも戸惑いの方が強く感じられた。

「失礼ですが、希さんはご在宅ですか」

「いえ」

「どちらにいらっしゃいますかね」

「希がどうかしたんですか」

「それをお伺《うかが》いしたいんです。希さんは家にいますか？」

「警察の方にお話しするようなことは何もありません」

私は額を揉み、そのまま手で頭を支えた。脳を締めつける痛みは一向に引く気配がない。今回の頭痛は、長くしくしくと続きそうだ。脳天に釘を刺されるような痛みほど苦しくはないが、集中しにくくなる。

「希さん、家出しているんですか」

「あの、希が警察に何かご面倒でもおかけしましたか」

「いいえ」こうやって電話していること自体が「面倒」とも言えるのだが、私は彼女の疑問を否定した。「何の問題もありません」

「すいませんが、希のことは主人に聞いて下さい」

「ご主人はお宅の方に？」

「いえ、会社です」

「会社はどちらですか」

「デジタルプラスワン」

「デジタルプラスワンですか……ちょっと待って下さい」聞き覚えのない社名だったが、検索サイトで名前を打ちこむと、最上位に出てきた。業態は「デジタルコンテンツの制作・ウェブアプリケーションの開発」など。会社のページを開くと、白をベースにしたシンプルなホームページが現れた。「会社案内」をクリックして住所は確認できたが、電話番号がない。最近はこういう会社が多いようだ。住所と代表のメールアドレスは掲載しても、電話番号は伏せておく。おそらく、直接抗議の電話がかかってくるのを防ぐためなのだろうが、メールだけで仕事が成り立つのが、私には不思議でならない。

「会社の場所は確認できましたけど、電話番号が分かりません。教えていただけますか」

彼女が告げた電話番号を書き取りながら、私は微妙な違和感を感じ取っていた。彼女は明らかに何かを隠している。態度がどうにも不自然だ。しかしこの場で突っこむには、手持ちの材料が少な過ぎる。拓也の名前もまだ出したくなかった。

「希さんは、四月から高校生ですね」

「ええ」

「今が一番楽しい時期なんでしょうね。受験も終わってほっとしているでしょう」

「あの、いったい何なんですか」

「希さんは本当に家にいないんですか」

「おりません。もうよろしいでしょうか」

「――失礼しました」

受話器を戻さず、指先でフックを押して電話を切った。指を放して、そのまま会社の電話番号をプッシュする。電話はすぐにつながり、「里田社長をお願いします」と頼むと、まず秘書を名乗る男に回された。

「警察の方ですか」

「そうです。警視庁失踪人捜査課の高城と申します」

「失踪人捜査……」

「行方不明になった人を捜す部署です」

「申し訳ありませんが、里田にどういったご用件でしょうか」

「会社には関係ない話だと思います。社長個人の問題ですから。つないでいただけますか」

「はい、しかし……まずご用件をお伺いしないと」

「プライベートな問題です。あなたが社長のスケジュールを全て管理している人であっても、教えられないこともあるんですよ」

「お待ちいただけますか」

相手が露骨にむっとした口調で言うと、電話が保留になってメロディが流れ出した。ホルストの「木星」だということはすぐに分かったが、電子音なので妙に軽く、本来この曲が持っている荘厳な雰囲気をぶち壊しにしている。

「お待たせしました」

追い越し車線を制限速度の二倍ほどで突っ走っているような慌てた声。ＩＴ系の人間は常に仕事に追いまくられているイメージがあるのだが、電話の相手は特にその傾向が著《いちじる》しかった。そのまま私が黙っていたら、五秒以内で済ませろ、とでも言い出しそうな勢いだった。

「里田さんですか」

「里田です。警察の方が何の用ですか」

「娘さんのことでそちらにお伺いしたいんですが、時間を取っていただけませんか」

「時間って……いや、それはちょっと無理ですね。今、仕事中です。詰まっているんです」

「娘さんのことですよ？　家族のことでも時間が取れないんですか」

「何分必要ですか」

「それは、今の段階では何とも言えません」少しばかりむっとしながら私は告げた。「状況によって五分で済むかもしれないし、一時間かかるかもしれません」

「だったら五分で済ませましょう」

「それも可能ですよ。あなたが私を納得させることができれば」

「納得？　納得も何も、警察の方とお会いするような話があるとは思えない」

「これから……」私はまだ開いたままの会社のページを見た。住所は港区。「二十分でそちらにお伺いします。よろしいですか」

「二十分ね……申し訳ないですが、三十分後に会議が始まります。どうしても外せない会議でね。十分でいいですか？」

「あなたがきちんと話してくれるなら、三分でも構いません」

皮肉で切り返したつもりだが、既《すで》に電話は切れていた。

「何なんだ、こいつは」

憤然と言って立ち上がると、公子がすっと近づいて来た。いつもの常でアームカバーをしている——最近の事務仕事では、袖が汚れるようなことなどないのだが。手にはビニール傘。

「随分ご機嫌斜めですね」

「自分の子どものことなのに、関係ないなんて言う親がいるんでね。そういう人間の相手をしていると頭にくるんですよ」

「じゃあ、傘はいらないかしら？　少し濡《ぬ》れて頭を冷やす？」

「降ってるんですか」私が健康診断から戻って来た時は、低い曇天《どんてん》だったが雨は降り出していなかった。

「さっきからね。結構強いわよ」

「せっかくですからお借りします」奪うように公子の手から傘を取り、杖をつくようにして床を二度打ち鳴らした。「殴るのにちょうどよさそうだ」

「凶器は禁止ですよ、高城警部」公子が顔の前で両手を交差させバツ印を作った。悪戯っぽい表情を浮かべてはいるが、目は笑っていない。

「公子さん、俺のことを何だと思ってるんですか？　冗談ですよ、冗談」

「冗談に聞こえなかったから、忠告してるんじゃないですか」

「ご忠告、ありがたく受け取っておきます」

軽く頭を下げて失踪課を出た。確かに傘を突き刺すわけにはいかないが、里田の頭に叩きつけるぐらいはしてやりたいという欲望を抑えつけるには、かなりの努力が必要だった。

失踪課第三分室が間借りしている渋谷中央署は、明治通りと玉川《たまがわ》通りの交わる交差点の角にある。そこから地下鉄半蔵門《はんぞうもん》線の入り口までは、直線距離にして二百メートルほど。しかし駅前の大きな歩道橋を上り下りした後、ＪＲの駅構内を突っ切っていかなければならないので、かなり急いでも五分はかかる。地下に至る階段を駆け下り、発車直前の半蔵門線に飛び乗った時には、残り時間は十五分になっていた。公子から借りてきた傘は、結局開かなかった。雨で湿ったコートから煙草の臭いが立ち上る。

青山一丁目《あおやまいっちょうめ》駅まで四分。立ったまま、プリントアウトしてきた地図を広げる。デジタルプラスワンは駅から歩いて一分ほどのようだ。頭痛を我慢して走れば、事情聴取に当てる時間は稼げる。

何が起きているのか、考えを巡らせるのに、半蔵門線に乗っている四分は短過ぎた。一つだけはっきりしているのは、希の両親の思い切り引いた態度である。まるで娘のことに触れて欲しくない、あるいは娘など最初から存在していないようではないか。もちろん親に面倒をかける子どもはいるし、それによって子どもを疎《うと》む親がいるのも事実だ。しかしあの両親の態度は、単純に子どもを疎ましがっているものではない。何かもう一枚裏があるようだが……何の結論も出ないうちに、電車は青山一丁目駅に着いてしまった。慌ててホームを走り、四十五歳という年齢を痛いほど意識しながらエスカレーターを駆け上がる。ふくらはぎが攣《つ》りそうなほど緊張し、肺が悲鳴を上げた。体内を激しく駆け回る血流が、頭痛を増幅させる。クソ、真面目にトレーニングでもすべきなのか。ジョギングだけなら金もかからないし。

駅を出て青山一丁目の交差点に立つと、途端に激しい雨に襲われた。三月には似合わない、夏の夕立のような降り。公子に借りた傘を広げると、悪いことに骨が一本折れていた。

そちらを後ろに回し、背中が濡れるのを我慢しながら駆け出す。

デジタルプラスワンは外苑東《がいえんひがし》通りを南へ行き、最初の角を左に曲がったビルの四階にあった。まだ新しい、全面がガラス張りの巨大なビルで、陰鬱《いんうつ》な空を映して灰色に聳《そび》え立っている。腕時計を見て、自分に残された時間が刻一刻と少なくなっていくことを意識しながらホールに突進する。エレベーターを待っているうちに一分が過ぎてしまったが、それでもまだ事情聴取の時間は八分三十秒あると言い聞かせ、四階まで上がって無人の受付にある受話器を取り上げた。三十秒後にドアが開き、私は会社の中に最初の一歩を進めた。残り八分。

しんとしている、というのが第一印象だった。聞こえるのはキーボードを叩く音ばかりで、電話で話している人すらいない。少しばかり異様な雰囲気だった。どんな仕事でも、まず会話から始まるはずなのに。広いフロアのあちこちに散ったデスクの塊《かたまり》は、それぞれ濃紺のサイドボードで区切られ、隣の人間と無駄口を叩くような雰囲気を排除している。近くにいた社員を摑《つか》まえ――寝ているところにいきなり水をかけられたように迷惑そうな顔をされた――社長の居場所を聞くと、立ち上がって無言でフロアの奥を指差した。

社長室でもあるのだろうと思って歩いて行ったが、扉が開け放たれた会議室が幾つか並んでいるだけで、それらしい部屋は見当たらない。結局、一番奥まで来てしまった。

その辺りにもデスクが並んでおり、私が足音高く近づいていくと、一番奥の席にいた男が顔を上げた。短めに揃《そろ》えた髪、それに無精髭《ぶしょうひげ》というには少し長い髭は半ば白くなっていたが、顔にはまだ若さの欠片《かけら》が残っている。私と同年輩といったところか。薄青のシャンブレーのボタンダウンシャツにベージュのコーデュロイのジャケット、ポケットや腿《もも》の辺りに派手なダメージが入ったジーンズという格好だった。眼鏡の奥の目は細く、目尻の皺《しわ》が疲労を感じさせる。

「里田直紀《なおき》さんですね」

「ああ、ええと……高城さんでしたっけ？」

「お忙しいところ、すいません」念のためにバッジを広げて見せる。里田の表情も態度もほとんど変わらず、ちらりと腕時計に視線を落としただけだった。ピンクゴールドのロレックス。大金持ちではないかもしれないが、それなりに金はあるようだ。

「時間が……」

「あと七分弱、あります」言葉を切り、周囲の様子を視野に入れる。すぐ近くの席でも社員が普通に仕事をしているのだが、やはりこちらの様子が気になるようだ。丸々と太った若い社員が顔を上げ、私と目が合った瞬間に慌てて顔を伏せる。「二人で話せる場所はありますか」

「そちらの会議室で」

素っ気無く言って立ち上がり、里田が自席の横にある会議室に入った。照明を点けて椅子に座ると、私に向かって手を差し伸べる。ドアを閉めてから、彼の向かいに座った。

「七分を切りましたね」私はわざとらしく自分の腕時計を――彼のロレックスの百分の一ぐらいの値段かもしれない――覗きこんだ。「率直に伺いますが、娘さん――希さんは、今どこにいらっしゃいますか」

「娘がどうかしたんですか」里田がすっと眉《まゆ》を上げた。

「家にいないんじゃないですか」

「何か、警察のお世話になるようなことでもありましたか？」妻と同じような言い分。だが彼女とは対照的に、里田の態度は落ち着いたものだった。いかにもこういうことに慣れている感じである。こういうこと――娘が家にいないことに、あるいは警察に面倒をかけていることに。

「いや、そういうわけじゃありません」

「でしたら、特にお話しするようなことはありませんね」

「娘さんは家にいないんですか」

再度の質問に、里田が片目だけを細めた。人差し指と親指でつまむように細い顎を一撫《ひとな》でずると、小さく溜息を漏《も》らす。

「いませんよ」

「どういうことですか」

「家出です」

「家出」

繰り返すと、里田が素早くうなずいた。もう一度、今度はさらに深く溜息をついて眼鏡を外した。ハンカチで曇《くも》りを拭うと、かけ直して私の顔を正面から見つめる。急に口調がくだけたものに変わった。

「お恥ずかしい話なんですが、家出はしょっちゅうなんです」

「そうなんですか？」

「ええ。どうも、難しい年頃でしてね……家内も一生懸命やってるんですが、親のやることなすこと全てが気に入らないんじゃないかな。十五歳ぐらいって、そういうものでしょう」

家内も、という一言が気になった。こういう会社を切り盛りするのはもちろん大変なことなのだろうが、子育てを母親だけに押しつける父親というのも、今時時代遅れな感じがする。もっとも妻の方も「主人に聞いてくれ」と言って責任を放棄《ほうき》してしまったではないか。私の疑念を素早く感じ取ったのか、里田が言い訳するように説明した。

「私は、週の半分ぐらいは会社に泊まりこんでましてね。そうしないと仕事が回らないんです」

「お忙しいんですね」

「ええ、この仕事はいつでも自転車操業でしてね……上場してからは特にそうです。結果を出さないと、すぐに株主から突き上げられますから」

「それで、お子さんのことは奥さんに任せ切りというわけですか」

「褒《ほ》められた話じゃないのは分かってますよ」里田が灰色の髭を撫でつける。「だけど、家族を養っていくには仕方ないことなんです。確かに今時、こういうのは流行らないんでしょうけどね。ワークライフバランスを考えたら、私の人生は滅茶苦茶になってる。九十パーセント以上が仕事なんだから。いや、もっと多いかもしれない」

「確認しますが、これが初めての家出じゃないんですね」彼の人生哲学は浅薄《せんぱく》で、これ以上聞かされるのは耐えられなかった。結局、自分が忙しいと自慢しているだけである。

「ええ」

「そんなに何回も家出していて、今まで危ないことはなかったんですか」

「ないです。とにかく娘は、家にいたくないだけなんだから。いつも一日、二日経つと帰って来るんですよ。毎回友だちの家を泊まり歩いているだけなんで、心配することはないでしょう」

「今回はどこにいるか分かっているんですか」

「いや、別に捜してませんから。いつものことですからね。頭を冷やして、二、三日したら帰って来ますよ」

「本当にいいんですか、それで」

二人の間で緊張感がにわかに高まり、私はかすかな吐き気を伴う怒りに襲われた。子どもがいなくなったのに捜しもしない？　私の中にはそういう考えは存在し得ない。

自分が同じような失敗をして得た教訓だ。

「必要ないです。何だかんだ言って中学生ですから、そんなに無茶なことはできないでしょう。向こうだって甘えてるだけなんです。放っておけばいいんだ」

「私は、親が正面から向き合わなかったことが原因で無茶をした子どもを、何人も見てきました。覚せい剤をやったり、人を殺したり。中学生でそういう犯罪に巻きこまれるのも、珍しい話じゃない」

「脅《おどか》さないで下さい。娘が何かやったって言うんですか？　何もやっていないなら、放っておいて下さい。これはあくまで家庭の問題です」私の脅しに対し、里田が頑《かたく》なな仮面の向こうに引き籠《こも》った。

「それでいいんですか？」

「だいたい、何で希が家出したことを知ったんですか？　失踪課の人だということは分かりましたけど、こういう風にいきなり人のプライバシーに首を突っこんだりするんですか？　それは問題だな」

「彼女のことを心配している人がいるんですよ」

「それは大きなお世話ですよ。人の家のことに勝手に首を突っこまれても困る」里田がまた腕時計を見た。「あと一分しかありませんけど、どうしますか？　一分じゃまとまった話はできないでしょう。私の方では何も言うことはないし」

「そうですか。確認しますけど、警察に届けるつもりはありませんか？　ご家族が届けてくれれば、警察としてももう少し動きようがあるんですが」

「今だって動いてるじゃないですか」言葉を切り、私の目を凝視する。「頼んでもいないのに」

「現在のところ、個人的な調査です。何ら正式なものではありません」

「なるほど」里田が膝《ひざ》を叩いて立ち上がると、馬鹿にしたように目を細めて私を見下ろした。「個人的に勝手に仕事をするほど、警視庁は暇なんですか。その割に事件は解決しないし、治安もますます悪化している感じがしますけどね」

「本当に、捜索願を出すつもりはないんですね」彼の皮肉を無視して念押しした。

「ええ。誰があなたに話をしたかは分かりませんが、とんだお節介だな」

私も立ち上がった。正面から向き合うと、里田の背の高さが目立つ。ただしひょろりとした体型のためか、迫力はない。

「一つ、失礼を承知で聞かせて下さい」

「構いませんよ。一つ二つ増えても、これ以上不愉快にはなりませんから」

「本当は、娘さんは誘拐されたんじゃないですか？　警察に知らせると娘さんを殺すと脅かされている。それであなたは黙ってるんじゃないんですか。もしもそうなら、脅しに屈する必要はありません。誘拐は成功率の低い犯罪なんです」

里田が力なく笑った。手に負えない悪戯っ子を相手にしなければならない教師が浮かべる苦笑に似ている。

「刑事さんというのは、想像力豊かな人が多いんですか」

「優秀な刑事は想像力豊かだと言われますね。私が優秀かどうかはともかく」

「それは私にも分かりませんね」一瞬だけ、里田が鋭い視線で私を突き刺した。「少なくとも、見当外れなことをされているのは間違いないようですが」

ふざけているのか？　それとも最近の父親というのはああいうものなのか？「最近の」父親といっても、私とさほど年齢は変わらないはずだが。

ショッピングセンターの蕎麦《そば》屋に入り、遅い昼飯にする。健康診断で飲んだバリウムがまだ胃の中に残っていて、食欲はあまりないのだが、エネルギーが切れかけていた。一番軽いせいろを頼む。

喉越《のどご》しのいい、美味い蕎麦だったが、それを素直に味わう気にもならない。あの男は……娘が何度も家出を繰り返す。それが日常になってしまうのは理解できた。だが、日常から非日常への転落には、ほんの一押しで十分だということを分かっているのだろうか。家族の庇護《ひご》を離れ、友だちの家を転々としている間に、何が起きてもおかしくない。悪い誘いはどこにでも転がっているものだし、中学生——間もなく高校生だが——ぐらいで誘惑を振り切るのは難しいものだ。

それでも、親が「放っておいてくれ」というのを勝手に捜すのは、筋に合わない。こっちはボランティアで仕事をしているわけではなく、正式な後ろ盾《だて》がなくては動けないのだ。親があれだけ非協力的だと、私がいくら頑張っても捜索は難航するだろう。子どものことを調べるには、まず親と徹底して腹を割って話し合わねばならないのに。

ここでやめても、誰かに責められることはない。

——捜してあげて。

——綾奈《あやな》。何でここに？

蕎麦屋の壁に背中を預けるように、娘の綾奈が立っていた。十四歳ぐらいだろうか。丸い顔を覆うように切り揃えられた髪が照明を受けて艶々《つやつや》と輝き、ミニスカートから覗く足は白さが目立つ。

——希ちゃん、十五歳なのよ。一人では何もできない。

——今の十五歳は大人だよ。俺たちが子どもの頃より、ずっとしっかりしてる。

——そうかな。

綾奈が涼しげな眼差《まなざ》しでじっと私を見詰める。そこにかすかな非難の言葉が潜《ひそ》んでいるのに気づいた。十五歳は子どもなんだよ。七歳だって子どもだけど。

綾奈、親に向かってそういう顔をしちゃいけないんだぞ。そう思いながら、私は彼女の心配そうな表情に負けた。

——分かったよ。

——そうくると思った。

綾奈が優しげな笑みを見せる。手を伸ばせば触れられそうなのに、実際にそうしたらすぐに掻き消えてしまうだろう。

いつ頃から娘の幻を見るようになったのか、覚えていない。現れるタイミングも決まっていなかった。幻はあくまで幻であり、出てくる時の姿も年齢もばらばらである。ということは、私の頭の中で勝手に想像された姿に他ならないのだが、今私の前にいる娘はまさに十四歳だ。ずっと一緒にいれば、まさにその年齢になっているはずである。その姿を、私はどこから引っ張り出しているのだろう。想像の産物にしてはやけにリアルで、彼女は今、間違いなくこんな顔をしているはずだという確信もあった——生きていれば。

——健康診断、どうだった？

——もう少し生きられそうだな。

——寂しいこと、言わないで。

綾奈が悲しげに笑う。十四歳の子どもの台詞《せりふ》とは思えなかったが、そもそも私の頭の中で生じたものに過ぎないのだ。何だってあり得る。

――煙草、減らしたら？

――努力はする。

――そういうこと言うの、私ぐらいでしょう。

――残念ながら、な。

ふいに綾奈の姿が掻き消え、目の前にはベージュの壁が広がるだけになった。いつものことだ。こういう幻を見るのは、俺の脳に何か重大な障害があるからかもしれないし、あるいは本当に目の前にいるのかもしれない。それこそ、科学的に説明できない理由で。

蕎麦猪口《ちょく》に葱《ねぎ》を加え、蕎麦湯を注いだ。白濁した熱い液体に葱が踊らされる。箸《はし》でざっと掻き混ぜ、少しだけ火の通った葱の香りと、濃厚なポタージュのような飲み口を楽しんだ。楽しむふりをした。

あんな親、いるのだろうか。

いつの間にか、思いは里田に戻っていく。あの男の超然とした態度。素っ気無い口ぶり。面倒をかけ続ける娘を持ってしまった親の、典型的な姿かもしれない。希は本当に親と衝突を繰り返して、家出は日常茶飯事なのかもしれない。

そうだとしても、その状況を拓也が知らないのは妙ではないか。心配して警察に駆けこんで来るぐらいだから、希の安否を心底案じているのは間違いない。そこに恋愛感情が加わっているかどうかは……そこは、今は問わないことにしよう。いずれにせよ、希が何度も家出したことを知っているなら、ここまで心配はしないはずだ。

誰かが嘘をついている。

拓也ではなく里田である可能性が高かった。警察をからかうために拓也が訴え出てきて、今頃家で一人、舌を出して大笑いしている姿は想像できない。目を瞑《つむ》り、里田の様子を思い浮かべてみる。言葉が急に早くなったり、大声になったりしたことは……ない。手先が震えたり、額に汗が滲《にじ》んだりは……ない。ずっと同じペースで、やや迷惑そうな調子で話し続けていた。まったく落ち着いた様子で、まるで商談を進めているようではなかったか。一応私に対して抗議はしたが、声を荒らげることすら一度もなかった。

嘘だ。演技だ。

子どもが始終家出をしていても、警察のお世話になるとは限らない。里田が言うように、一日二日友だちの家に泊まった後で無事に帰って来るという確信があれば、親が警察に届けなくても不自然ではないだろう。ましてや日常的に家出が繰り返される場合、親の方でも「大したことはない」と感覚が麻痺してしまうはずだ——あるいはそう思いこみたがるはずだ。しかし警察がいきなり訪ねてきたら、いくら感覚が麻痺していても、もっと動揺するか、怒り出すのではないか。あれほど平然と対応できるわけがない。

拓也の見る目の方が正しい、と思った。あとは彼の心配を裏づける材料を探すだけだ。可能性はいくつもある——親による虐待、誘拐、本当の家出——が、友人たちの目がガイドになるだろう。もっともこの件では、あまりおおっぴらに動くことはできない。相手は十五歳、どれほど世間ずれしているように見えようが、親に反抗していようが、やはりデリケートな年頃なのだ。もちろん私は、希がどんな十五歳なのか、ほとんど何も知らないわけだが。

勘定を済ませて店を出る。失踪人の捜索は一人でやると効率が悪いのだが、この際仕方がない。失踪課に残っている人間で使えそうなのは醍醐《だいご》塁《るい》ぐらいだったが、典型的な体育会系のあの男は、デリケートな事案に絡ませると失敗しそうだった。一人で足を棒にするか——それが刑事の基本である。「コンビで回れ」というのはあくまで建前であり、最後は一人一人の努力と能力にかかっているのだ。

## 3

午後から夕方にかけて、私は杉並区内を走り回って拓也のリストを潰した。とりあえず

ない。

　二人。

　蒲地泰樹《かまちやすき》――ひょろりと背の高い少年は区立図書館で掴まえた。希の行方に心当たりはない。

　彼の希に対する人物評。絶対に、家出するようなタイプではない。三年間ずっと学級委員の優等生で、成績は常に学年トップ。中学からそのまま進める杉並黎拓高校では飽き足らず、進学先には、毎年東大に多数の合格者を送り出している私立高校を選んだ。

　話が進むうちに少しくだけてきて、泰樹は希を「天真爛漫《らんまん》」「天然」だと形容し始めた。

　案外もてるんですよ、希は。頭はいいし優等生だけど、ちょっと抜けてるところがいいっていう男は多いから。可愛いのは間違いないし……ただし、とつけ加えた一言が私を緊張させた。

　親との仲は良くなかったようだ。

　幼稚園の頃からずっと水泳をやっているという長井美帆子《ながいみほこ》とは、スイミングスクールの前で会った。

　希と勉強？　イメージが合わないですね。勉強って無理にやるような感じがあるけど、希は本を一度読んだだけで全部頭に入っちゃうんだから。家出？　あり得ません。男？　何ですか、それ。

　泰樹の話との共通点。親と仲が良くなかったみたい。結構厳しい親だったみたいだから。

特に父親が。

二人とも家出に関しては否定。親の態度も不自然。となるとやはり、事件の可能性が立ち上がってくる。事件と向き合う興奮は何物にも代えがたいが、人の不幸を望むのは警察官としては筋違いである。事件だ、と張り切って出て行くのは、本来は非常に不謹慎なことなのだ。

そう自分を戒《いまし》めても、軽い高揚感を否定することはできない。


六時過ぎに失踪課に戻ると、珍しく六条舞《ろくじょうまい》が居残っていた。いつも習い事だ、合コンだと慌《あわ》ただしく、定時を過ぎて部屋に残っていることなどほとんどないのに。壁にかかったホワイトボードを確認すると、下から三番目のところにある彼女の名前の横に、「24日有休」と赤字で書いてあった。なるほど、明日の休みのために、何が何でも今日中に仕事を終えようというわけか。一声かけようかと思ったが、珍しく集中している様子だったので、放っておくことにした。警察官らしからぬ縦ロールの髪型も、今日は少し元気がないようだ。

「ねえ、そっち、まだなの？」前の席に座る森田純一《もりたじゅんいち》を、苛《いら》ついた声で急《せ》かす。

「もう少しです」

「もう、早くしてよね。それでなくても遅れてるんだから」

「すいません」額をデスクに擦《こす》りつけそうな勢いで森田が頭を下げる。この男は……自分の仕事を終わらせるためにつき合わせる舞も舞だが、森田も断る勇気がないのか。

鬱陶《うっとう》しい二人のやり取りをできるだけ耳に入れないように意識しながら、自席に戻った。三人の子持ちで間もなく四人目が生まれる醍醐は、子どもと妊娠中の妻の面倒を見るために、例によってとっくに引き上げている。法月と愛美は、まだ一課の手伝いから戻っていないようだった。ふと、法月の体調が心配になる。昼間は平気な顔で仕事をしていたが、彼の心臓は激務には耐えられないはずだ。愛美が気を遣っていればいいのだが……後で指導しようと決めてコートを脱ぎ、椅子の背に引っかける。腰を下ろさずに、そのまま室長室に向かった。

真弓が物凄《ものすご》い勢いでノートパソコンのキーボードを叩いている。ノックするのが躊躇われるほどだったが、向こうが先に私に気づいて手招きした。ガラス張りの部屋に入り、椅子を引いて彼女の前に腰かける。

「どう?」

「三対一で事件」

「どういうこと?」

午後いっぱいを使って調べたことを説明した。真弓はいつものように相槌《あいづち》も打たず、こちらの目をじっと見据えたまま話を聞いている。人によっては勘違いしてしまいそうな態度だが、もちろん私は勘違いしない。彼女の中にある、燃えるような向上心を知っているから。真弓が興味を持っているのは、出世することだけである。いつかは捜査一課に——彼女が一番長くいた部署である——幹部として返り咲くことを願い、さらにその上、初の女性課長を狙《ねら》っているのは公然の秘密である。彼女にとって失踪課は、そのための足がかりに過ぎない。

「親が嘘をついているわけね」

「というのが俺の感触です」

「そう……家出とは思えないわけか」真弓が椅子に体重を預け、体を左右に揺らした。マグカップを手に取り、一瞬覗きこんで顔をしかめる。「だったら、誘拐？」

「そこまでは言い切れません。親は嘘をついているかもしれませんけど、態度は落ち着いていました。娘が誘拐されて身代金でも要求されていたら、あんなに落ち着いた態度ではいられないでしょうね」

「それもそうね。でも誘拐じゃないとしたら、他に何が考えられるかしら」

「他にはあまり考えられませんね。街中で事件に巻きこまれていたら、こちらにももう、何らかの情報は入っているはずです」

そう言いながら、私は不快な記憶に襲われた。失踪課が作られることになったそもそものきっかけ。あの事件でも被害者が殺され、山中に埋《う》められてしまったが、発覚まではしばらく時間がかかった。

「確かに両親の態度は不自然みたいね」

「本当に何も知らないとしたらもっと心配するはずだし、必ず態度に出るでしょう。何があったか分かっていて、取りあえず俺に対して嘘をつき通せるほどには冷静なんですよ。奇妙な状況だと思いませんか」

「事件だとしても、おかしな事件なのは間違いないわね……父親は普通に仕事をしていたわけね？」

「ええ」

「母親は？」

「逃げました。全部父親に聞いてくれと。それを考えると、母親の方が様子はおかしかったと言えますね」

「そこを突けるかしら」

「どうかな。責任を……責任って言っていいかどうかは分かりませんが、全部夫の方に押しつけてる感じなんです」

「だったら攻めようはないの？」

「いや。まだ里田希の友人関係を潰し切ってませんから。もう一人、すぐに話を聞けそうな子がいるんで、今夜にでも行ってみるつもりです」

「一人だときつそうね。明日以降、醍醐をつけましょうか？」

「そうですねえ……」

この一件にはデリケートな側面がありそうだ。大捕り物にでもなれば彼の出番なのだが……元プロ野球選手という、四万人の職員を抱える警視庁でも珍しい経歴の持ち主で——ドラフトの下位で指名され、結局怪我《けが》で一年しか在籍しなかったが——体力的には頼りになるが、少々デリカシーに欠ける。

「嫌そうだけど、彼に微妙な仕事を教えるのもあなたの役目なのよ」

「そうなんでしょうね。中間管理職はいろいろと忙しい」

「それが嫌だったら、早く警視になることね。そうしたら、手取り足取り部下を指導するような面倒からは解放されるわ」

「上の覚えがめでたくないですから、それは無理でしょう」警部までは試験で昇進できるが、そこから上は人事が決める世界だ。娘を失ってからの七年のブランクで、私の前にあった上りの階段は、とうに消えている。

「何だったら、私が推薦《すいせん》しておいてもいいけど」

「変な人間を推すと、室長の将来にも傷がつきますよ」

「私の経歴に傷をつけないように、頑張ってくれるんじゃないの？」

私は肩をすくめて答えを留保した。あなたに対してそこまでの義理はない。勝手に利用しないでくれ——というのが本音《ほんね》だった。だが、ここで衝突する無意味さは分かっている。

「醍醐には明日の朝、言います。明神はまだ一課の事件を手伝ってるんですよね」

「あっちは、しばらく時間がかかるかもしれないわ。例の目撃者、本当に煙みたいに消えて……」真弓が顔の横で掌《てのひら》をぱっと広げて見せた。「手がかり、ゼロ。今になってみれば、本当にそんな証人がいたかどうかもあやふやだわ」

「そうですか……」

真弓が、私の反応を面白がるような表情を浮かべながら、組んだ手の上に形の良い顎を載せた。

「人の尻拭いがどうのこうのって、もう言わないの？」

「仮にもうちの連中が動き始めてるんですよ？　仲間を揶揄するようなことは言えません。それより、法月のオヤジさんに無理させないように、明神に言っておいて下さい」

「それはもう、ちゃんと指示してあるわ。法月さんも無理はしないわよ。体のことは自分でも分かってるだろうし」

「それならいいですけどね」椅子を引いて立ち上がった。「俺はこれからもう一件、荻窪《おぎくぼ》の方で聞き込みをします。今日はそのまま帰りますから」

「分かったわ。それじゃ明日の朝、醍醐と合流して下さい」

無言でうなずき、部屋を出た。振り返ると、真弓がまたノートパソコンに向かい、指先が霞《かす》むほどのスピードでキーボードを叩いている。報告書を書いているというよりは、タイピング練習ソフトでブラインドタッチの習得をしている感じだった。だが「何してるんですか」とは聞きにくい。彼女はしばしば、ごく簡単な質問さえ受けつけない気配で自分を包みこんでしまう。考えてみると私は、自分の上司、しかも私を所轄からここへ引っ張るように手配した人物である真弓のことを何も知らない。結婚しているのかどうか、家族構成がどうなっているかさえも。私たち二人が失踪課にいる間に、そういう会話が気さくに交わされないであろうことは、私のみならず彼女も了解しているのではないかと思う。何も言わずとも、触れてはいけない部分があるのを察するのが、大人のつき合いというものではないか。

ＪＲ荻窪駅の周辺は、細い道路が葉脈のように入り組んでおり、世田谷《せたがや》区の中心部と並んで、東京二十三区内におけるタクシーの難所である。失踪課を出る時に駅周辺の地図をプリントアウトしてきたのだが、一目見ただけでは行き先の見当がつかなかった。駅前の一方通行の道路を歩いて環八《かんぱち》を渡り、細い道を南へ歩いて五分、電柱の住居表示は南荻窪に変わっていた。ようやく目当ての家を捜し当てて地図を確認すると、荻窪駅と西荻窪駅の中間地点辺りなのだと気づいた。

目当ての家は真新しい一戸建てで、狭い敷地に無理矢理押しこんだような作りだった。

もとは広い敷地だったのを分割して分譲したのだろう、間口は幅三メートルほどしかない。ドアの横には小さな車庫があり、今は空《から》のそのスペースに車を入れると、どう考えてもドアを開けた時の隙間は二十センチほどしかなさそうだ。よほど痩《や》せているか手品師でもない限り、乗り降りの度《たび》に苦行を強《し》いられるだろう。私は一瞬自分の腹を見下ろして、恨めしく思った。

ドアの前には自転車が一台。事前に美帆子に聞いた情報では、一家は両親と娘の三人家族である。両親は共働き。玄関脇の窓からは灯《あか》りが漏れていたが、親はまだ帰っていないのではないかと思った。

インタフォンを鳴らすとすぐに返事があった。「はーい」と間延びした明るい声。名乗るとすぐにドアが開き、フレアのジーンズに霜降りのトレーナーという格好の女の子が顔を見せる。髪は伸ばし始めたばかりのようで、後ろで無理に縛っているので目が引っ張られて切れ長になっていた。丸く肉づきのいい頰は、急に外に出て寒さに晒《さら》されたせいか、赤く染まっている。

「斎木有香《さいきゆか》さんですね」

「はい。あの、刑事さんですよね？　美帆子から連絡がありました」

「こんな時間に申し訳ないんだけど、希さんのことで話を聴かせてもらえるかな。ご両親は？」

ぶ。

「まだ帰ってないんです」

一人か……となると、家に上がりこむのはまずい。私は少しだけ口調を柔らかくした。

「ご飯は食べた？」

「まだですけど」質問の意味が分からなかったようで、有香の顔に不審そうな表情が浮かぶ。

「実は俺もまだなんだ。話をしながら食べませんか？　この辺、食べるところがあるかどうか、知らないけど」基本的に住宅街であり、駅まで行かなければ何もないだろう。

「環八まで出ればファミリーレストランがありますけど……」いきなり訪ねてきた刑事と夕飯を食べるのが正しい行為かどうか、有香は判断しかねている様子だった。

「よし、それで決まりだ」わざとらしく指を鳴らしてやる。若い子から見れば白ける仕草かもしれないが。「どうせご飯は食べるんだし、話も聴かなくちゃいけない。一緒にすれば効率がいいよね。君の時間を無駄にしないで済む」

「そうですね……」有香が顎に指を当てる。

「食事の用意をしてあるなら、もったいないからやめるけど」

「いいです。あの、行きます。食事はどうせ温めるだけなんで」

一人でレトルト食品の夕飯かと考えると、他人事《ひとごと》ながら侘《わび》しくなる。

「お金は心配しなくていいから」

「でも……」

「俺が払うにしても、あなたのご両親が払ってる税金から出るわけだから、ご両親と外食するのと同じことでしょう」

「それはちょっと、話が飛び過ぎじゃないですか」有香が困ったような笑みを浮かべてから頭を下げた。「コートを着てきます」

「今日は寒いよ」

素直なうなずきの後に、一旦ドアが閉まった。三分後に出てきた有香は、腰まであるダウンジャケットを着こんでいた。間もなく四月なのだが……確かに今夜は、分厚いダウンが必要な陽気だ。

ファミリーレストランまで歩く五分の間に、彼女個人の事情を雑談の形で探り出した。中学時代は美帆子と同じ水泳部に属していたが、とても彼女のレベルには達しなかったこと。高校は中学校からの持ち上がり。希や拓也とは一年生の時からずっと同じクラスで、三年生になってからは特に仲が良くなったという。

そして希の失踪については、心配するというより戸惑っていた。

席に着いてメニューを吟味《ぎんみ》する間、私は彼女に声をかけなかった。メニューを見る目があまりにも真剣で、話しにくい雰囲気を発散していたから。ようやく顔を上げると、助けを求めるように私を見た。うなずき、店員を呼ぶベルを叩く。五秒で飛んできた店員に向かって私がカレーを頼むと、有香は野菜のスープと、ノンオイルドレッシングをかけたサラダを注文し、しばし迷った末に小さなマカロニグラタンを追加した。

「あり得ない」わざとらしく溜息をついてやった。

「何がですか」メニューを畳みながら有香が訊ねる。

「君の年だったら」私はメニューを見て、彼女が頼んだ料理のカロリーを合算した。四百キロカロリーを少し超えるぐらい。「この三倍は食べてもおかしくないよ。成長期なんだから」

「水泳をやめてから太ってきちゃって」

「そうは見えないな」確かに少しふっくらしているように見えるが、顔が丸いせいだろう。力なく笑って、有香が両手を擦り合わせた。

「高校では水泳はやらないから、今のうちに慣れておかないと」

「せっかくなら続ければいいのに」

「黎拓高校には水泳部がないんですよ」

「もったいない」

「続けたって、限界は見えてるし。美帆子みたいに、スクールで本気でやるほどでもないんです」

「それはちょっと……望みが低くないかな」

有香が寂しげな笑みを浮かべ、紙ナプキンを一枚取って、テーブルに残った水を拭き取った。

「美帆子みたいな子と一緒にやってると、自分の限界が分かっちゃうんです」

「彼女、そんなに凄いのか?」

「だって、二百メートルの平泳ぎの自己ベストが、中学記録にあと一秒三五ですよ」

一秒三五。そこまで正確な数字を覚えているのは、有香が美帆子の天才ぶりに心底打ちのめされた証拠だろう。

「学校では同じ水泳部だったけど、美帆子はずっとスクールに通ってたし、私とはレベルが違いますから」

「で、君は勉強の方で頑張ることにした」

「ええ……やだな、そういう言い方。運動ができないから勉強、みたいな」

「そういうつもりじゃないんだが」

中学生ぐらいまでは、勉強ができる子よりも運動神経のいい子の方が人気者になれる。アメリカではその傾向がさらに顕著らしいが、いずれにせよ狭い世界の話である。一生を学校の周辺一キロ以内で暮らすならともかく、学生時代の栄冠など、社会に出ればほとんど何の役にも立たない。

「君たちのグループ……親しい仲間は何人いるんだ?」

「六人、ですね」拓也が教えてくれた名簿と一致する。これまで希を除く五人のうち四人とは会ったことになるが、もう一人を今夜訪ねるのは諦《あきら》めていた。あまり遅くに訪問して、不安にさせてもいけない。

「多士済々《たしせいせい》だよな。いろいろな才能を持った連中が……」

「言われなくてもそれぐらい分かります」

「失礼」

先に有香のスープが運ばれてきた。トマトの薄い赤色の下に、たまねぎやピーマンの小片が沈んでいる。一口だけ飲んでから、有香がカップを脇に押しやった。

「食べてくれよ」

「何か、食べにくいです」

「俺のことはいいから」

「そうじゃなくて、話が中途半端だから。希のこと、何が知りたいんですか」

「彼女が家出するような原因、思いつかないかな」

無言で有香が首を振る。スプーンを握る指先に、ほんの少し力が入った。

「家族仲があまりよくなかった？」

「そういうわけじゃないです」

「俺が聞いてる話とは違うな」

「希は、大人だから」

「大人？」

「お父さんが、忙しいんですよ。自分で会社をやってて、平日は家にも帰れないぐらいだから。でも、そういうことでいじけたりはしなかった。もしかしたらいじけてたのかもしれないけど、マイナスの気持ちを上手《うま》くプラスに変えられる子だから」

「それで一生懸命勉強してたのかな」

「頭がいいのは生まれつきですけどね。私とは出来が違います」

有香は何故、こんなに自分を卑下するのだろう。水泳では美帆子に敵《かな》わず、勉強では希に及ばない。六人だけの小さなグループの中にも、はっきりした上下関係があるのかもしれない。そういう状況に彼女がストレスを感じたとしてもおかしくはないだろう。この年代というのは、必要以上に自分を大きく見せたり、あるいは逆に無闇に卑屈になったりするものだから。

「希さんにボーイフレンドは？」

突然、刺すような視線で有香が私を見た。まるで私が、靴底にへばりついたガムででもあるかのように。

「警察の人って、必ずそういう質問をするんですか」

「刑事の教科書にそう書いてあるんだ。男女関係には留意すべしってね。聴かないと査定に響くんだよ」

「冗談やめて下さい。馬鹿みたい」それまでとは打って変わった、乱暴な言い方だった。「君がそんな風に考えるのも分からないじゃないけど、世の中のかなりの事件は、男女関係のもつれから生じるんだ」

「十五歳なんですけど」

「十五歳は十分大人だよ」

有香が力なく首を振る。再び私に視線を据えると、喉の奥から押し出すように話した。「そういうのって、大人の偏見なんじゃないですか。何か問題があるとすぐに、年齢の話をして。私たちは大人でも子どもでもありません。ただの十五歳です」

「ああ、それは分かってる――」

「分かってないです」怒ったように言って、有香がスプーンを乱暴にカップに突っこんだ。スープが飛び散り、テーブルに薄いオレンジ色の染みをつける。「最近の子どもは全員お化けだ、みたいに思ってるんじゃないんですか？　自分の子どもの頃はもっと素直だったとか。確かにいろいろ悪いことをする子もいるけど、そんなの、全体の一パーセントもいないでしょう？　残りの九十九パーセントはちゃんとしてるんです」

「それこそ統計の話だね」無性に煙草が吸いたくなり、ワイシャツの胸ポケットに手を入れ、フィルターをそっと触った。せめてもの慰め。「警察が相手にしているのは、大抵の場合、君が言う一パーセントの方なんだ」

　有香がむっつりと黙りこむ。論破されることに慣れていないのかもしれないし、意識していないだけで、私が発した言葉が彼女を傷つけてしまったのかもしれない。

「とにかく今は、希さんを捜すことしか考えていない。ここでずっと君と議論をしていてもいいけど、何か手がかりになることを一緒に考えようよ」

　辛《かろ》うじてそれと分かる程度に有香がうなずいた。そのタイミングを見計らったように料理が運ばれてきて、私は話を続ける取っかかりを失ってしまった。

「さ、食べよう。話は食べてからだ」容器から皿の上のライスにカレーを移し、スプーンで掘削《くっさく》作業を始める。ほどほどの辛さで、食べているうちに額に汗が滲んでくるのを感じた。私は黙々と——ということはかなりのスピードで食べ続けたが、有香はゆっくり、それこそサラダのレタス一片ずつを味わうように食べていた。早食いは太る、というのも定説である。私が皿を空にした時、彼女はまだサラダを半分ほど食べ進んだだけで、マカロニグラタンは手つかずのままだった。思いついて手を伸ばし、グラタンを脇にどける。

「何ですか」むっとして有香が顔を上げる。

「そこ、エアコンの風がもろに当たるんだ。暖かいけど、グラタンが冷えるよ」

「……すいません」怒りを露《あらわ》にしてしまったことを恥じるように、有香がサラダに集中する。

　私はベルを押してウエイトレスを呼び、コーヒーを頼んだ。コップに半分残った水だけでは間が持たない。何か飲むかと訊ねると、「オレンジジュースを」という素っ気ない答えが返ってきた。飲み物がくるのを待つ間、ワイシャツの胸ポケットに手を突っこんで、指先で煙草の感触を楽しむ。酒は最近抑え気味にすることに成功していたが、煙草はそういうわけにはいかない。娘の綾奈は煙草を嫌っていたな、と思い出す。嫌がったり心配したりする相手がいないと、人は何も考えなくなるものだとつくづく思う。

　ようやく有香が食事を終えた時、私は既に二杯目のコーヒーを空にしていた。いつもはブラックなのだがさすがに飽きてきて、三杯目には袋入りの砂糖を半分とミルクを少しだけ加える。ウエイトレスが空いた食器を片づけると、急に有香との距離が狭まった。彼女もその事実には敏感に気づいたようで、緊張感を漂わせて肩の辺りに力を入れる。私はコーヒーを一口飲んでからカップを自分の右に押しやり、両手を組み合わせてテーブルに置いた。

「希さんにボーイフレンドはいたかな」先ほど回答を得られなかった質問を繰り返した。

「いません」返事は少しだけ早過ぎ、声は硬過ぎた。

「拓也君じゃないのか」

　有香がふっと笑った。妙に大人びた笑い方で、手に顎を載せて顔を捻り、窓の外に目をやる。しばらくそうして気取った仕草を続けていたが、やがて手をテーブルに置いて私を見た。

「残念でした。でも、何でそう思うんですか」

「最初に相談に来たのが彼だから」

「ああ、だって拓也君は代表みたいなものだから」

「グループの？」

「そうですね。っていうか、連絡係」

「あるいはパシリ？」

「最近は、そんな言葉使いませんよ」有香の表情が少しだけ綻《ほころ》んだ。

「失礼。古い人間なんでね」カップを引き寄せ、両手で包みこむ。コーヒーの熱さがじんわりと掌に伝わってきた。ヒエラルキーの問題をまた考える。この六人の序列はどうなっているのだろう。有香をどのポジションに置くべきか。気をつけないと、不用意な一言で彼女を傷つけてしまう恐れがある。「でも、彼が希さんのことを一番心配してたのは間違いないんじゃないかな」

「そう――そうかもしれません」

私は有香の顔に過る微妙な表情を読み取った。何だ？　何かを知っているが、それを的確な言葉で表現できないもどかしさではないかと思った。

「ええと、ざっくばらんにいこうか。拓也君の片思いだったとか」

「さあ、どうでしょう」

「結構敏感に分かるんじゃないか？　特に女の子同士なら」

「そういうことは、ちょっと話したくないですね」

「拓也君は代表みたいなものだって言ったけど、それは物の喩《たと》えだろう？　警察に行くのは、皆で相談して決めたことでもない。彼が一人で心配してるんじゃないか」

「それじゃ何だか、拓也君だけ空回りしてて、私たちは冷たいみたいじゃないですか」

「そういうことは言ってないけどね」

しかし有香の不平はそのまま、私が抱いた懸念《けねん》と合致した。温度差。必死で警察に駆けこんできた拓也と、私が会った他の三人とでは、希に対する態度が違い過ぎる。有香たちはこの出来事にあくまで他人事のように接しており、心の底から心配している様子は窺《うかが》えない。ただ薄《う》っすらと、戸惑いをまとっているだけである。

「これは大事なことなんだ。希さんは家出するようなタイプじゃないって聞いてるけど、君もそう思う？」

「ええ」

「かといって、家出じゃないと決めつけるのも危険じゃないかな。だから今は、あらゆる可能性を考えておきたいんだ。家族と上手くいってなくて家出したかもしれないしね」

「希にとって、もしかしたら家族ってどうでもいい存在だったのかもしれない」有香の口調が少しだけ険しくなった。「親はどう思ってたか知らないけど、希は『一人で生きていけるから』ってよく言ってましたから。そういうところは子どもなんですけどね。そんなこと、できるわけないのに」

急に噴き出した揶揄するような口調に、私は驚きを覚えた。といっても右の眉を一ミリほど上げただけなので、有香は気づかなかっただろう。

「拓也君以外で、希さんに特定のボーイフレンドは？」

「そんな暇はなかったと思いますよ。勉強で忙しくて」

「つき合ってなくても、彼女が片思いしていた相手とか、あるいは彼女に片思いしていた人とか」

「それは……どうかなあ」

「知ってるみたいだね」

「言いたくないです。プライベートなことだから」

「あのな、彼女は実際に行方不明になってるんだよ。プライバシーを大事にしたいのは分かるけど、今は彼女の身の安全を確保する方が先じゃないか？　君たちのグループ、もう一人いたよな」手帳を広げ、素早く名前を確認した。「飯島大樹《いいじまだいき》君。彼とはまだ会ってないんだけど」

「大樹は関係ないです」視線が私の顔から逸《そ》れる。

「本当に？」

「本当です……そうじゃないかな。私が知らないだけかもしれないけど」有香が軽く唇を嚙んだ。三年間ずっと一緒にいても、知らないことはある——特に男女間の問題では。彼女はその事実を認めるのが悔しそうだったが、中学生ぐらいだとこれが限界かもしれない。ここまで話を聞いた限り、希がどこか超然とした娘であるというイメージが私の中に定着しつつある。家庭関係の不満を勉強に没頭することで解消し、友だちとのつき合いはほどほどに留めて本音を見せない——あるいはそれが、六人の関係に微妙な緊張感をもたらしていたのかもしれない。希が一人だけ上《うわ》っ面《つら》の人間関係を保っていたとしたら、浮いた存在になっていた可能性もある。

「希さんは、あまりそういう話はしない方なのかな」

「そうですね。噂話《うわさばなし》……特に男の子の噂話はあまり……」

「ということは、君たちが知らない秘密のボーイフレンドがいた可能性もあるわけだ」

「外の子かもしれません」

「他の学校の生徒、という意味だね」

「いくら何でも、うちの学校にそういう子がいれば気づくと思いません？　私だって、そこまで鈍くないですよ」

うなずいて同意した。中学生というのは、周りの空気に敏感なものだ。特に最近の中学生は。馬鹿馬鹿しい話だが、うつろう雰囲気を察知し損ねると、人間関係に致命的な軋《きし》みが生じかねない。

「その辺の事情、大樹君は知ってるのかな」

「さあ。本人に直接聞いてみて下さい。人のことは分からないから」

「希さんが心配じゃないのか？」

「心配」その言葉の意味を摑みかねたように、有香が首を傾げる。ストローを袋から押し出し、くたくたになった袋を折り曲げて真ん中辺りで結んだ。「うん……心配なんだと思います。でも、自分たちで捜せるわけじゃないし、そういうの、流行らないから」

「流行らない？　人を心配するのに、流行り廃《すた》りは関係ないと思うけど」

「やっても無駄だって分かってることなら、やらない方がいいでしょう？　それとも、私もその辺を捜し回ってビラなんか配った方がいいですか？　手がかりも全然ないのに。そんなの、自己満足ですよ」有香の声がにわかに不機嫌になり、内面の緊張が噴き出た。

「手がかりはまだないかもしれないけど――」

「無駄です」私の言葉を遮って、有香が断定した。「だって刑事さんが捜してくれてるんでしょう？　専門家がやってくれてるんだから、私たちが余計なことをしたら、かえって足手まといになるじゃないですか」

返す言葉を失い、私はぬるくなったコーヒーを飲んだ。この六人の関係は、本当はどうだったのだろう。杉並黎拓中の、あらゆる意味でのトップグループ。表面は仲の良い仲間を装っていても、互いにライバル意識も持っていただろう。そこに微妙な恋心でも加われば……大人の世界と寸分たがわない、ややこしい人間関係の出来上がりだ。

私は伝票に手を伸ばした。オレンジジュースを一口飲んだ有香が、ストローを口から離して抗議するように唇を尖《とが》らせる。私は伝票を手に持ったまま、彼女の顔を見据えた。

「何か思い出したら電話してくれないか。何でもいいんだ。些細《ささい》なことでも手がかりになるかもしれないから」

「思い出しそうもないですけどね。あーあ、すぐ忙しくなるのに」

「何言ってるんだ。せっかくの春休みじゃないか」

「高校受験はなくても、大学受験がすぐに始まるんですよ」有香が、あらゆる面倒事を経験してきた中年の女性のような深い溜息をついた。勉強でもスポーツでもトップクラスをキープするのは、確かに大変なことである。そういう気苦労から生じるストレスは、自分でも気づかないうちに心や体を蝕《むしば》んでしまう。もしかしたら希も、人知れずそういうストレスに悩まされていたのかもしれない。高校受験というプレッシャーから解放されてしばらく経った時、急にそれを自覚して逃げ出したくなったとしたら。

私は不意に、かつて病に倒れた古い知り合いの顔を思い出していた。

強いストレスに晒され、ふっと間が空いた暇な時間に、いきなり胃潰瘍《いかいよう》が彼を襲った。

もう少し遅れたら命が危なかった、と医師から警告されたという。

希がそういう高いレベルのストレスに晒されていたかどうかは定かではない。私が知っている希は、写真の中で穏やかな笑みを浮かべた、十五歳にしては幼いイメージの少女である。これで四人から話を聞いたが、未だに本当の姿は見えていないはずだ。ある意味、大人を丸裸にするよりも難しい。子どもには独特の殻があり、大人が破るのは案外難しいのだ。ましてや私は、娘を育てることができなかった。つまり、この年頃の子どもたちと正面から向き合ったことはほとんどないのだ。

一課の尻拭いをしていた方が楽だったかもしれない。不埒《ふらち》な考えが一瞬頭を過る。それと同時に、ストレスに殺されそうになった知り合いに、久しぶりに会いたくなった。

## 4

有香と別れると九時近くになっていた。今夜、大樹に話を聴くのは諦め、胃潰瘍で命を落としかけた知り合いに会いに行くことにした。今ではすっかり元気を取り戻し、警察とのつき合いも深いあの男に。

しばらく会っていなかった。いつでも会えるのだが、何となく足が遠のいていたのは、私の方に問題があったからだ。かつては私が、彼のために犯人を追った。娘が行方不明になった後は、彼が私を案じる立場になった。立場が逆転した結果、昔のように気軽に彼を訪ねることができなくなっている。

中央線を三鷹《みたか》で降りた。彼——伊藤哲也《いとうてつや》は、駅の北口で小さな小料理屋をやっている。店の名前は「秀《ひで》」。殺された一人息子、秀治《ひでじ》の名前から一字を取ってつけられたものだ。元々秀治が生まれた直後に、伊藤が独立して始めた店で、最初は吉祥寺《きちじょうじ》にあった。事件の後で一時店を閉めた——酒浸《さけびた》りの日々が続いて、とても仕事を続けられる状態ではなかった——が、新たな目標を得て人生を立て直した後に、一駅離れた三鷹に新しく出店したのだ。同じ名前で。メニューも以前とほとんど同じだという。

三鷹駅の北口は、駅前のロータリー周辺を除けば静かな住宅街で、ささやかながら繁華街のある南口とは、まったく異なった表情をみせる。「秀」は武蔵野中央署のある三叉路《さんさろ》の少し手前に、二つのマンションに挟まれて建っていた。伊藤は一階で店を切り盛りしながらこの建物の二階に妻と住んでおり、そちらは、彼が主宰する犯罪被害者の会の、実質的な事務局にもなっている。

店の賑《にぎ》わいは少しだけ引いていた。カウンター席が空いているのを見つけて素早く滑りこむと、目ざとく私に気づいた伊藤がすっと目配せする。うなずき返し、見るともなく壁のメニューを眺めた。食事を終えたばかりで腹は一杯だったが、伊藤は私が何も食べずに酒を呑むのを好まない。今夜もすぐに突き出しが出てきた。はしりのソラマメと小海老を酸味を効かせて和《あ》えたもので、オリーブオイルの香りがアクセントになっている。

「何にする？」

六十三歳という年齢を意識させないほど声は太く、顔の艶もいい。ふさふさした髪が乱れるのを防ぐために、いつも白い手ぬぐいを巻いているせいで、頭はすっかり白くなったように見えるのだが。

「水割りで」

「うちの店でウィスキーを呑むのはあんたぐらいだねえ」伊藤が腰に両手を当てた。カウンターの奥、板場の背後にある棚に向かって顎をしゃくる。「俺がせっかく、全国各地から美味い日本酒を集めてきてるのに。たまにはそっちを呑んでくれよ」

「日本酒を呑むと、絶対に二日酔いするんですよ」

「情けない酒呑みだな」

「体質だから仕方ない」

「血の代わりにアルコールが流れてるのに？」

「そんなわけないでしょう」

鼻を鳴らして無意味なやり取りを終わらせた後、伊藤はすぐにウィスキーを用意してくれた。ダルマのボトルと角氷を入れた背の低いグラス、それにミネラルウォーター。水は無視してオンザロックを作り、一口味わってから煙草をくわえる。煙が体に沁《し》みこむ感覚、アルコールが苛立った神経を麻痺させる感覚を同時に味わいながら、私はしばし無言の時間を楽しんだ。思っていたよりも疲れていたことに気づく。両手を拳に固めて目に当てると、目の奥で星が散り、頭がくらくらしてきた。

「異動されたそうで」

伊藤に声をかけられ、拳を顔から離す。視界がぼやけ、彼の顔が縞模様《しまもよう》に変わった。

「ええ」

「詳しいことは知らないけど——」

「左遷《させん》じゃないですよ」

彼の心配を打ち消すために、先んじて言ってやった。伊藤がわずかに安堵《あんど》の表情を浮かべ、頭に巻いた手ぬぐいに指先で触れる。いかつい顔に張りついた笑みが、少しだけ大きくなった。

「変わった仕事だって聞いてるけど」この店は警察官の溜まり場にもなっており、情報は自然と彼の耳に入ってしまうのだ。

「本来なら、仕事にもならない仕事なんですけどね」

「どんなことでも、仕事にならないってわけはないでしょうが。そんな部署を置いておくほど、おたくらは暇じゃないはずだ」伊藤の説教癖が顔を出した。「人の税金でやる仕事に無駄があっちゃいけないね」

「自分の仕事を無駄とは思いたくないですけど、他人が見たらどう思うか」

「他人の目なんか気にしてちゃ、何もできないさ。自分で信じた通りにやればいいんだよ」

「それは分かってるんですけど、子どもの相手は疲れるもんです」

「そういう仕事なのか？」伊藤が片目だけを見開いた。

「詳しいことは言えませんが、今日の仕事はそういうことでした」

冷たくなったお絞りを頰に押し当て、ひんやりとした感触を楽しむ。グラスを傾けると、いつの間にか随分薄くなっている。ウィスキーを足すかどうか迷い、結局そのままで大きく呷《あお》った。

「子どもの相手ね」伊藤が腕組みをし、一転して厳しい表情を浮かべた。「あんた、それで大丈夫なんですか」

「大丈夫も何も、仕事ですから。やらなくちゃ給料が貰《もら》えない」

「そうは言っても、だな」

「仕事だと思えば、いろいろなことが気にならなくなるもんですよ」

「それならいいが……一つ、話をしようか。人間ってのはね、そんなに弱くないんだよ。

どんなに辛《つら》いことでもいつかは忘れる。忘れなくても慣れる。ただしそれは、結果が出ていてこそだ。どんなにひどい結果でも、変えようがないと分かれば、そこが再スタートの出発点になる。それを認識する覚悟さえあれば、な」

あなたのように。

彼の息子は殺されたのだ。絶対に戻って来ない。事実は確かに動かしようがなく、ゼロ地点からスタートするしか選択肢はなかったのだ。だが私は違う。あれは事件なのか？事故なのか？　娘の綾奈が突然姿を消して七年。伊藤の言うように、はっきり死んだものと分かっていれば、諦めの月日が回り始めていたはずだ。しかし今更どうしようもないし、七年前のあの日に戻ることができても、やはり何をすればいいかは分からないだろう。

神隠しなどというものはあり得ない。少なくとも綾奈がいなくなる前はそう思っていた。人は自然に、忽然《こつぜん》と消えたりはしない。自らの意思によって居場所を変えるか、誰かの力で現在の環境から引き剝《は》がされるか、どちらかしかないのだ。だがこと綾奈に関しては、いずれの形跡も見当たらなかった。

希もそうなのか？

「おい、高城さん、大丈夫か？」

「あ……すいません」慌てて煙草に火を点ける。まだ頭痛の残る額を擦ってから、照れ笑いを浮かべて見せた。「この年になると、さすがにしんどい仕事の後は疲れますね」

「そんなこと言う年じゃないだろうが。俺に比べりゃまだまだ若い」伊藤がぴしゃりと断じた。その顔には、優しさと厳しさが同居している。世の中には生まれながらのコーチ――相手を脅し、励まし、モチベーションを高めて一段上のレベルに持っていくことを生きがいにしている人がいるものだが、彼はまさにそういうタイプだった。もっとも伊藤の場合、生まれ持っての性癖ではないかもしれない。昔の伊藤がどんな男だったかは知らないが、あの事件で変わらなかったはずはない。他人の悲しみや辛さを分かち合い、何とか立ち直らせようと努力する強さを持った人間になったのは、自らの不幸が引き金だったのではないか。

「仕事が上手くいかないと、愚痴《ぐち》も出ますよ」

「そんなに難しい仕事なのかい？　あんたには難しい仕事なんてないように思えるけど」

「いや、逆です。簡単な仕事なんて一つもないんですよ。簡単だと思って油断すると、筋を読み違えたりします。神経が磨《す》り減りますね」

「だけどそういうのが好きだったはずだよね、あんたは」

無言でうなずくに止めた。私はある意味、この男とは抜き差しならない間柄なのだが――少なくとも刑事と被害者という以上の関係だった――それでも互いに入りこめない領域は持っている。彼が私の仕事を根本的には理解していないように、私も彼の苦しみや悲しみを覆う薄皮を剝がせたとは思っていない。「他人の痛みが分かる刑事になれ」とは駆け出しの頃によく受けるアドバイスだが、所詮《しょせん》他人は他人であり、痛みを完全に理解することなどできはしない。「他人の痛み……」などと平気で口にするのは、何も知らない傲《ごう》慢《まん》な人間だけだ。

彼の痛み——一人息子の秀が殺されたのは、もう十五年も前になる。その頃秀は、高校を出たばかりの十九歳。当時吉祥寺にあった父親の店を手伝うために調理師学校に通っていたのだが、帰りが遅くなったある日、高校時代の友人たちとたまたま会って口論になった。元々彼とは仲の良くない、地元の不良グループだったのだが、その日は特に虫の居所が悪かったらしい。秀は深夜の公園で五人がかりの殴《なぐ》る蹴《け》るの暴行を加えられ、全身打撲で死亡した。遺体は山梨県の山中に埋められた。

最初は行方不明だったのだ。希と同じように。

警察は——刑事になって何年か経っていた私もそうだったが——真面目に捜査しようとはしなかった。十九歳の青年が行方不明になっても、大抵は自分の意思で家を出たものと見なされる。最初の段階では、公園での一件の目撃者もなく、事件性はないものと判断された。伊藤は捜査するよう必死に訴え、自分でも目撃者探しを始めたのだが、それに対して所轄署の刑事課がようやく本腰を入れたのは、秀が行方不明になって十日もしてからだった。目撃者が意を決して名乗り出てきて、そこからあっさり犯人は割れたのだが、結局遺体が掘り起こされるまでには、それからさらに四日を要した。もちろん、何日か早く警察が動き出したとしても、秀が生き返るわけではない。しかし親も事実を知らぬまま、二週間も土の中に埋められていた事実に変わりはないのだ。それがどれだけ伊藤の精神状態を蝕んだか、私は間近でずっと見てきた。

伊藤の戦いはそれからが本番だった。被疑者は全員少年であり、被害者の家族が納得するような——少なくとも復讐心が満たされるような裁判結果には絶対にならない。彼は法的にどうしようもない状況に対して、決然と戦いを挑み始めたのだ。被害者の家族の人権は、あまりにもないがしろにされているのではないか。法制度のあり方そのものに問題があるのではないか。他のことなら、例えば政治活動だったら、彼の動きは「扇動《せんどう》」と呼ばれるに相応《ふさわ》しいものだった。

三十歳になったばかりの駆け出し刑事だった私に、伊藤の手助けができたわけではないのだが、今考えれば、自分がこうやって失踪課にいることも何かの縁ではないかと思える。あの事件は、刑事としての私の出発点になった。気を抜くな。単なる家出と見えていても、その裏には何があるか分からない。

ウィスキーを一気に半分ほど空け、グラスをカウンターの奥へ押しやった。それを見た伊藤が目を細くする。私はできるだけ静かな声で「今夜はこれぐらいにしておきます」と告げた。

「何か食べていったらどうだい」

「食事は済ませましたよ」

「ちゃんと食べてるのかね」

「ええ。仕事をするにはまず食べないとね。質はともかく――」

「何を食べたんだ」伊藤の声は心なしか厳しく、追究する調子だった。

「カレーですよ。相手と話をしながら食事しなくちゃいけなかったんで、軽いもので」

「どうせ、その辺の店でいい加減なカレーを食べたんだろう。何でうちで飯を食わないんだ。あんた一人の食事ぐらい、俺が面倒みてやるよ」

「そういうわけにはいきません」

「そういうわけにいくんだ」腕組みをした伊藤が私を睨みつける。

いつからだろう、彼の方が私を心配する立場になったのは。伊藤が犯罪被害者の会を立ち上げ、胃潰瘍で死線を彷徨《さまよ》った後で起きた、私の娘の行方不明事件。刑事の娘が行方不明になったということで、仲間もすぐ積極的に動いてくれた。そのためだろう、警察と深い係わりのできた伊藤の耳にも、話は入ったはずだ。しかし彼が私に接触してきたのは、綾奈が行方不明になってから一年以上が過ぎてからだった。その頃私は、刑事としての勘で、綾奈はもう生きていないということを確信していた――事件なのか、事故なのかはともかく。依然として綾奈に執着し続けていた妻との間にくっきりと溝《みぞ》ができて、別居に踏み切った時期でもある。それは同時に、私が周囲との関係を次第に切り離し、酒を生涯の友にしようと決めかけた頃でもあった。

伊藤は何日もつき合ってくれた。励ますでもなく――希望を持たせるような発言が無意味だということは分かっていたのだろう――ただ私が呟く繰り言《ごと》を一つずつ拾い上げ、辛抱強く話を聞いてくれた。「刑事と被害者」がいつの間にか逆転し、悩める中年男とカウンセラーの関係が成立していた。それから今に至るまで、彼は綾奈の件について具体的に触れることはほとんどない。ただ私の離婚を、厄介払いされるように繰り返された異動を、じっと見続けてきた。そして私が店を訪れる度に、腹が割れそうになるまで飯を食わせようとした。

伊藤はいつの間にか、ある種の聖人になったのかもしれない。心の奥底には、自分の人生を変えた人間――刑期を終えて社会に戻った殺人犯たちに対する憎悪が、未だに渦巻いているにしても。

「カレーが食いたいなら、うちのカレーにすればいいんだよ」

「それは論点が違いますよ。人と話をするついでに食べただけで、どうしてもカレーである必要はなかったんだから」

「だけどうちのカレー、好きだろう?」

「それは、もちろん」認めざるを得ない。「秀」は基本的に小料理屋なので、カレーなどメニューに載っていないのだが、賄《まかな》い用として常に用意されている。牛スジを何時間もかけて煮こんだもので、たっぷりと赤ワインを入れてあるせいか、カレーの香りが漂うビーフシチューといった上品な味わいだ。何度か食べさせてもらったことがあるが、舌の記憶を引っ張り出すと、腹が一杯になっている時でも唾《つば》が湧き出てくる。

「今食わないんだったら、冷凍してあるのがあるから持って行くか？」

「いいですよ、一人暮らしですから」

「飯ぐらい食べるだろう」

「そもそも炊飯器がありません」

「おいおい」伊藤が大袈裟《おおげさ》に溜息をついた。「少しは体のことも考えろって」

「食べることは食べてますから、大丈夫でしょう」

「あんたの場合はね、そろそろ食べ物の量じゃなくて、質に気を遣わなくちゃいけない年なんだよ。食ってりゃいいってもんでもないんだぜ」

「ごもっともですね」この件に関しては伊藤が百パーセント正しい。「それはちゃんと気をつけますから」

「本当に頼むよ」

　黙ってうなずき、煙草を胸ポケットに落としこんで席を立った。店内をざっと見回し、伊藤が新しく構築した人生の証拠を確認する。立派なものだと思う。彼の精神力の強さに感服もする。だがそれは、一度彼の人生が徹底的に破壊されてしまったからに他ならないのだ。何もないところから再開する方が、覚悟ができるのだろう。私のように、どうにもならない中途半端な、宙ぶらりんの状態から何とかしようとするよりも。

それすらある種の甘え、自己弁護に過ぎないのかもしれないが。

三月、夜。裏地なしのコートでは寒さを完全に遮断することはできない。わずかに腹を温めてくれたウィスキーは、店を出て歩き出した途端に蒸散してしまったようだった。思わず肩を丸め、足早になる。今夜何もできないのが痛かった。何かすることさえあれば、余計な考えに悩まされずに済むものを。

「高城さん」

その声はどこか遠くから聞こえてくるようだった。歩調を緩め、左右を見回したが誰もいない。再び歩調を速めようとした途端、声は背後から聞こえてきたものだと分かった。立ち止まって振り返ると、懐かしいがあまり会いたくない男が目の前にいた。黒いスーツ、白いワイシャツに銀色のネクタイ。それだけなら普通のサラリーマンの格好だが、短く刈り上げた髪といかつい顔のせいで、一目で堅気ではないと分かる迫力が生じていた。顔の横、耳から顎にかけて走る傷が、さらに凶暴さを増幅させる。

「どうも。ご無沙汰してますね」

「あんたか」

自分と同年輩のこの男を、私は上から下まで見下ろした。何年ぶりか……少なくとも二年、あるいは三年は会っていなかったのではないか。まだ私が酒瓶と一緒に生活していた頃に会ったはずだが、当然のこと、その頃の記憶は曖昧《あいまい》である。

「お元気そうで」

「俺が元気だろうが何だろうが、あんたには関係ないんじゃないかな」

男の頰が引き攣った。侮蔑的な言葉を投げかけられるのには慣れていない。普段は周りから「若頭《わかがしら》」と持ち上げられているのだ。若頭――東京に本部を置く指定暴力団、京三《きょうさん》連合幹部の塩田《しおた》龍二《りゅうじ》。もっともその名前は自ら名乗っているだけで、本名は聖《あきら》という極道らしからぬものである。さすがに格好がつかないというので、兄貴分の名前から「龍」の一字をもらったらしい。その兄弟分は、十年前の抗争事件で射殺された。

しかし悪は、名前とともに引き継がれていく。

「まあまあ、そう言わずに」

「相変わらず悪さをやってるんだろう。最近は何だ？　中国人を使って強盗でもやってるのか。相変わらずシャブか。それとも経済ヤクザに転進して、どこかの企業の乗っ取りでも企《たくら》んでるとか」

「高城さん、相変わらず口が悪い」

「俺はあんたたちの担当じゃないからね。情報を取る必要もないから、おつき合いは願い下げだ」

「まあ、そう言わずに。顔見知りじゃないですか」

にやりと笑いながら——トカゲが口を開ける様が頭に浮かんだ——塩田が顎の傷を撫でる。それは私と彼が知り合うきっかけになった傷だった。当時若頭補佐だった塩田に対する襲撃事件。顔を切りつけられ、出血多量で瀕死《ひんし》の重傷を負わされた。初動捜査には当時所轄の刑事課にいた私も参加していた。その後事件は暴力団担当の連中が引き継いだのだが、病院で事情聴取をした私に対して、塩田は何故か好意を抱いたらしい。ヤクザに好かれる人生になど何の意味もないのだが、その後も塩田は、時折思い出したように連絡してくる。大抵どうでもいい用件で、会うことはほとんどなかったのだが、一度だけ、彼の情報で事件が解決したことがある。中国人絡みの強盗事件で、対立する組が裏で糸を引いていたことを知った塩田は、進んでその情報を提供してくれたのだ。彼の意図は明白であり——相手を潰すきっかけが欲しかっただけだ——私は事件が解決しても彼を全面的に信用することはできなかった。要するに塩田は、自分たちの利益を拡大するために警察を利用したのである。

「それにしても、あんたが一人で歩いてるとは珍しい」

「用心が必要だとでも思ってるんですか?」

「あんたのような商売の人は、いつでも用心しなくちゃいけないだろう」

「最近は平和ですよ……ところで、ちょっとした噂を聞いたんですがね」塩田が煙草を一本引き抜き、掌の中で転がす。実際は吸わないことを私は知っている。少なくともこの前会った時に、「禁煙した」とはっきり宣言したのを覚えていた。この煙草は、話の接ぎ穂《つぎほ》として使うためのものだろう。「高城さん、失踪課にご栄転になったそうで」

「栄転じゃない。ただの異動だ」

「言葉はともあれ、そういうことじゃないんですか？　本庁付きに戻られたんだから。ご挨拶《あいさつ》が遅れましたが、花束でもお送りした方が良かったでしょうか」

「ヤクザから物は受け取れないな。それにあんたには、花は似合わない。葬式の献花ならともかく」

「そうですか……」何かを面白がるように、塩田が唇の端を持ち上げた。笑っているようには見えず、人によっては凄まれたと感じかねないだろう。顎に走る傷のせいなのか、顔の筋肉を思うように動かせないのだ。「だったら花ではなく、情報ならどうかな」

「それがあんたを利することにならなければ、受け取ってもいい」

「利するかどうか、すぐには分からないと思いますがね。こういうことは、巡り巡って……じゃないですか」

「あんたに世の中の仕組みを教えてもらうとは思わなかったな」

塩田が乾いた声で笑い、煙草をパッケージに戻した。

「高城さんには直接関係ないかもしれないけど、最近、杉並の方で傷害事件がありましたよね。強盗だか通り魔だか分からないけど」

「ああ」何を指しているのかはすぐに分かった。まさに法月たちが駆り出されている一件だ。

「その件、まだ捜査は続いてるんでしょう」

「犯人が捕まったとは聞いてない」

「社会不安を煽《あお》るような犯罪はけしからんな。捜査は難航してるんですか？」

「警察が苦労してるのを見るのは面白いか？」

「とんでもない」芝居がかった仕草で、塩田が顔の前でゆっくりと手を振った。「警察の仕事については、いつも大変だと思ってるんですよ。同情していると言ってもいい」

「言うだけなら只《ただ》だな……あの件に関して何か情報を持ってるなら、捜査一課の担当者を紹介してやるから、そいつに直接話せばいい。俺には関係ないよ」

「高城さんから話せば、高城さんの手柄になるんじゃないですか」

「俺はそういうことに興味がないんだ」

「だったら何に興味があるんですか」

私は彼の顔をじっと見つめた。自分にもう少し広い心があれば、この男を情報源として飼っておくことも可能だろう。ヤクザは間違いなく裏の世界に通じている。一見暴力団とは関係なさそうな事件についても様々な情報を持っているものだし、それが事件の解決につながる可能性も低くはない。しかしヤクザは、無償で人を助けたりはしないのだ。いつかは必ず見返りを求めるものであり、それが警察官として許される範囲とは限らない。だからこそ、情報源として暴力団関係者を使うことを徹底して嫌う刑事も多い。しかし私は、どちらが優位に立つかというゲームにさえ負けなければ、こういうのもありだと思っている。自分がそうするかどうかは別の問題だが。

「人捜し」

「ああ、失踪課の仕事は人捜しですよね」全面的に私を受け入れる、とでもいうように深くうなずく。「それも大変でしょうな」

「あんたたちには分からないぐらいいな」

「今は誰を捜してるんですか？　女性？　だったら風俗関係に当たってみてもいいですよ。本当に、最近の子はねえ……昔みたいに風俗のハードルが高くないから、アルバイト感覚で足を踏み入れる。家出して自分の意思でそういうところに紛れこんだら、警察には簡単に捜し出せないでしょう。我々なら顔が利きますよ」

「いや」一瞬躊躇った末、私は首を振った。十五歳、まだ明らかに幼さが残る希が、風俗店でアルバイトをしているとは想像もできない。だいたい、いくら何でも経営者の方で敬遠するだろう。塩田が言うように、無理に雇わなくても候補者はいくらでもいるのだ。

けは貰っておくよ」

「好意だけは貰っておくよ」


「そういう感じの話じゃないんでね」

「何でもお手伝いできるけどねえ」

「結構だ」できるだけきっぱりと言い切ってやった。十五歳の少女を捜すのにヤクザの力は借りるようでは、私もおしまいだ。これは見返り云々《うんぬん》という問題ではなく、自分の能力に係わることである。中学生の一人ぐらい、独力で見つけられなくてどうする。「好意だけは貰っておくよ」

　本当は好意すらいらないのだが。

「そうですか」塩田がどこか不満そうに顔を歪《ゆが》めた——本当は笑っているのかもしれないが。すぐに真顔に戻ってうなずく。「まあ、高城さんのお仕事を邪魔するつもりもありませんけどね。余計なお世話ってことですか」

「そう取ってもらって結構だ」

　塩田の瞼《まぶた》がひくひくと痙攣《けいれん》する。怒っているのだろうが、それを露骨に表に出さないだけの忍耐力はあるようだった。

「それでは、私はこれで」

「京三連合の若頭ともあろうものが、一人で中央線に乗って帰るつもりじゃないだろうな。この時間の中央線は酔っ払いで混んでるぜ」

　今度こそ、塩田が声を上げて笑った。明るい、乾いた笑い声。

「ご心配なく」言った途端、一台の車が音もなく滑りこんできて、彼の脇で停まった。漆黒《しっこく》の、レクサスのハイブリッド車。地球環境に気を遣うヤクザ——何ということか。私はその場に立ち尽くしたまま、笑いを噛み殺した。

「何か？」ドアに手をかけた塩田が一瞬立ち止まる。

「その車、燃費はいいのか？」

「高速なら十キロは軽く超えますね」

「たまげたな。今後も頑張って環境保護に力を注いでくれ」

「それより本当に、杉並の事件の情報を聞きたくない？」

「繰り返しになるけど、話したいんなら担当者を紹介する。俺が間接的に伝えるより、直接言った方がいいんじゃないか」

「高城さん以外に話す気はないね」

「どうして」

「我々も信頼関係で仕事をしてるから。よく知らない人に話しても意味がない……ＳＩって何だか、調べてみたらどうかな」

「ＳＩ？　何の略だ」

「まあまあ」急に優位に立ったとでも思ったのか、塩田が凶暴な笑みを浮かべた。「被害者とＳＩ。面白い話になるかもしれませんよ」

走り去るレクサスのテールランプを見送ってから、私は駅に向けて歩き出した。ＳＩ？何を訳の分からないことを。いい一日だったのか悪い一日だったのか、さっぱり判断がつかない。

一つはっきりしているのは、その夜家で久々に味わった「角」が、やけに苦かったことだ。それでもボトル半分ほどを空けてしまうのが、酒呑みの悲しい性《さが》なのだが。

醍醐はいつも、遅刻ぎりぎりの時間に失踪課に駆けこんで来る。子どもを保育園に預けてこないといけないのだ。「一人で少子化に抵抗する男」と茶化されているが、本人にしてみれば死活問題だろう。公務員の手当ては民間の会社員に比べても薄くはないが、子どもの数が多いほど生活が苦しくなるのは間違いなく、出産も近いのに醍醐の妻もまだ働いていた。

「お早うございます！」

例によって、声で何かを破壊しようかというような大声。愛美がいたら、わざとらしく両耳を塞《ふさ》いでいるところだ。二日酔いの頭に直撃を受け、私は思わず呻《うめ》きを漏らした。

「醍醐、ちょっと」

「オス」

「その体育会系の挨拶はやめろって。二日酔いに響くんだ」私は目の前のミネラルウォーターを恨めしく睨んだ。結局、帰宅してからいつも通り一人きりの酒盛りで睡眠時間を潰してしまった。

「オス」

何度言っても直らない。首を振り、私の隣の愛美の椅子に座るよう、促す。既にコートは脱いでいたが、肩からバッグを担いだまま腰を下ろした。口元から漂い出すアルコールで彼を毒さないようにと、少しだけ椅子を後ろに引く。

「昨日、女子中学生の行方不明事件を引き受けた。取りあえず一人で調べてみたんだけど、今のところは家出とも事件とも判断できない」

「オス」台詞は同じだが、今度は声を抑えていた。

「ただ、親の様子がおかしい。ここへ相談に来たのはその子の友だちなんだけど、証言が食い違っているんだ」友だちは「希が家出するわけがない」と断言していたのに対し、父親は「何度も家出を繰り返していた」と正反対の証言をしたことを話す。「どっちかが嘘をついている。俺は、親じゃないかと思うんだ」

「友だちの方とは考えられないんですか？　最近の中学生は、警察を騙《だま》すぐらいのことは平気でするでしょう」

「そうかもしれないけど、この連中に限ってそれはあり得ない。基本的に真面目なんだよ。行方不明になった子のことを本気で心配してるし」

「そうですか」

「どっちの方向へ踏み出して捜査するか、まだ決められない。取りあえずお前さんは、親の周辺を洗ってくれないか？　家は杉並だ。父親は、青山でデジタルプラスワンという会社を経営している。平日は会社に泊まりこみで、ほとんど家に帰らないようだけどな」

「親が嘘をついているとして、理由は何なんでしょうね」

「まず、誘拐の線が考えられる。犯人は当然、警察には知られたくない。親も、『警察に届ければ娘を殺す』と脅されれば、口をつぐんでしまってもおかしくない」

「でしょうね」

「だからできるだけ慎重にやってくれ。近所の聞き込みから始めるんだ。親子関係はどうだったのか、今まで本当に家出するようなことがあったのか。周辺から親の嘘を突き崩せれば、何とかなる」

「分かりました」

「俺は彼女の友だちに当たってみる。仲のいい六人グループの一人だ」

「誘拐ではなく家出だとしたら、何か理由はありそうなんですか？」

「家族仲が悪かったと言う証言もあるんだけど、本当のところは分からないな。問題の女の子は、自分のことをあまり積極的に喋るようなタイプじゃなかったようだ。家族関係じゃなくて、恋愛問題で悩んでいたとも考えられる」

「中学生が恋愛で悩む？」醍醐の顔色が変わった。「けしからん話です。そんなこと、許されませんよ」

「でかい声、出すなって」私が耳に指を突っこむと、醍醐は不満そうな表情を浮かべて「オス」と言った。アルコール漬けの脳は、醍醐の大音声《だいおんじょう》を生理的に拒否する。「十五歳は十分大人だぜ。大人と同じように恋愛問題で悩んでもおかしくない。しかもそうなったら、大人みたいに上手く対処できないだろうしな。トラブルに巻きこまれる可能性は高い」

「分かりました……家出だったらどうするんですか」

「それが確認できれば、あとは家族の問題になるな。家族が捜索願を出さない限り、こっちとしては積極的な捜索は無理だ」

「分かりました」醍醐が立ち上がる。背が高い上に、元運動選手らしい迫力がまだ残っていて、見下ろされると不快感がいや増した。

「とにかく慎重にやってくれ。相手は十五歳だからな。何があってもその娘《こ》を傷つけたくないんだ」

「了解です」一言残して、醍醐が小走りに部屋を出て行く。壁に貼られた書類の類《たぐい》が、彼の巻き起こした風で舞い上がった。小さく溜息をつき、椅子に背中を預ける。気づくと、真弓が私の背後に立っていた。椅子を回して向き直り「室長」と声をかける。

「まあ、大丈夫でしょう」真弓の口調は私を勇気づけるというより、自分を納得させようとしているようだった。「彼だって、それなりに経験を積んでるんだから、ちゃんとやるわよ」

「それなりに経験を積んでる人間が、どうしてこんな所にいるんですかね」

「知らなかったの？　彼の場合、希望よ。家に近い所で勤務したいからって」

「保育園問題ですか」

「そう。そういう問題が解決しないと、少子化はこれからもどんどん進むでしょうね。特に東京の場合は。彼がいくら一人で頑張ったって無理よ」真弓が寂しげな笑みを浮かべる。

「それより、どんな感じ？　本当に異性問題だと思う？」

「聞いてたんですか？」

「聞いてたわよ。大事な情報だから。それで、あなたの感触は？」

「十五歳の女の子が、男関係で揉めて家出するというのは、理屈では想像できます。そういうケースも実際にありますしね。ただ、個人的にはどうしても理解できないな。同性として、室長はどう思います？」

「さあ、どうかしら」真弓が含み笑いを漏らした。「私にとって十五歳っていうのは、はるか昔の時代だから」

「それはお互い様ですね」

言った途端に軽い疲労感が襲ってくる。しかし、今日もしっかり仕事をしようという気分を殺《そ》ぐほどのものではなかった。かなり重度の二日酔いも邪魔にはならない。醍醐の大声さえ聞かなければ。

5

飯島大樹が手がかりをくれた。

昨夜《ゆうべ》、拓也から連絡を入れてもらって会う段取りをつけていたのだが、約束の午前十時半、待ち合わせていた中学校の正門前に現れた彼は、希の「男関係」についてヒントを与えたのだ。

大樹は、これまで会ってきた四人とは明らかに雰囲気が違った。肉のない細い顎が顔にシャープなイメージを与え、細めた眼差しがその印象に険しさをつけ加えている。常に警戒している気配。だぼっとしたカーキ色のミリタリーパンツと黒の革ジャケットというコーディネートで、足元には編み上げのブーツを合わせていた。革ジャケットとブーツは雨で濡れて鈍い光を放っている。もうすぐ高校生という実年齢よりも、かなり年上に見えた。

「飯島君か？」

大樹が素早くうなずく。自分の名前が誰かに知れるのを恐れるような態度だった。

「悪いな、忙しいところ。車の中で話さないか？」

覆面パトカーに乗りこむと、大樹が口を開く。案外細く甲高《かんだか》い声だった。

「希は……」

「すまん」

私が謝ったのが意外だったのか、大樹が慌ててこちらを見て目を見開く。大きな、澄んだ目。ずっと目を細めていたのは、やはり何かを警戒していたせいだと気づく。

「まだ具体的な手がかりがないんだ。一番仲のいい君たちを頼りにしてる」

「全然分からない」大樹が首を振った。言葉数を少なくすることで迫力を増そうとしているようだったが、今のところは成功していない。家出の可能性を即座に否定したので、質問を切り替える。

「希さん、妙な連中とのつき合いはなかったか？」

「そういう奴らからは、俺が守る」

唐突に彼の口から漏れた強い言葉が、私の胸にざわめきを呼び起こした。拓也の口からも聞けなかった希に対する明確な好意を、大樹は臆面《おくめん》もなく口にした。

「実際にそういうことがあったのか？」

「いや、それは……」大樹は言い淀《よど》んだが、すぐに立て直して続ける。話の内容は少しだけ後退していた。「女子は守ってやらないと」

「いい心がけだ」

褒められるとは思っていなかったのか、大樹が驚いたように片目だけを見開いて、ぽつりと打ち明けた。

「去年の夏休み、駅前で」

「荻窪の駅前？」

「希が通ってる塾があって、帰りが遅かった日に他の中学の連中に因縁をつけられて……からかわれて」

「それだけか？」

「逃げて帰って来たから大丈夫だったけど……話を聞いて、帰りは俺がつき添うことにした」

「偉いな。結局、実際に何か危ないことはあったのか？」

「俺が一緒にいた時はなかった」

「だったら君は、ちゃんと役目を果たしたわけだ。でも、大変だったな」

「いや、別に……俺も駅前の塾に行ってたから」

「同じ塾？」

「別。頭の出来が違うから」唇の端をわずかに持ち上げて大樹が微笑《ほほえ》んだ。

「じゃあわざわざ、彼女が終わる時間に待ち合わせて帰ってたんだ」

「まあ、そういう感じで……」両手を腿の上で組み、指先を擦り合わせる。言いたくないが言いたい。そんな矛盾に直面しているのだろう。相手が私ではなく仲間だったら、平気で話しているかもしれない。

「君と希さんはつき合ってたのか？」

「まさか」否定は速過ぎ、しかも強過ぎた。まるで治り切っていない傷に触れられたように激しい反応。

「言葉が悪かった。好きな子じゃなかったら、そんな大変なことはしないだろう」

「別に」

「塾の帰りにつき合ってたのは、夏休みの間だけか？」

「……途中まで」

「別の護衛役が現れたのかな」

当てずっぽうの一言が当たったらしい。大樹がゆっくりとこちらを向く。目は虚《うつ》ろだったが、しっかりと私を見据えようという気合は窺えた。

「希と同じ塾の奴」

「学校は？」

　無言で大樹が首を横に振った。なるほど、彼にとって嫌な記憶なのは理解できる。護衛役になって希の好意を得ようとしていたのに、新たな保護者がいきなり登場した。希としては、さして深い考えはなかったのかもしれない。単に人の好意に甘えただけで、恋愛感情はゼロだった可能性もある。今まで話を聞いた限りでは、希はこと恋愛に関しては、同世代のトップランナーというわけではなかったようだ。意識のずれが、大樹を傷つけたのか。

「希さんは、その彼とつき合ってたのかな」

「分からない」

「でも、塾ではずっと一緒だったんだろう？　学校が違っても塾が同じなら、会うチャンスはいくらでもあるよな」

「そうかもしれない」

「このこと、他の連中は知ってたのか？」

「知らないと思う」

「女子も？」

　無言のうなずき。やはり希は、恋愛に関しては奥手だったのではないだろうか。そうでなければ、異性に対してはともかく、同性の友人には必ず話すはずだ。自慢もしたいだろうし、相談することもあっただろう。

「相手の男が誰か、知ってるのか」

「まあ、それは……」

「知ってるなら教えて欲しい。希さんには君たちが知らない一面があったかもしれないし、それが今回の一件につながっている可能性だってある」

「その男と一緒にいるとか？」大樹の声が鋭く尖る。

「そうは言わないけど、希さんが何を考えていたのか、何をしていたのかを知っているかもしれないだろう？　今はどんなことでもいい、手がかりが欲しいんだ」

「藤居雄吾《ふじいゆうご》」搾《しぼ》り出すように大樹が名前を告げる。

「住所や学校は？」

「知らない」

「塾は分かるよな」

「分かるけど……」それを私に教えていいものかどうか、迷っている様子だった。

「希さんに何かあったら困るだろう」

「それは、もちろん」

「だったら教えて欲しい。俺が責任を持って捜すから」

それが決め手になったのか、教えてくれた。私の知らない名前だった。ということは、大手の進学塾ではないだろう。

「去年の夏、希さんにちょっかいを出した連中のことを具体的に知ってるか？」

「え？」大樹の顔色が変わった。「まさか、その連中が……」

「まだ分からないよ」私は顔の前で手を振った。「可能性としては、あらゆることを考えておかないと」

そう言いながら、その可能性にさほどのリアリティがないことは自分でも感じていた。

駅前にある進学塾は私を圧倒した。マンションの二階部分を改装して使っているのだが、外階段を上がっていく途中の壁全面に、合格先の中学や高校の名前が短冊《たんざく》のようにかかっていたのだ。それを信用する限り、実績は大変なものである。内廊下の壁には、今度は個人名が入った短冊が貼りつけてあったが、壁一面が埋まるほどの数だった。一人一人見ていったら何時間もかかりそうだったが、私は何とか希の名前を見つけ出した。まるで彼女の名前だけが光り輝き、壁から浮き上がってでもいるかのように、すぐ見つかった。「藤居雄吾」の名前を捜し出すには少し時間がかかったが、希と同じ高校に合格していたことを知る。

なるほど、二人仲良く同じ高校へ進むわけか。

廊下を突き当たりまで行くと、明らかに教室ではない部屋があった。教室は全てドアが開け放たれていたのだが、そこだけは閉まり、中で小声で話し合っているのが聞こえてくる。事務室、あるいは学校で言えば職員室だろうと見当をつけ、ノックする。「どうぞ」という声に応えてドアを開けると、男が一人、受話器を耳に押し当てたまま、私に向かって頭を下げた。「じゃ、後ほど」と電話の相手に向かって言うと受話器を置き、腰を浮かしてもう一度会釈する。三十代半ば、きちんとネクタイをしてシャツの上にはケーブル編みのカーディガンを羽織り、下はオリーブ色のコットンパンツだった。少し長く伸ばした髪は目の上にまで垂れ下がっており、何かする度に顔を振って払い除《の》けている。

「父兄の方ですか」

そう見られても不自然ではない年齢なのだと思い、無意識のうちに苦笑いを零《こぼ》してしまった。刑事らしくない、と時折言われることがある。殺気がないのだと。娘がいなくなってからの七年間で失われたものの一つだと思う。

「違います」残念ながら、という余計な一言を呑みこんでバッジを見せると、相手の顔が瞬時に強張《こわば》った。もう少し柔らかく攻めるべきだったかもしれないが、いずれは分かってしまうことだ。ショックは最初に与えた方がいい。相手が落ち着くのを待ってから、言葉を発する。

「失礼ですが、こちらの責任者の方ですか」

「はい。古賀賢介《こがけんすけ》と言いますが……」

「経営者の方？」

「ええ」

「この時間の進学塾は静かですね。先生方もまだいらっしゃってないんですね」

「今は春休みですから、一年で一番余裕のある時期かもしれない。午後からは春季講座がありますが」

「食事でもしませんか」

「はい？」古賀の声が頭から突き抜けた。初めて会う刑事からこんな提案をされたら、誰でも戸惑うだろう。

「警察には捜査機密費っていうものがありましてね。何に使ってもいいんですけど、使い切らないと来年度の予算で削られるんです。今は年度末ですし、消化が大変なんですよね」

「そういうの、まずいんじゃないんですか」古賀が鼻に皺を寄せた。

「大丈夫です。冗談ですから」

「すいません、いったい何のご用件でこちらへ……」今度は顎が細かく震え始める。

「これから話そうとしていることは、重大なお願いです。あなたに面倒をかける代わりに、食事を奢《おご》ろうというだけですよ」

「怖いな、そういうのは」

「怖いことはありません。あなたが隠し事をしなければ」

「私には隠すようなことはないですよ」

「それは話してみないと分からない。どうですか？」

「いいでしょう」古賀が大袈裟に左手を捻って腕時計を見た。手首の幅よりも大きそうなオメガのクロノグラフ。高価な時計は、この進学塾の財政状況を示している。教育費には不況の影響もないようだ。「時間はあまりありませんよ。一時には戻らないといけないので」

私も自分の時計を見た。何年も使っている国産のクオーツ時計を。十一時四十五分。残された時間は一時間少ししかない。

「じゃあ、行きましょう。早い方がいい」

「ここの下でいいですか？　遠出したくないし」

「ええと」このマンションの全体像をイメージした。一階には確か……喫茶店がある。

「喫茶店でしたね。構いませんよ、カレーでなければ」

私にとってイタリアの麺類《めんるい》は、「パスタ」ではなく「スパゲティ」であり、ケチャップを使ったナポリタンが原点である。片田舎《かたいなか》で育った子ども時代から高校生の頃まで、近くの喫茶店でよく食べたものだ——ちょっと特別な日の食事として。

ナポリタンを注文して私の郷愁を呼び起こしたのは、古賀その人だった。ウエイトレスが水のコップを置いた瞬間に注文するのに吊られて、私も同じものを頼んでしまった。


「いいんですか、ナポリタンで」と古賀。

「好きなんですよ」

「良かった。ここのナポリタンは美味いんですよ」

ほどなく、厨房《ちゅうぼう》の方から炒《いた》め物をする音が聞こえてきた。野菜と肉類――たぶんソーセージかベーコン――の香ばしい匂いも漂ってくる。朝飯は抜いているし、二日酔いも収まってきたので、胃袋がこれまでの扱いに不平を訴え始めた。

「それで……何なんですか」

古賀が胸ポケットから煙草を取り出したので、少しだけほっとした。少数派同盟の同志だ。私も煙草をくわえ、火を点ける。しばらく無言で煙にまみれながら、切り出すタイミングを窺った。

ストレートに行くしかない。

「そちらに在籍していた、里田希さんという生徒さんのことなんです」

「ああ、希ですか」古賀の唇が緩んだ。

「相当できのいい生徒さんだったんでしょうね。進学先も超一流だ」

「うちの塾始まって以来の優秀な子だったかもしれません」

「そんなに?」子どもたちも同じようなことを言っていたが、受験のプロの口から出ると説得力が違う。

「ええ。うちはオヤジの代から地元でやってるから、かれこれ四十年ぐらいになるんですけど、そのオヤジが太鼓判を押してますからね。もう一線を退いてますけど、数字を見れば大抵のことは分かりますから」

「どんな生徒さんだったんですか」

「こっちで言わなくても自分でやる子。野球で言えばイチローのレベルかな」

「ということは、人間のレベルではないということになりますけど」

「まさしくその通りでして。中学に入って急に伸びたんですよ。黎拓もいい高校ですけど、もっと上を目指さないと勿体ないですよね」自慢の生徒だったのだろう、緊張が解けた古賀は淀みなく話し続けた。「あの子ぐらいになると、将来をどうするか、逆に難しいぐらいです」

「東大一発、みたいな感じですか」

「それは当然として、そこから先のことも考えてあげないと。それこそ海外に目を向けるとか、ね。何も狭い日本で当たり前の進路を考えるだけが全てじゃないですよね」

「そういう子もいるんですねえ」

「とにかく、あそこまで優秀というのは私も初めてですけど……すいません、希がどうかしたんですか」

「行方不明なんです」

「行方不明」ゆっくりと繰り返す声からは、力が抜けていた。

「三日前から家に戻っていないんです」

「家出なんですか？」

「自分の意思でいなくなったのか、事件か事故に巻きこまれたのか、今のところは何とも言えません。そちらで何か心当たりはありませんか？」

「私ですか？　まさか」古賀が激しく首を振った。乱れた髪が眼鏡の上にかかって視界を塞ぐ。慌てて手でかき上げたが、目は動揺で泳いでいた。少し慌て過ぎていないか？　この男が希と個人的にややこしいことになって、という事態は考えられないだろうか。いや、まさか——私は暴走する想像に何とかブレーキをかけた。

「彼女はいつまで塾に通っていたんですか」

「受験が終わるまでですよ、もちろん。うちは進学塾ですから。だから、ええと」天井を見上げ、左の掌に右の人差し指を押しつける。「二月の頭ぐらいまでですね。私立の入試が二月の半ばに集中してるんです」

「それ以来、顔は見せないんですか」

「いや、合格した時は報告に来てくれましたよ。そういうのは歓迎なんです。こっちも、来年以降の受験生のために情報が欲しいし」

「どんな様子でした？」

「それはまあ、嬉しそうだったけど、大はしゃぎという感じじゃなかったな。当たり前ですよね、楽々合格だったんだから」

「何かで悩んでいたり、困っているような様子はなかったですか」

「なかったと思うし、そういうことがあっても表に出すような子じゃないですからね。淡々としてるというか、自分の考えを人に読ませないというか」

「話は変わりますけど、塾でも家族との面談はするんですか」一本目の煙草を灰皿に押しつけた。すぐに二本目に火を点けようかと思ったが、そろそろ料理が出来上がりそうなので遠慮する。

「面談はありますよ。志望校を決めるのに、親御さんの意見は当然必要ですから」

「そういう時は誰が来ました？」

「希の場合はお母さんでしたね」

「父親は？」

「私は直接面識はないです」

「母親との関係はどんな感じでしたか？　仲は良さそうでしたか」

「そうですね、仲は良かったと思いますよ。親子というより姉妹という感じかな。お母さんが結構若いはずですから」

「なるほど……去年の夏、希さんが他の中学校の生徒たちに因縁をつけられたのをご存じですか？　からかわれたと言うべきかな。駅の近くでは、いろんな連中がたむろしているんですけど」

「いや、すいませんけど、そういうことは知らないなあ。塾の外までは把握《はあく》できないんです。責任逃れをしているわけじゃないですけど」

責めているわけではない——それを知らせるためにうなずくと、古賀が露骨に安堵の吐息を漏らした。そこへナポリタンが運ばれてきて、私は次の質問を呑みこんだ。早く話を再開するために、さっそく食事に取りかかる。美味いという古賀の評価は大袈裟ではなかった。ほどよくもっちりとした太い麺——ナポリタンがアル・デンテでは白ける——には、ケチャップだけではない爽やかなトマトの味が絡み合い、大き目に切ったピーマンや玉葱の生っぽい歯応えが快かった。肉類はソーセージではなくベーコン。分厚く切ってあり、肉の美味さを十分味わうことができる。麺の焦げ目は、何とも言えない香ばしさを与えた。

「確かに美味いですね、これは」

素直に認めたが、古賀は喋る余裕すらないようだった。早く食べないととんでもないことになるとでもいわんばかりに、口を火傷《やけど》しそうな熱さのナポリタンを必死で啜りこんでいる。食べ終えると皿を横に押しやり、残った水を一息に飲んで紙ナプキンを唇に押し当てた。

「希のことですけど」

「はい」

「何か事件にでも巻きこまれたんでしょうか」

「今のところは何とも」

「その、因縁をつけられたというのは……」

「そういうこともあった、ということです」私もナポリタンを食べ終え、煙草に火を点けた。タバスコをかけすぎたので、背中を汗が伝っている。アイスコーヒーが欲しくなったが、話の腰を折りたくなかったので追加注文は遠慮した。「さっきも言いましたが、去年の夏、そう、夏期講習をやっていた時期ですね。希さんは怖くなって、友だちに相談したんです。それで夏休みの間ずっと、塾が終わってから家まで送ってもらっていたそうですが」

「何もなかったんですね？」

「少なくとも警察沙汰になるようなことは。なっていれば、私の耳にも当然入ってきているはずです」

「そうですか」

　古賀がほっと溜息をついたが、私の仕事はここからが本番だ。狭いテーブルの上に身を乗り出し、声を潜めて続ける。

「この塾に、藤居雄吾という生徒さんがいましたよね。もうすぐ中学を卒業ですけど、希さんと同じ高校に進学が決まっている」

「はい」あっさり認めたものの、古賀は慌てて自分の言葉を否定した。「いや、そういうことは申し上げられません。生徒の個人情報に関することは……」

「廊下に、生徒さんの名前と、合格した学校が張り出してあるでしょう。あれは、個人情報の漏洩《ろうえい》に当たらないんですか？」

「あそこは塾の人間しか通りませんから。それにあれは、現役の生徒に頑張ってもらうための目標みたいなもので」

「新しい生徒さんや親御さんも来るでしょう。そういう人たちに個人情報を漏らしていることになるんじゃないですか」

「まさか、そんな」古賀の顔が青褪めた。想像の翼《つばさ》を羽ばたかせれば、あの短冊が金になるとも考えられる。金がかかる私立校に進んだ生徒の家は、金持ちである可能性が高い。そして金持ちの存在を知れば、そこから何とか金を取ってやろうと考える悪い奴はいるものだ——悪い奴？　ふいに頭の中で、誘拐の可能性が急浮上した。身代金を狙えそうな金持ちの家を探している人間がいたら、子どもの進学先は一つの手がかりになるはずだ。ふらっと進学塾に入りこみ、廊下に張られた短冊を見れば——それこそ親のような顔をして入っていけば、怪しまれないのではないだろうか。仮に怪しまれても、子どものために説明を受けに来た、と言えば逃れられる。

しかしその可能性を徹底して追究するだけの材料はない。まずは雄吾のことだ。

「藤居雄吾君に話を聴きたいんですけど、住所も連絡先も分からない。あなたのご助力をいただきたいんです」

「しかし、個人情報が……」

「そうやって躊躇っているうちに、希さんは危険な目に遭《あ》っているかもしれない。少しでも手がかりが欲しいんです」

「雄吾が何かやったって言うんですか」

「そういうわけじゃない。ただ、二人は交際していた可能性もあるし、彼は希さんのトラブルについて何か知っていたかもしれない」

「交際って……そういう感じじゃありませんでしたよ」古賀が首を捻る。「まだ中学生ですからね。色気づくにはちょっと早いんじゃないかな」

「塾の外のことは分からない、そういう話でしたよね」私は古賀の言い訳を逆手に取った。途端に彼の耳が赤くなる。手も足も出ない速球を投げこんだので、次は緩いボール球を選んだ。「仰《おっしゃ》る通りですよ。塾っていうのは勉強を教えるところで、生活指導をするためにお金を貰ってるわけじゃないですよね。ですから私も、外のことまで教えて欲しいと言ってるわけじゃない。塾の外の希さんの様子を知っている人について、教えてもらいたいだけなんです」

「しかし、ですね」

「ここから情報が出たことは内密にします。あなたや塾に迷惑がかかることは、絶対にありません」

「信用が……」

「ばれなければ大丈夫ですよ」これでは悪事の誘いじゃないか、と思いながら私は言った。「人の命がかかっているかもしれないんです。ここは一つ、あなたに協力していただきたいんだ」

「あなたにお会いしたことさえ、誰かに知られたくない」

「もちろん、配慮します。私のことは忘れてもらっていいですよ」

「塾に戻ったら、もう子どもたちが来ているはずです。あなたがそこでうろうろしていたら、不審に思う人がいるでしょう」

「私は目立たない男です」それは事実だ。それほど背が高いわけでも低いわけでもなく、顔にもこれといった特徴がない。髪型を変えれば、まったく別人のイメージになるだろう。個性がないと言われればそれまでだが、張り込みや尾行の時にはそれが役に立つ。目立たないことこそが肝要なのだから。

「それでも、困るんです」古賀が腕組みをし、じっと思案した。やがて目を開け、とんでもない決心を固めたように真剣な表情になる。「仕方ないな。私の言う通りにやってもらえますか」

「もちろんです。ここではあなたがボスだ」

「それでは」古賀が計画を説明し始めた。スパイ小説か何かの読み過ぎではないかと思ったが、黙って提案に乗ることにする。形はどうあれ、手に入る情報の中身が大切なのだから。

## 6

春の雨が街を濡らしている。といっても霧のように細かく、どうしても傘が必要なほどではない。喫茶店を出て十分、私はコートを湿らせながら、塾の周囲の繁華街を歩いて時間を潰した——この街を希も歩き回っていたのだ、と考えながら。コンビニエンスストアの前の自動販売機で煙草を買い、その場で封を開けて一服する。ＪＴが喫煙マナーについて教えるポスターをぼんやりと見ているうちに、酒造メーカーはどうしてこういうマナー広告を出さないのだろう、と不思議に思った。煙草も他人に迷惑をかけるが、酒はもっと即効的に事件につながることが多い。酒が絡んだ事件がどれほどあるか、繁華街を抱えた忙しい所轄署で一晩当直をしてみればすぐに分かる。

約束の十分が過ぎた。コンビニエンスストアからは塾の建物は見えなかったが、もう大丈夫だろうと判断してゆっくりと歩き出す。それでもまだ早過ぎたのか、外階段を慌てて駆け上がって行く古賀の姿が視界の隅に入った。踊り場で周囲を見回した瞬間、私に気づいて顔を引き攣らせる。しかし何事もなかったかのように中に入っていくだけの冷静さは保っていた。

喫茶店の前。夜になると灯りが入るプラスティック製の看板の裏に、一枚のメモがテープで貼りつけられていた。素早くはがしてコートのポケットに落としこむ。そ知らぬふりで歩き続け、先ほどのコンビニエンスストアの前に戻ってから目を通した。雨で濡れて杉並の「杉」の字が滲んでいたが、住所と二つの電話番号——加入電話と携帯——は読み取れる。これで次の一歩は摑んだはずだが、妙な疲れを感じてもいた。同じことの繰り返しになるのではないだろうか。同い年の希の仲間たちは、事実は何も知らないのかもしれない。希は、彼らが想像もできない大人の世界の事情に巻きこまれているのではないだろうか。

疑問を抱く度に立ち止まっていたら、刑事は失業してしまう。早速動き出そうと思った矢先に、携帯電話が鳴り出した。

「醍醐です」

「ああ、お疲れ。どうだ？」

「いろいろ細かい話があるんですが、一度すり合わせしておいた方がいいと思います」

「そうだな……」雄吾には私一人で会うつもりでいた。醍醐のように体の大きな人間は、いるだけで相手にプレッシャーをかけてしまうものだから。しかも相手は少年である。雄吾との接触は少し遅れるが、先に醍醐との打ち合わせを済ませてしまおう。「今、どこにいる？」

「里田の家の近くです」

ここから歩いても十分ほどの距離だ。しかし私はそちらに行かない方がいいだろう、と判断する。根拠のない不安だが、誰にも見られたくない。

「駅前まで来てくれないか。場所は……」電柱の住居表示を見て、自分の居場所を告げる。さらに目印となる進学塾の位置を説明した。

「五分で行きます」

「いや、それは無理――」私の言葉を無視して、醍醐は電話を切ってしまっていた。まったく、慌ただしい男だ。それが上滑りしなければいいのだがと願いながら、私は雨の中、彼の到着を待った。

煙草を一本灰にする暇もなく、醍醐は本当に五分で到着した。走ってきたのだろう、呼吸は荒く、額は汗で――雨かもしれないが――濡れている。十メートル手前で私を見つけて頭を下げ、コンビニエンスストアの店先に来るともう一度お辞儀をした。

「不可能だな」

「何がですか」醍醐が大きな目をさらに大きく見開く。

「あの家からここまで、どう考えても十分はかかるはずだ」

「走りましたから」

「お前さん、怪我して野球をやめたんじゃないのか」

醍醐の顔が一瞬引き攣った。やはり触れてはいけない話題だったのだろう。謝罪すべきかもしれないと思ったが、次の瞬間、醍醐は平然とした口調で話し出した。

「怪我したのは肩ですから。走るのは問題ありません」

「だったら、刑事としては問題なくやっていけるわけだ」

「ええ。今までもそうしてきましたよ」

「ごもっとも」

買っておいた缶コーヒーを手渡してやる。醍醐は「どうも」と短く礼を言ってプルタブを引き上げ、手で持つのが辛いほど熱いコーヒーを一気に飲み干してしまった。ああ、と満足げな溜息をついて缶をアンダースローで放ると、近くの空き缶入れに見事に入った。

「野球よりバスケット向きじゃないのか」

「そこまで身長が伸びなかったんで」

「それだけあれば十分だろう」

「バスケの世界ではこれでも小柄ですよ。やれるのはポイントガードぐらいかな」

「なるほどね……車で話そう。乗ってきてるんだ」

「オス」

塾の近くに路上駐車しておいた車に戻る。助手席に乗りこんだ醍醐は、苦しそうに膝を抱える格好になった。

「シートを下げろよ」

「これで大丈夫です」

私はまず、自分が調べた情報をまとめて説明した。話しているうちに、「別の中学の人間が希に何か悪さをした」という可能性が、急に馬鹿馬鹿しく思えてくる。

「そっちはどうだ」

「はい」醍醐が手帳を繰った。「里田さん……ご主人の方ですが、近所の人たちはほとんど姿を見たことがないようです。高城さんが仰った通りで、平日はあまり家に戻ってないようですね。週末に見かけたという人は何人かいるんですが、大抵一人きりだったそうです。早朝によくドライブに出かけていたようで、愛車はフェラーリ」

「週末の早朝にフェラーリのエンジンを吹かしたら、近所の人たちは大迷惑だな」

「でしょうね。車はＦ４３０だそうですけど……これ、二人乗りですか？」

「知らないよ。だけど四人乗りっていうのはフェラーリのイメージじゃないな。どっちにしろ家族向けの車じゃないだろう。家は見たか？」

「かなりの豪邸ですね」

「お前さんが不動産屋だとして、値段をつけたらいくらになる」

「四億」

「おいおい」急に居心地が悪くなって、私はシートの上で尻を動かした。「簡単に言うなよ。いくら高級住宅地でも、四億っていったら本当にお屋敷だぜ」

「実際に不動産屋にも確かめてみたんです。あの辺では有名な物件だったみたいですね。十年ほど前に有名な音楽プロデューサーが建てたそうで、敷地面積が四百二十平米、二台分の車庫、中庭、リビングルームは三十五畳、完全防音のオーディオルームつきとか……そんなに広いなら、子ども用の部屋をたくさん作るべきじゃないですかね」

「それはお前さんの家だけの特殊事情だろう。あの家には子どもは一人だけだぜ」

「オス、すいません」

笑いながら醍醐が頭を掻いたが、私は内心舌を巻いていた。午前中だけでここまで調べ上げたとは。ただ勢いだけの体育会系の人間だと思っていたが、偏見だったようだ。

「父親は、あまり家族に気を遣ってなかったようだな」

「ええ。会社の方はまだほとんど手つかずなんですが、かなり大変そうですよ」

「大変って、仕事が？」

「あの会社、二年前にジャスダックに上場したんです」

確かに里田本人も「上場してから」と言っていた。「株主の突き上げがきつい」とも。仕事は正念場にさしかかっているのかもしれない。

「資金繰りが苦しかったとか？」

「それはないんじゃないですか？　社長があれだけ派手な暮らしをしてるわけですし、業績も好調みたいですよ。つまり、仕事がどんどん入ってきて忙しい、ということなんでしょう」

金のある家族——時価四億の家とフェラーリは、いかにも分かりやすい金持ちの構図だ。誘拐という可能性がまたも浮上する。

「会社に関しても、もう少し調べてみた方がいいかもしれないな。他には？」

「希さん、母親とは仲が良かったようですよ。よく二人で近所に買い物に出かけていたみたいです。いつも腕を組んで歩いていたそうですから。そういう目撃証言は信用していいんじゃないでしょうか」

「父親は不在がちで、母親と娘はべったりか……ありがちな構図だな」

「ありがちですけど、間違ってますよ。父親は金を運んでくるだけじゃ駄目でしょう。積極的に家庭に関わらないと」

「まあまあ、お前さんの哲学は分かったから」悪意はなかったのだろうが、彼の言葉は私の気持ちをささくれさせた。まるで自分の立ち場を批判されているようではないか。あの頃――三十代の前半から後半にかけて、私は何かに追いかけられるように働いていた。昇進し、ある程度責任ある仕事を任されるようになり、それに見合った野心も持つようになった。その結果家のことは妻に任せきりになり、娘の顔を何日も見ない生活が日常になった。あるいはそれが娘の失踪の遠因になったのかもしれない、と自分を責めたこともある。誰かの責任にできれば楽だと思ったのだ。それが自分であっても。

「その辺は、俺が聴いた話とも一致している。仮に父親不在の家庭だったとしても、それだけ母親と仲が良かったら、家庭問題で家出するとは考えにくいな」

「でしょうね。何か悩みがあっても、母親に相談できるはずですし……これからどうしますか？　もう少し近所の聞き込みを続けてみてもいいですけど」

「むしろ、デジタルプラスワンについて調べてくれないか？　社長がそれだけ金回りがいいんだったら、そこを狙って娘を誘拐した、という線も考えられないじゃない。俺は引き続き、関係者を当たってみるよ」

「分かりました。それでは」

　覆面パトカーのスカイラインのドアを押し開け、醍醐がさっさと出て行った。近所の聞き込みなら足を棒にすれば何とでもなるが、会社について調べるにはまた別のテクニックを要する。夕方、彼の口から何か有益な情報が得られるだろうか。私も、彼を驚かせるような情報を摑める保証はないのだが。

雄吾の家は、西武池袋線の中村橋《なかむらばし》にあった。彼も荻窪にある私立中学――杉並黎拓のすぐ近く――に通っていたのだが、通学は結構大変だっただろう。直線距離は短いのだが、この辺りは南北方向の交通網が弱い。

雄吾は在宅していたが、悪いことに母親が障壁になってしまった。名乗ると途端に警戒し、私を玄関先で阻止しようと言葉をぶつけてくる。「警察に用はありません」「息子が何をしたって言うんですか」。

「――ですから、雄吾君が何かやったというわけじゃないんです」苛立ちを押し包むように、私は敢《あ》えて穏やかな声で話した。

「当たり前です。警察のお世話になるようなことは何もありません」

「ただ情報が欲しいだけなんです。彼と話をさせて下さい」

「お断りします」

「申し訳ないんですが、こっちも仕事なんです」そろそろ忍耐は限界だ。「あなたの意思ではなく、雄吾君の意思を確認させて下さい」

「私の意思が雄吾の意思です」

「彼は別人格ですよ」

「まだ子どもなんですよ。ちゃんと話ができるわけがないでしょう」

この壁は相当高く厚い。張り込みを続けて彼が出てくるのを待つしかない、と覚悟を固めた。受験の終わった春休み、十五歳の少年が家で大人しくしているとは思えなかったから、いずれは会えるだろう。しかしそれは時間の無駄になる。

攻め手を考えているうちに、階段が軋む音がした。母親が振り向き、「雄吾！」と悲鳴のような声を上げる。

「俺、話すから」母親の顔を見もせず、ぶっきら棒に雄吾が言った。

「何言ってるの。駄目よ、警察なんかに関わっちゃ」

「話すから」

繰り返すと、母親を押しのけるように玄関に下り立ち、踵《かかと》を潰したままスニーカーを履いた。どういうつもりかは分からないが、少なくとも愛想という言葉は知らないようで、私に対して挨拶一つあるわけではなかった。こちらとしては、それでも一向に構わないのだが。やたらと愛想が良くて饒舌《じょうぜつ》なのに、肝心なことを何一つ話さない人間よりはよほどましだ。

「本人が了解してくれてますので」

「冗談じゃないわ」母親が、濡れ雑巾《ぞうきん》を絞るように両手を握り締めた。「抗議させてもらいます」

「どうぞ」私は名刺を差し出した。「私の上司は阿比留真弓といいます。女性です。抗議を受けるのも仕事のうちですから、何かあったらここに電話して下さい……では、失礼します」

玄関のドアを閉めると、雄吾が私の車の前に立っているのが見えた。両手をポケットに突っこみ、鬱陶しそうに空を見上げながら、そぼ降る雨に濡れるがままになっている。自分に罰を与えようとしているようだった。

「よ、悪いな」気さくに手を上げてやったが、雄吾は相変わらず不機嫌だった。無視してさらに話しかける。「濡れるから車に入ろうぜ」

雄吾が無言で助手席側に回りこみ、ドアを開ける。運転席に座った私は体を半分捻り、さっと彼の姿を観察した。青と白のチェックのシャツに、光沢のある青いスタジアムジャケット、腿の辺りの生地が余っているミリタリーパンツに履き古した白いスニーカーという格好だった。顔立ちはすっきりしていて、特に目元が涼しげである。いかにも女の子に人気がありそうなタイプ。彼の高校生活は賑やかなものになるだろう。

外に目をやると、雄吾の母親がドアを細く開けて隙間からこちらを覗いていた。手には携帯電話を握り締めている。私と目が合うと、慌ててドアを閉めた。

「悪いな、お母さんの機嫌を損ねたみたいだ」

「関係ないし」

「それならそれでいい」

私があっさり言うと、雄吾が眠そうな目を少しだけ見開いた。

「君の家族関係とかは、この際置いておくことにしよう。俺が知りたいのは全然別のことだから。里田希さん、知ってるね？　杉並黎拓中の三年生――もうすぐ卒業だけど。君とは同じ進学塾に通っていて、四月からは同じ高校だ」

無言で雄吾がうなずく。

「君たち、つき合ってたのか？」

「関係ないし」今度は怒りを交えた声で言い、雄吾がドアに手をかけた。半開きになって湿った空気が流れこんできたところで、私は彼の肩に手をかけて車内に引き戻した。

「まあまあ、そう突っ張るなよ。何も俺は、中学生の男女交際禁止なんて野暮《やぼ》を言うつもりはないから。どうなんだ？」

「別に、つき合ってたとかそういうことじゃ……」

「普通にデートしたりとか、そういうことはしなかったのか」

「受験だし」

「受験はもう終わっただろう」

オッサンは何も分かっていないとでも言いたげに、雄吾が深い溜息をつく。

「俺は、希とは頭の出来が違うから」

「追いつくために、彼女よりずっとたくさん勉強しなくちゃいけなかったってわけか」

「宇宙人だからね、希は」

「それぐらい出来が良かったっていう話は聞いてるよ。ところで去年の夏、君は塾が終わった後でずっと、希さんを家に送っていってただろう？」

「それは——」一瞬声を荒らげたが、雄吾はまた白けた口調に戻った。「別に、どうでもいいいし」

「希さん、他の中学の連中からちょっかいを出されてたそうじゃないか。それで最初は、同じ中学の友だちが家まで送っていたけど、その後は君は引き継いだ。そういうことをしたのは——」

「分かりましたよ」捨て鉢な口調で言い、雄吾が頰杖《ほおづえ》を突いた。柔らかそうな頰が歪み、涼やかに見えた顔つきは、途端に不機嫌な子どものそれに変わった。「希は鈍いから」

「鈍い？」

「人の気持ちが分からないって言うか、要するに子どもだから。こっちが何を言っても反応ないしさ。普通に話はするけど、それ以上は……」

「つき合うところまではいかなかったんだ」

「まあね」

「同じ高校に行くから、またチャンスもあるんじゃないか」

「いや、別にもうどうでもいいし」

「もしかしたら彼女、他につき合ってる子がいるんじゃないか」

「関係ないでしょう、そんなこと」

　突っ張った口調は、決して事実を否定するものではなかった。私は胸の中に小さな渦を感じた。大樹から引き継いだ保護者役。毎晩家まで送りながら、あれこれ言葉をかけてみたのだろう。しかし照れのせいか、あるいは幼さのせいか、はっきりとした告白にはならなかったに違いない。そうこうしているうちに、希の口から交際している相手がいると知らされる。それもおそらくは、無邪気な口調で。彼女は、自分でも知らぬ間に人間関係を引っ掻き回してしまうタイプなのかもしれない。

「希さんが行方不明なんだ」

「え……」雄吾がゆっくり体を起こす。その目には純粋な戸惑いが浮かんでいた。

「もう三日になる。何が起きたのか、今のところはまったく分かっていない。で、俺は去年の夏の一件が何か関係してるかもしれないと思ったんだ。君なら詳しく知ってるんじゃないか？」

「あの連中……」雄吾が唇を嚙む。不自然に白く、内心の緊張感がそこから噴き出すようだった。「やばいから」

「やばい？」

「かなりやばい連中。あの辺では札付きなんだ」

「希さんは、そういう連中から因縁をつけられたのか？」

「因縁っていうか、あれはからかわれただけだと思うけど……希は、あの辺では有名だから」

「有名？」

「頭いいし、親は金持ちだし……可愛いし。そういうのが気にくわないっていう、馬鹿な連中もいるでしょう」

「気にくわないだけで危害を加えようとするぐらい馬鹿なのか、その連中は？」

「よく知らないけど、そういう話も聞いたことはある。他の中学の連中に因縁をつけてぼこぼこにしたとか、さ」

「名前は分かるか？」

「知ってる奴はいるけど」

少し安心しながら、彼が挙げた名前を書き取る。地元の所轄に確認してみよう。本当に雄吾が言うように「札付き」ならば、少年係のリストに載っているかもしれない。それにしても、何か気に食わないことがあったとして、それだけで生命に危機が及ぶほどの危害を加えようとするものか？　あり得ない話ではない。最近の犯罪の特徴は、一瞬でエスカレートしてしまうことだ。一昔前なら我慢して呑みこんでいたであろう不満を、多くの人が前触れもなしに爆発させる。

「その後——去年の夏休みが終わった後、希さんがその連中にちょっかいを出されたというような話は聞いてないか？」

「俺は知らない」

「分かった。ありがとう」

「希……大丈夫なんですか」

「それは何とも言えないんだ」体を捻ったまま、まっすぐ彼の目を見据えて私は言った。「ここで心配ないって言うのは簡単だけど、今は何かを言うための材料もない。もしかしたら単なる家出かもしれないしな。誰か友だちが匿《かくま》っているとか」

「それはないよ」

「どうして分かる？」

「友だちって、誰ですか」

「黎拓中で仲のいいグループがあるだろう」

「ああ、あれね」雄吾が鼻を鳴らす。「あんなの、インチキだし」

「インチキ？　どうして」

「希がそう言ってたから。ずっと同じクラスで仲良くしてきたけど、高校へ行ったらもう会わないかもしれないって。上っ面だけのつき合いだって。確かにそうなんだ。違い過ぎるから」

「違うって、何が」

「あのグループで希一人が突出してるの、分かる？　頭が良くて金持ちで、可愛くて。将来、何でも自由に手に入れられるのはあいつだけなんですよ。他の連中はそこまでじゃないからね。所詮、頭の出来が違うから」

一言説教してやりたくなったが、彼の理屈に穴は見つからない。仕方なく礼を言って、話を切り上げた。

「いろいろありがとう。お母さんに頭を下げておこうか？　相当かりかりしてたよな」

「まさか」雄吾が唇の端を持ち上げて笑った。「母親、関係ないし」

その台詞を聞いて私は、少しだけほっとした。親に対する無意味な反発、それだけはどんな時代にも存在している。

「ああ、大槻《おおつき》ね。大槻勇人《ゆうと》でしょ？」ずり落ちそうになる眼鏡を直しながら、杉並中央署生活安全課の岸川《きしかわ》いずみが即座に反応してくれた。警視庁には四万人の職員がいるが、私は僥倖《ぎょうこう》と言ってもいい偶然に恵まれた——彼女は警察学校の同期なのだ。

「そっちのリストに載ってるんだ」

「まだ手を煩わされたことはないけどね……コーヒーでも飲まない？」

「ああ」

いずみが立ち上がり、ほどなく湯呑みを二つ持って戻ってきた。普段は資料を広げたり簡単な打ち合わせをするために使うテーブルに置いた途端に、からりという涼やかな音が響く。見ると、真っ黒な液体に氷が二つ浮いていた。三月だというのに。

「アイスコーヒー。ブラックでよかったわよね」

「よく覚えてるな」

「不思議よね。こういうつまらないことは案外忘れないんだから。ちなみにあなたの血液型は忘れてるけど」

「A型だ。万一事故に遭った時のために、覚えておいてくれ」

「私もA」いずみが小さくうなずいた。「これで事故の時は、お互いに血を融通《ゆうずう》できるわね」

「俺の血は汚れてるよ。アルコールとニコチンで」

唇を斜めに持ち上げるようにして笑い、いずみがコーヒーを一口飲む。ああ、そうか――私がコーヒーをブラックで飲むのをどうして彼女が覚えていたか、思い出した。警察学校にいた時のことだが、貴重な外泊日にたまたま数人の仲間が駅前で一緒になり、何をするでもなく、喫茶店でだらだらと数時間を過ごしたことがあった。実家へ帰省する予定になっていた仲間もいたのだが、毎日顔を合わせているのにその日に限っては何故か別れ難く、ひたすら無駄話を続けたのだ。コーヒーを何杯お代わりしただろう。私は砂糖もミルクも抜きで飲み続けて、最後は軽い胃痛に襲われた。

その後、私たちの人生は完全に別のルートに乗ったが、これが何十年ぶりかの再会というわけではなかった。会う度に彼女の体型は変わっている。妊娠していたり、出産後のダイエットをやり過ぎてがりがりになっていたり——今は二十数年前の体型に戻っているようだ。

「何?」私がじっと見ているのに気づいたのか、いずみが不審そうな声を上げる。

「いや、何でもない。子どもさんたちは元気か?」

「相変わらず手がかかるけどね」

「上が十五歳だっけ」

「そう。今は高校受験が終わってほっとしてるけど、すぐに下の子がまた受験よ。ねえ、高校受験ってこんなに大変だった? 私たちの時代は、もっとのんびりしてたような気がするけど」いずみは鹿児島の出身だ。警視庁には鹿児島県出身者が多い——一説には近代警察の祖とされる川路利良《かわじとしよし》が鹿児島出身だったからとも言われている。

「君は頭が良かったから、あくせく勉強する必要がなかったんじゃないか」

「私は、育った時代と場所のせいだと思うけど」

「確かに俺ものんびりしてた。塾にも予備校にも通ったことがないからな」

「お互い田舎の出身だから」

「ああ」

軽口が途切れ、いずみはコーヒーを一口飲んで話題を戻した。

「大槻勇人ね。何が知りたいの？」

「会ってみたいんだけど」

「それはできるだろうけど……何か事件の関係？」

「まだ分からない」

「事件だったら、うちでちゃんとやった方がいいんじゃないかな」

「そっちの手を煩わせることになるかどうか、まだ分からないんだ」

「あなたが出てくるっていうことは、失踪人の関係よね。あの中途半端なワルが、何か関係しているの？」

「中途半端？」雄吾の情報と違う。彼の話を聞いた限り、稀代《きたい》の悪党をイメージしていたのだが。

「だって、まだ一度も警察に捕まったことがないからね。補導されたことは何回もあるけど、すぐに放されてるし。地元のちょっと悪い連中のトップっていうだけで、高が知れてるわよ」

「とにかく一度会ってみたいんだ」

「住所と電話番号、後で出すわ。それより本当に、こっちで何か手伝うことはない？　失踪課って人手が足りないんでしょう？」

「人手はあるよ。だけど、それがちゃんと動くかどうかは別問題だからな……うちの評判は聞いてるだろう？」

「まあね」いずみの顔に苦笑が浮かんだ。「でも、あなたが立て直すんでしょう」

「お役に立てるかどうか」

「あなたなら大丈夫じゃない？」

肩をすくめるしかなかった。自分のキャリアのために失踪課を踏み台にしようとする真弓の意図……ここであれこれ説明する気にはなれない。真弓自身が公言しているから、巡り巡っていずみの耳にも入っているかもしれないが。

「とにかく普通は逆だから。所轄で面倒になった案件をうちに投げてくる。うちが所轄に下ろすことは考えられないよ」

「でも、そういうルールがあるわけじゃないし」

「いざとなったら泣きつくよ」

「ちょっと待ってて」ふっと笑っていずみが立ち上がり、自席に向かった。フォルダを広げるとすぐに目当てのものを見つけ出し、背筋を伸ばしてこちらに戻って来る。デスクの上にメモと写真を一枚置き、少し笑みを大きくした。「これはサービス」

「こいつが大槻勇人か」

「そう」

「一丁前に悪そうな顔してるじゃないか」

「まだまだ可愛いものよ」

誰かに呼ばれたように振り返ったところを撮影したものだった。粒子は粗いが、顔つきははっきりと見て取れる。長く伸ばした髪を頭上に盛り上げるような髪型で、切れ長の目つきは鋭い。臙脂《えんじ》色に白い花が散ったシャツの胸元は開き、そこから白い牙《きば》のようなデザインのネックレスが覗いていた。

「こいつは違法な撮影だね」私は彼女の前で写真をひらひらと振った。「街中で狙った。盗撮みたいなものじゃないか」

「この子はいつ写真が必要になるか分からないから」

「中途半端なワルじゃないのかよ」

「中途半端でもワルはワルでしょう。念のためよ」

「ありがたくもらっておくよ」私は写真とメモを手帳に挟みこんだ。

「その子に会いたいなら、街に出た方がいいかもしれないわよ。家にはほとんど寄りつかないみたいだし。電話しても無駄だと思うわ」

「どこへ行けば会えるかな」

「ゲームセンターかコンビニ。漫画喫茶でたむろしてることもあるみたいだけど。基本的にはこの街から離れないみたい」

「悪かろうが真面目だろうが、子どもの行動は変わらないもんだな。内弁慶なんだ」

「そうね」

「どうもありがとう。何かあったら泣きつくから」

「情けないこと言わないの」いずみが音を立てて私の背中を叩いた。「そういうの、あなたらしくないわよ」

だったら何が私らしいのだ。その質問を口にしかけて、結局呑みこんだ。自分のことを他人に確認しなければならない――それではまるで、自分捜しの旅を続ける思春期の少年のようではないか。

そんな時代は三十年も前に通過しているというのに。

# 7

勇人の家に電話をかけたが、誰も出なかった。いずみのアドバイスに従い、夜になってから街での捕獲作戦を展開することにする。それまでに、会わなくてはいけない人間——希の母親に面会を試みることにした。醍醐はデジタルプラスワンの調査に取りかかっているから、今回も一人で動くつもりだった。そもそも醍醐がいたら、向こうは怯《おび》えて話せることも話せなくなってしまうかもしれない。ただし夜、勇人を捜す時には醍醐の存在が必要だ。力には力。

醍醐が言っていた通り、希の家は豪邸という表現が相応しい大きさだった。インタフォンを押す前に周囲を一回りしてみる。四方を白い壁に覆い隠され、中の様子は一切窺えない。竹が二本、家を貫くように天へ伸びているが、そこが中庭なのだろう。人の気配は感じられない。買い物にでも出ているのかもしれないと思いながら玄関に戻り、インタフォンを押した。「はい」と少し慌てた高い声が反応する。速過ぎる。まるで誰かが呼ぶのをずっと待っていたようだ。

「警視庁失踪課の高城と申します」

「はい、あの……」声の勢いが一気に削《そ》がれた。

「昨日、一度電話させていただきました。娘さんのことでお話を伺いたいんですが、時間をいただけませんか」

「でも、あの……娘のことは主人に聞いていただかないと」

「ご主人には昨日お会いしました。でも、奥さんにも是非話を聴かせていただきたいんです」

「それは主人に話をしてからでないと。勝手に話せません」

「構いませんよ。どうぞ、電話して下さい。でもご主人は、私があなたに話を聴くのを嫌がるんじゃないでしょうか。だったら私にとっては確認するだけ無駄です」

「それがお分かりなら、このままお引き取り願えませんか」

「そういうわけにもいかないんです」同情を引くための哀れっぽい声が出せているだろうか、と心配しながら私は言った。「これも仕事のうちですから。きちんとやらないと、上司に殺される」

「殺される……」インタフォンの向こうで重苦しい沈黙が下りた。奇妙だ。その場の空気を和らげるための冗談だったのに、彼女の反応は敏感過ぎる。

「とにかくお話を聴かせて下さい。希さんが家出したのは間違いないんですよね？　心配じゃないんですか？　私たちで、捜すお手伝いができますよ」

ノイズのような「がちゃり」という音が聞こえ、受話器を置いたのだと分かる。これは徹底的に嫌われてしまった、と溜息をついた瞬間にドアが開いて、女性が顔を見せた。十五歳の女の子がいる母親にしては若々しい感じで、一見したところでは三十歳ぐらいにしか見えない。それは大袈裟だとしても、四十五歳の私よりかなり年下なのは間違いなかった。耳を覆うほどの長さの髪は濃い栗色で、茶色の強い瞳とよく合っている。髪の隙間から、シンプルなピアスが覗いていた。

門扉《もんぴ》越しに互いに頭を下げ、ぎごちない雰囲気を共有する。私は無言を貫いて彼女の反応を待った。立ち尽くしたままで動こうとしなかったので、仕方なくこちらから門を開ける。音もなく軽い感触だけを残して、ようやく私は敷地に入ることができた——彼女の本音を引き出すまでには、まだいくつもの壁を乗り越えねばならないようだが。彼女は必死に目を逸らそうとしており、組み合わせた指が白くなっていた。

「里田さん、ですね」

「はい」

「失礼ですが、お名前は？　表札がないから分からないんですが」表札がない……これだけ大きな家に住みながら、まるで世間からひっそりと姿を隠しているようである。白く高い壁もその象徴ではないか。

「里田……愛華《あいか》です」

「愛華さん。お忙しいところ、本当に申し訳ありません。中へ入ってよろしいですか」バッジを見せながら言うと、彼女は目を細めて首を突き出し、覗きこんだ。私を疑っているのではなく目が悪いだけだろうと、自分を安心させようとした。

「……どうぞ」

ようやく許可が下りた。玄関に入ってすぐにコートを脱ぎ、それから靴に取りかかる。まだ暖房が必要な陽気だが、廊下には背筋がぴんと伸びるような冷たい空気が流れていた。大理石を床に敷いた玄関だけで、私の家のダイニングキッチンほどの広さがある。それに続くホールでは、四人組のバンドが演奏できるだろう。二階まで吹き抜けなので、三段積みのアンプでも楽に入りそうだ。

玄関のすぐ脇にある、応接間らしき部屋に通された。ソファが二脚、それに低いテーブルとリカーキャビネットがあるだけで、ひどく空疎な感じがする。この応接間に客が入ったことはないのではないかと想像した。だいたい最近は、自宅で人をもてなすことも少なくなっているのだが……この家には生活の匂いが感じられない。やはり、三人だけで住むには広すぎる家なのだろう。

「今、お茶を……」

「お構いなく。お座り下さい」立ったまま私は言った。彼女は腹の前で両手を組んで私と距離を置いたまま、戸惑いの表情を隠そうともせずに立っている。「一、二の三で一緒に座りますか？　立ったまま話をするんだったら、外でもいいわけですから」

　またも冗談は通じず、彼女の顔つきは硬いままだった。仕方なく、私は一人でソファに腰を下ろした。浅く腰かけ、膝に両肘を乗せて前屈《まえかが》みになる。愛華は依然として座ろうとしないので、仕方なくそのまま話し出す。

「希さんがどこにいるのか、今のところまだ手がかりはありません」

「そのうち帰って来ますから」私の顔を見ずに言った。

「家出した証拠が何もないんですが」

「そんなこと、調べてるんですか」愛華が眉をすっと上げた。「私たちは何も頼んでいないんですよ」

「警察っていうのは、頼まれて調べるだけじゃありません」実際には拓也という依頼人がいるわけだが。「誰かが困っていれば手を貸すんですよ」

「うちは困ってません」

「希さんが困っているかもしれません。今この時間にも、一人きりで」

　愛華がうつむき、組み合わせた両手に視線を落とす。黙っていればいつか嵐は過ぎ去るとでも考えているのだろう。

「希さんは、家出するような子じゃなかったはずです」

「そんなことはありません」

「あなたとは姉妹のように仲が良かったそうですね。いい親子関係じゃないですか。そういう子が簡単に家出するとは考えられないんです。中学生ぐらいの子が家出する時、その原因の九十パーセントは家庭にありますからね」

「でも、全部じゃないでしょう」論理的な反論を試みようとしたようだが、そこから先が続かない。

「そうです。残り十パーセントには、様々な理由がある。友だちに同情して一緒に家出することもあるだろうし、悪い仲間と一緒にいるかもしれない」

「希は、そんな――」

「悪い仲間なんかいないって言いたいんですか」

「それは……」愛華が顔を上げたが、一瞬のことだった。頭に重石《おもし》が載っているように、首が折れてしまう。

「悪い仲間はいなくても、悪い連中はいるかもしれません。一方的に希さんにちょっかいを出そうとしているとか」

「どういうことですか」愛華の目は潤んでいたが、何とか涙は目の縁《ふち》で留まっていた。

「そういう情報もあります。今調べています」

「何かあったんですか」

「情報があるだけです。事実はありません……本当に家出だというなら、その証拠はあるんですか」

「そんなこと言われても」

「どうして捜さないんですか？　希さんはまだ中学生なんですよ。家出なんかされたら、心配でたまらないでしょう。捜しもしないのは、彼女がどこにいるか分かっているからじゃないんですか？　例えば、いつも必ず同じ友だちのところに行ってるとか。それなら、敢えて捜す必要はないかもしれませんね。もう一つの可能性は——」一旦言葉を切り、愛華の顔色を窺った。顔は白く、唇は硬く引き結ばれている。私の次の台詞を予想しているようだった。「誘拐です」

「まさか」

愛華の顔は青褪めたままだ。隠し事はない、と見て取ったが、もう少し押してみることにする。

「身代金の要求はないんですか」

「そんなもの、ありません」それまで聞いたことのない強い口調だった。

「今まで怪しい電話があったり、家を見張られたりしたことはありませんか？」

「ないです。うちは、警備はちゃんとしてますから」

「立派なお宅ですよね」私は応接間の中をぐるりと見回した。ここだけで私の部屋全体よ

り も 広い。「ご主人はジャスダック上場の会社を経営していらっしゃる。誰が見ても、この家に金があるのは明らかです」

「誘拐なんてあり得ません」またも否定する。その声からは完全に感情が抜けていたが、演技としか思えない。

「若い連中は、私たちの常識では考えられないようなことをします。普通の身代金目的の誘拐なら、犯人が何を考えているかはだいたい分かる。しかし若い連中が何を考えているかは——」

「やめて下さい！」愛華が、両手を拳に固めて自分の腿に叩きつける。

「分かりました」

私があっさり立ち上がったせいか、愛華が疑わしげに首を傾げる。二歩だけ歩み寄り、しばらく無言で顔を正視した。彼女の中で緊張感が高まってくるのをはっきりと感じ取る。それが爆発する寸前のタイミングを見計らって、私は頰を緩ませた。

「いつでも電話して下さい。どんなことでも相談に乗ります。うちの課には優秀なスタッフが揃っていますから、あらゆる事態に対応できます」

無言のまま、愛華が頭を下げる。謝礼の気持ちからなのか、帰る私に対する形だけの礼儀なのか、にわかには判断できなかった。

車を出し、家が見えなくなる位置まで走らせる。道端に寄せて停め、サイドブレーキを引いてから窓を全開にした。煙草に火を点け、ドアに肘を預ける。外へ流れ出す煙を見ているうちに、コートの肘に細かく雨が降り注いであっという間に黒く染まった。撥水《はっすい》加工をしていないコートは、これだから駄目だ。

失敗だった、と悟る。何を以て成功と言えるかは分からないが、少なくとも私は、彼女が張り巡らした厚い壁に傷一つつけることができなかった。予想していたよりも強い女性なのか、それとも事実を話さないことで守れるメリットのために頑張ったのか。

想像していた通り電話が鳴り出した。覆面パトカーは一応禁煙という建前なので、携帯灰皿で煙草を揉み消してから電話に出る。あれだけ突いたから愛華が反応してくるはずだと思っていたのだが、予想に反して野太い男の怒鳴り声が耳に飛びこんできた。

「いい加減にしてくれ！　勝手に人の家の中を嗅《か》ぎ回るな！」

「大声を出さなくても聞こえてますよ、里田さん」

愛華は、私が帰ってすぐに夫に電話したのだろう。家庭の平穏をかき乱す人間は許せない、彼がそう憤慨して抗議の電話をかけてくるのは当然だ。

「勝手に娘のことを調べるな」

「本当に家出だということを証明してもらえたら、すぐにやめますよ」

「それは――」

「こういうことを言うのは心苦しいんですが、あなたたちの態度は、親としてどうかと思う。子どもが結構簡単に家出するのは、私も商売柄よく知っています。あなたよりも分かっていると思う。普通、親は心配します。必死になって捜します」

「全員が全員、そうだとというわけじゃないだろう」

「そうかもしれません。でも子どもをまったく捜そうともしないのは、やはり親としては間違っているんじゃないですか。里田さん、余計なお世話だと思われるかもしれませんけど、何か事情があるなら相談に乗りますよ。それが私の仕事ですから」

「警察に言うことは何もない。これ以上余計なことを続けるつもりなら、こっちにはこっちの考えがある」

「どうしますか」

「弁護士に相談する。然《しか》るべき人間に抗議をする」

「抗議ぐらいじゃ私を止められませんよ。私は純粋に、一人の女の子がいなくなったことを心配しているだけなんですから。自分がやっていることが間違っているとは思わない」

「だからといって、人のプライバシーに首を突っこむ権利はないはずだ」

「人を守るのが我々の仕事なんです。しかも希さんは、まだ十五歳なんですよ。何かあっても、全て自分で対処できるわけじゃない。大人の助けが必要な時もあるはずです」

「仮にそうでも、あんたの助けが必要なわけじゃない。こっちでちゃんとやる」

「ちゃんとやってるようには見えないんですが」

「抗議するぞ。これはただの脅しじゃないからな」里田の声は低く落ち着いていたが、それだけに強い本気度が感じられた。そして反論を待たずに電話を切ることで、私の抗議を封じこめようとした。

しかし私は、彼の口調の強さよりも、自分の台詞の白々しさに呆《あき》れていた。子どもを捜そうともしないのは親としては間違っている――その親とは、まさに私のことではないか。綾奈が行方不明になった時、私はどれだけ真剣に捜しただろう。統計や経験則に縛りつけられて諦め、忘れようとした。

親としての過ち。人としての過ち。

里田に、私と同じ気持ちを味わわせたくはない。

醍醐と連絡を取って、夕方、失踪課で落ち合うことにした。一応「子どもの面倒を見なくて大丈夫か」と確認したが、彼はあっさりと家族を捨てた。少なくとも今晩だけは。

「いいのかよ」

「オス。一日ぐらい大丈夫です」

「一日で済めばいいんだけどな」

「まあ……その時はその時で。長くなりますかね、この件」

「何とも言えない。とにかく今夜は飯を奢るから、その前にデジタルプラスワンの話を聞かせてくれ」

「まだ確定した情報じゃないんですけどね。二課にいるネタ元に話を聞きました」

「おいおい」私は座り直した。「二課があの会社を追ってるのか？」

「そういうわけじゃありません。二課の日常業務って、情報収集じゃないですか。その一環で引っかかってきたそうです。特に今は、新興企業に対してはチェックを厳しくしてるそうですから……いろいろありますからね」

「常に監視してるわけだ」

「毎日状況が変わるんですよ」

「デジタルプラスワンの場合はどうなんだ？」

「経営状態は健全です」醍醐が手帳をめくった。「四期連続で黒字を出してますし、去年は資本金を増資しました。株価の推移も堅調ですね。極端に上がることもないけど、ずっと微増の右肩上がりで。あの手の会社では珍しいことみたいですよ。普通は何かのタイミングで一気に株価が上がって、その後は落ちていくパターンが多いようですから。気になるのは、最近株の買い占めが進んでいることですね」

「会社乗っ取りか？」

「いや、そこまで大袈裟な話かどうかは分かりません。新興市場ですから、大量に株を動かす人間が出てくるのは、よくあることらしいですよ。今の株価を考えると、実際にあの会社に影響力を与えるのには、三十億からの資金が必要みたいです」

「大金だ」

「ですね。少なくとも俺には想像もできない金額です」醍醐が肩をすくめる。

「そういう話は聞いてないな」

「経済紙でニュースになるような話でもないようですよ」

「そもそも日経は読んでないけどな」

「からかわないで下さい」醍醐が下唇を突き出した。「とにかく、三十億ぐらいの動きは、市場では大した話じゃないみたいですね」

「買収狙いなのかな」

「それは何とも。もっと詳しい人間に聞いてみないと分かりませんけど、もう少し調べてみますか？」

「それは、今日の仕事が終わってから考えよう。さて、力仕事の前に飯を奢るよ」

「オス」

「あそこにしよう、『末永《すえなが》亭』」

「ラーメンですか」醍醐が渋い表情を浮かべた。

「好きなんだよ、俺は」

「いいんですか？　昨日の健康診断は大丈夫だったたんですか」醍醐の視線が私の腹の辺りをうろついた。

「大きなお世話だ。ラーメンを悪人にするな。余計なこと言ってると奢ってやらないぞ」

「オス」醍醐がにやりと笑う。まったく、どうしてこんなことを言われなければならないのだ？　しげしげと自分の腹を見下ろしたが、問題があるようには思えなかった。そう感じないことこそが問題なのかもしれないが。

末永亭は、山手線を挟んで渋谷中央署の反対側、桜丘町《さくらがおかちょう》にある。署の近くには食事ができる場所が少ないので、私たちはよく、昼時にこの辺りの店を利用していた。末永亭はオーソドックスなラーメン屋だが、端的に評価すれば非常に真面目に商品に責任を持っている。私は、毎月必ず、一か月限定で提供される新作を試すのが楽しみだった。

この店を敬遠していた割に、醍醐の食欲は破壊的だった。これからまだ聞き込みをしなければならないので、ニンニクが利いた餃子《ギョーザ》を避けるだけの礼儀は持ち合わせていたが、チャーハンとラーメンそれぞれの大盛りを頼み、頬を緩ませながら料理を待っている。心なしか饒舌にさえなっていた。

「しかし、里田の家にはびっくりしました。世の中には本物の金持ちってのがいるんですね」

「そういう人間と交わる機会がないから、普段は存在に気づかないんだろうな。俺たちが金持ちに会うのは、こういう時だけだ」

「ですね」突き出しに、と店主が出してくれたザーサイの小皿を箸で突つきながら、醍醐が溜息をつく。この男にしては珍しい。

「何だよ、景気悪いな」

「すいません」両手を揃えて膝に置き、軽く頭を下げた。

「お前さんだって、契約金は相当貰ったんだろう?」

「いや、まあ、それは……」歯切れが悪い。触れてはいけない話題だったのだろうかと私は口をつぐんだが、逆に醍醐は意を決したように、少しだけはっきりした口調になった。

「あの程度の金は、あっという間になくなるんですね」

「そんなものか?」

「実際今は、一銭も残ってませんから……家族に借金がありましてね。それを清算したら終わりでした」

　醍醐は何位指名だったか……下位、ということしか聞いていないが、五位か六位だろう。十数年前ということを加味しても、契約金は数千万円単位になったはずだ。醍醐の父親も警察官だったが、公務員が住宅ローン以外で借金をしたら何かと問題になる可能性が高い。ということは、その「借金」とは何だったのか。出撃前のラーメン屋で聞くような話ではないので私は質問を控えたのだが、醍醐は一度始めた話を完結させないと気が済まない様子だった。

「兄弟の……兄貴の借金だったんですけど、俺が返すしかなくて」

「ちょっと待て」私は額を掌に埋めた。「お前さんの兄貴って、醍醐吉春《よしはる》、だよな？」

醍醐より十歳ほど年上の兄、吉春は、プロ野球では一時代を築いたピッチャーである。今はかつて自分が所属していたチームのピッチングコーチを務めているはずだ。

「ああ、それは一番上の兄貴です。その兄貴は関係ないです……独立独歩の人だから」その言葉には、すぐに感じ取れるほどの露骨な皮肉がこめられていた。家族が困っている時に、金に不自由していないはずの長兄が援助を拒否した、と私は理解したが、醍醐の打ち明け話は私の想像をあっさりと打ち砕いた。「ちょうど兄貴が肩を壊して、一年間プレーできなかった時期だったんですよ。アメリカで手術を受けてリハビリをして、その費用を球団が払うのか自腹になるのかで揉めてました。だから兄貴も当てにできなくて、結局自分が被《かぶ》ったんです」

「誰の借金だったんだ？」

「二番目の兄貴です」

「オヤジさんでは庇《かば》い切れないような額だったのか」

「公務員の給料がどれくらいか、高城さんは俺よりよくご存じでしょう」

「まあな」少し演技臭いかもしれないと思いながら、顔をしかめてやった。今は気楽な一人身なので――別れた妻は弁護士で、年に私の数倍は稼ぐ――金に困ったという記憶はここ何年もない。金がかかるといえば酒ぐらいだが、常にサントリーの角瓶なので、微々たるものである。

「契約金の額を聞いた時にはびっくりしたんですけどね」醍醐が寂しげな笑みを浮かべて頬杖をつく。「借金がどれだけ早く膨《ふく》らむかを知った時には、もっと驚きました」

「ギャンブルとか？」

「自分で商売を始めたんです。イベント屋さんっていうんですか、学生の頃にサークルで始めたのを、そのまま会社にしちゃって。でも当時は景気が悪かったし、経理をちゃんとやれる人間がいなかったのが致命的だったんですね。兄貴は商学部の出なんですけど、実務は理屈とは全然違ったみたいで。借金だけ残して、会社も潰れて、それでおしまいですよ」

「それ、何年前の話だ」

「俺が十八の時ですから、もう十七年も前です」

「バブルが弾けて不景気になり始めた時期か。お兄さん、今どうしてるんだ」

「死にました」

「すまん」

私は醍醐の肩を摑んで軽く揺さぶった。寂しげな笑みを浮かべた醍醐の声が、一段低くなる。

「借金は返して、大きなトラブルにはならなかったんですけど、やっぱりかなりショックだったみたいで。その後は普通に就職したんですけど、酒が手放せなくなったんですね……二十五の時に、伊豆の国道で、飲酒運転でガードレールに突っこんで……最後は水死でした。下が海だったんです。誰かを巻き添えにしなくてよかったですよ」

「本気でそんなこと、思ってるのか？」言ってから私は唾を呑んだ。

「その頃俺はもう、警察官になってましたから。身内の話であっても、そう考えるのは自然でしょう」

「そうか」

醍醐の兄の人生は、私がたどらなかったもう一つの人生だったのではないか。どこかでわずかでもタイミングがずれていたら、私も同僚から「誰かを巻き添えにしなくてよかった」と噂されていたかもしれない。

「何ですか、二人で暗い顔をして」

いつものように白いバンダナを頭に巻いた店主の末永充《みつる》が、怪訝そうな表情を浮かべてカウンターに丼《どんぶり》を二つ置いた。醍醐は確かに大盛りを頼んでいたが、あまりにも多過ぎる。大袈裟ではなく、洗面器を容器にしているようだった。

「超大盛りでサービスです」

「悪いね」醍醐が嬉しそうに言って箸を割った。彼がラーメン屋を嫌っていたのは、腹が膨れないと思っていたからかもしれない。

「何か深刻そうな様子だったから、これで元気を出して下さい」

「マスター、あんた心理学者かい？　書道五段だけじゃなくて？」店の看板の文字は、彼の直筆だという。私がからかうと、末永が頰をわずかに赤く染めた。小柄なせいか、そんな表情を浮かべるとほとんど少年のように見える。

「そういうわけじゃないけど、客商売の基本ですよ」

「大したもんだ」

「チャーハン、上がりました」カウンターの奥の方から声が聞こえてきて、末永がそちらに引っこんだ。

「お前、そんなに食えるのか」私は小声で醍醐に訊ねた。自分が三十五歳だった時を考えても――もう十年も前だ――このラーメンの量はあり得ない。しかもこれにチャーハンがつくのだ。

「仕事の前ですからね。それに――」

「俺の奢りだし」

「オス」

にやりと笑い、醍醐が盛大な音を立ててラーメンを啜り始めた。ラーメン屋で三千円使うはめになるとは……頭を振り、私も自分のラーメンを食べ始めた。昔ながらの東京風の醤油《しょうゆ》味で、脂分《あぶらぶん》が少なくすっきりした味わいのスープに縮れた麺がよく合う。

醍醐の前には私の三倍近い量があったはずなのに、食べ終えたのはほぼ同時だった。醍醐は満足そうに吐息を漏らすと、唇を紙ナプキンで拭って水を一気に飲み干す。それを見て私も水を一口飲むと、かすかにレモンの香りが口中を洗った。見ると、調理場の棚に実際にレモンが幾つか、転がっている。なるほど、これはこれで悪くない。ミネラルウォーターよりもウーロン茶よりも、口の中がすっきりと洗われる。

「デジタルプラスワンの社長も忙しそうですね」

「だろうな」醍醐の疑問に明確に答えるだけの材料を私は持っていなかった。「ああいう会社は、社長が一番のセールスマンだろうし。アップルとかマイクロソフトがいい見本だろう」

「そういう会社とは規模が違いますけどね」

「そうだな……株の買い占めの件だけど、それが本当に買収目的かどうかはすぐには分からないんじゃないかな。ジャスダック上場の会社に対して敵対的買収がしかけられたら、やっぱりニュースになるはずだよ。単純な投資目的じゃないのか」

「そうかもしれませんけど……ずっと会社に泊まりこみっていうのは、俺は引っかかりますね。どんなに忙しくても、社員だってちゃんと仕事をしているはずでしょう？　社長自らそんなに忙しくしてるっていうのも、何だか不自然です。登り調子の会社だから、優秀な人材だって集まってるはずですよね」

「そうかもしれない」

「だいたい、家もそんなに遠いわけじゃないでしょう？　帰った方が楽だと思うんだけどな」

「家で孤立していたら、帰っても休めないんじゃないかな」

「実際そうなんですか？」

「可能性の一つだよ」私は丼に箸を入れ、カウンターの上の棚に置いた。若い店員がすっと寄ってきて片づける。「母親と仲のいい娘……父親は不要なのかもしれない」

「そんなものかもしれませんね」

「悪循環っていうこともあるだろうな。そういう雰囲気を嫌って家に帰らないでいると、もっと帰りにくくなる。父親としては、気心の知れた部下と一緒に夜中まで仕事をしている方が気が楽なのかもしれない」そういう気持ちは私にも分からないでもなかった。家庭から逃げるために仕事をするのか、仕事を愛するが故に家庭が疎《おろそ》かになるのか……いずれにせよ、待ち受けているのは緩やかな崩壊だ。

「とにかく、あの会社の関係をもう少し洗ってみますよ。今晩にでも、あちこちに声をかけておきます」

「お前さんも顔が広いね」

「あまり良くないんじゃないですかね、こういうのは」醍醐が鼻に皺を寄せた。

「こういうのって？」

「せっかく室長があちこちに恩を売りつけようとしてるのに、俺が借金してマイナスにしてるみたいなものでしょう。失踪課も相当鬱陶しがられてるんじゃないかな」

「そういうことは気にするな。プラスマイナスで仕事をするわけじゃないんだから。そんなことは室長が心配していればいい」

「そうですかね……」

「そうだよ。さ、そろそろ不良少年をとっ捕まえにいこうぜ」彼の肩を一つ叩いて立ち上がり、尻ポケットから財布を抜いた。五千円札をカウンターに置き、末永に声をかける。

「二千五百円になります」という返事を聞き、頭の中で素早く電卓を叩いた。

「おいおい、計算が合わないぜ」

「大盛り分、サービスで」末永がやけに明るい笑顔を浮かべた。

「あんた、残り物を全部ここで処理しようとしてるのか？　それとも俺たちを太らせて医者を忙しくしようとしてるのか？」

「単に商売上手なだけだとは思わないんですか？　見返りを期待しないサービスなんかあ

りませんよ」

「正直過ぎると失敗するぜ」

「十分儲《もう》けてますから……毎度あり！」

末永の声に背中を押されるように、私たちは店を出た。すっかり冬に逆戻りしたような気温に、ラーメンで温まったはずの体は外側からじわじわと冷え始めた。

8

荻窪駅の北口は雑居ビルがごちゃごちゃと建ち並ぶ繁華街で、夜になっても人出は絶えない。目指すゲームセンターに入ると、産毛が逆立つような音圧で電子音が襲いかかってきた。アーケードゲームが整然と並び、ゲーム機とゲーム機の間の通路にも人が溢《あふ》れている。人気のあるゲームには少年たちが群がり、一際高い歓声が渦を巻いていた。

私は醍醐に左手から攻めるよう指示し、自分は右側に回った。端から始め、通路を縫うように歩きながら中央に向かって行く。胡散臭《うさんくさ》い視線が突き刺さってくるのにすぐに気づいた。勤め帰りのサラリーマンらしい二十代の若者——ネクタイをしているのですぐに分かる――もいるのだが、私も醍醐もこの場では明らかに場違いな存在である。「失せろ」と言いたげな目つきを無視し、写真に合致する顔つきを探してゆっくり歩いて行く。

中央からやや左側、醍醐が回っている方で小さなトラブルが起きた。短い怒声が飛び、ひりひりと緊迫した気配が、少し離れた私の所にまで伝わってくる。見ると、いずみが一人の少年の前に立っていた。腰に両手を当てて何か忠告している様子だったが、少年は唇を捻じ曲げ、視線を宙に漂わせて無視している。いずみの後ろには坊主刈りの中年男が一人。明らかに彼女の同僚なので、これ以上危険な雰囲気にはなりそうにないが、私は反射的にそちらに一歩を踏み出した。彼女が相手にしている少年が、大槻勇人だったのだ。

「――だから、もう遅いのよ」

「うるせえな」勇人の声は低く、どすが利いていた。

「おい、そう突っ張るな」いずみの後ろに控えた刑事が諭すように言ったが、勇人は鼻で笑うだけだった。

「お疲れ」

ぴりぴりした雰囲気の中に、私はのんびりした声で割って入った。勇人が振り向き、私に厳しい一瞥《いちべつ》を投げつける。私よりも背が高く、線は細いものの、既にある種の人間しか持ち得ない殺気を放っていた。ある種の人間――塩田のような。ただし勇人が、自分から積極的に暴力団に入ることはないだろう。厳しい上下関係がはっきりと残る世界であり、この少年が面倒な人間関係に耐えられるとは思えなかった。絶対に人には頭を下げないという信念が、全身から立ち上がっている。

「高城君」いずみが眉を上げた。

「彼を捕まえておいてくれたのか？　ありがとうよ」

「こっちは通常のパトロールよ」

「オッサン、そっちで勝手に話をしてるなら、俺はもういいかな。こっちは忙しいんだよ」勇人が私の方に向き直り、馬鹿にしたように言った。

「そうはいかないんだ。気に食わないかもしれないけど、俺と話をしてもらわないといけない」

「話すことなんかねえよ」

「こっちにはある」

「サツに用事なんかねえんだよ」

勇人の体が突然揺らいだ。体が後ろに引っ張られ、バランスを崩して倒れそうになる。醍醐が彼の襟首《えりくび》を摑んで引っ張り上げたのだ。勇人が両手を振り回して暴れたが、醍醐は平然としている。

「醍醐、そこまでだ」

「連行しなくていいんですか」

「彼は大人しく一緒に来てくれるよ。問題ないだろう」

「おい――ふざけるな」醍醐の縛《いまし》めから逃れようと勇人がばたつく。その場にいた仲間たちが詰め寄ってきたが、銃声のような甲高い音が響いた瞬間に、全ての動きが凍りついた。醍醐が勇人の後頭部を思い切り平手で張ったのだが、あまりにも強過ぎ、タイミングも完《かん》璧《ぺき》だったのだ。頭を抱えて崩れ落ちかける勇人を、醍醐が強引に立たせる。

「醍醐、そこまでにしておけ」私は自分の忠告に、思いがけない緊張感が混じるのを感じた。このままエスカレートすると、この場では収拾できない問題になりかねない。

「ふざけんなよ、おい」勇人が脚をばたつかせる。後ろ向きに蹴り上げた時に、靴の踵が醍醐の脛《すね》に衝突したのを私ははっきりと見たが、醍醐は顔色一つ変えず、摑んだ革ジャケットの襟を締め上げた。勇人の顔が歪み、顔から徐々に血の気が抜ける。

「醍醐」

ようやく醍醐が手を放した。勢い余って勇人が私の方によろけてきたので、肩に手を当てて押し返す。

「何だよ、警察はこんな乱暴なことをするのかよ」人間ピンボールと化した勇人が、後頭部を掌で押さえながら文句をぶつける。

「何かあったかな?」私は肩をすくめた。

「ふざけてんのかよ、おい」勇人が床に唾を吐く。

「軽犯罪法違反」

「ああ？」

「床を汚しちゃ駄目だ」

「さっきから何だよ、ええ？　俺は何もしてないぜ」

「そこにいるお三方は、勇人君のお友だちかな？」三人の少年に順番に視線を投げた。この中では明らかに勇人がリーダー格であり、彼が捕まっているので手出しできなくなっている。「ちょっと彼を借りるからな。終わったらここまでお送りした方がいいか？　それともお前らが署までお迎えに来るか？」

少年たちの顔に戸惑いが広がる。勇人はさらにいきり立ち、私に突っかかろうとした。醍醐がすかさず後ろから襟首を引っ張る。

「何だよ、弁護士を呼べよ」

私はつい噴き出しそうになった。緩んだ表情を見て、勇人が顎を突き出して怒りを露にする。

「君はどこでそういう台詞を習ってきたんだ？」私は大袈裟に溜息をついた。「弁護士が必要なことでもやったのか」

「俺は何もやってないって言ってんだろう！」

「結構だ」二度、深くうなずいてやった。「君は我々にとって、重要な情報提供者だからな。ぜひ、素直に協力願いたいね」

「何も言う気はないね」

「本当に弁護士を呼ぶか？」

勇人の喉仏が大きく上下した。十五歳の少年を脅しつけて更けゆく夜。自分の仕事は本当に社会の役に立っているのだろうかと、自問せざるを得ない。


北口交番を借り、勇人と相対した。道路に向かって開け放たれているので、勇人の注意はどうしても散漫になる。行き過ぎる人たちの顔を眺めて、視線が左右に動いた。

「さて、話というのは去年の八月のことなんだが」

「知らないね」

「里田希さんという子を知ってるな？　杉並黎拓中の三年生」

「知らないね」

「おいおい、本当に弁護士を呼ぶか？」

「逮捕かよ。そんなことできるのかよ」勇人が脚を組み、椅子の上でだらしなく姿勢を崩した。胸までがデスクに隠れてしまう。「俺は何もやってないぜ」

「君が彼女を誘拐したのか」

「はあ？」勇人が顔面の柔軟性を試そうとするかのように顔を捻じ曲げ、組んでいた脚を解いた。「何言ってんの」

「里田希さんを誘拐したんじゃないのか」

「俺が？」勇人が親指で自分の胸を指した。一瞬噴き出しそうになったが、次の瞬間には顔に怒りを呼び戻し、真っ赤になって抗議した。「誘拐？　馬鹿言ってんじゃないって。何で俺がそんなことするわけ？」

「金のためとかな。それとも希さんに乱暴しようとしたか」

「ちょっと……」私の本気を悟ったのか、勇人が慌てて座り直した。「冗談じゃないって。そんなの、あり得ねえから」

「去年の八月に、荻窪の駅前で希さんにちょっかいを出しただろう。彼女は塾の夏期講習で毎晩駅前まで来ていた。その時に目をつけたんじゃないのか」

「さあね」視線を逸らす。

「どうしてそんなことをしたのか、理由を聴きたい」

「ふざけんなって！」勇人がスチールのテーブルに拳を打ちつける。虚ろな音が響いたが、無数の傷がついたテーブルに新たな傷を加えることはできなかった。「俺は何もしてないよ。だいたい、その希ってのは誰なんだ？　知らねえな」

「本当に？」

「黎拓の連中なんて、関係ねえから。あんな気取った連中、相手にするかよ」

「同じ中学生だろうが」

「同じじゃない。あいつらは気取ってやがるんだよ。俺たちとは違う」

「分かった、分かった。君があの学校のことをどう考えてるかは、この際どうでもいい。どうなんだ？　去年の八月、荻窪の駅前で女の子にちょっかいを出さなかったか？」

「それは……」やけに赤い唇に、勇人が舌を這《は》わせた。

「あったんだな、そういうことが」

「だから、ちょっと声をかけてからかっただけだって」

「俺が聞いた話とは随分違うな。君の『ちょっと』を、向こうは随分怖がってたんじゃないか」

「あり得ねえって。女の子をからかったことはあったけど、それだけだぜ？　向こうだって、それぐらいでびびるわけないだろう。だいたいこっちは、相手が誰かも知らねえんだぜ」

「分かった」

「はあ？」私の言葉が意外だったようで、勇人が片目だけを見開いた。

「帰っていいよ」手を振ってみせる。

「冗談じゃねえ。こんな下らねえ用件で俺を呼びつけたのかよ」

「下らなくない。こっちにとっては大事な話だ。さあ、夜も遅くなったぞ。そろそろママのところへ帰れ……ただし、君には今後監視をつける。希さんのことで嘘をついているのが分かったら、本当に弁護士が必要になるからな」

「あり得ねえよ。こっちが弁護士を雇って、あんたを叩いてやるからな」

「それは怖いな」私は肩をすくめた。中学生の台詞とは思えない。「別れた女房が弁護士でね。弁護士を見ると心臓麻痺を起こしそうになるんだ」

「レベルが低い冗談だ。笑えねえよ」

吐き捨て、椅子を後ろに蹴飛ばすように立ち上がる。倒れそうになった椅子を醍醐が素早く押さえた。交番を出てこちらを振り向き、殺意をこめた視線を私たちに投げつけてから、勇人が道路に唾を吐いた。いずみが肩を上下させてふっと吐息を漏らす。

「放しちゃってよかったの？」

「あいつは何もやってないよ。君が言った通りで、そもそもそんなに大変なワルじゃない。中途半端なチンピラで終わるタイプじゃないかな」

「監視をつけるって、本気？」

「ああ言っておけば、少しは自重するだろう」

「自重？　そう思ってるなら、あなたは彼のことを読み切ってないわね。そんなことでびびるようなタマじゃないわよ」

「俺もまだまだ修行が足りないってことか」

実際そうなのだ、と痛感していた。失踪課の仕事では未成年とつき合うことも多いが、私はここに来てまだ二か月弱で、本格的に少年を相手にする案件は初めてだった。やはりぎごちなかった、と反省する。

「念のために他の連中も締め上げてみるか。今日勇人と一緒にいた連中は、いつもつるんでる仲間だよな?」いずみに訊ねる。

「そうね」

「名前と住所は割れてる?」

「分かるけど、あの連中を締め上げても、今以上のことは分からないと思うわ」

「それでも、念のためだ」後ろ手を組んだまま直立不動の姿勢を保っている醍醐に声をかける。「醍醐、今日はここで解散する」

「オス」いつもの返事をしながら、彼はどこか不満そうだった。せっかく仕事のことだけを考えていればいい夜だったのに、とでも思っているのかもしれない。九時。家に帰っても、まだ起きている子どもがいるだろう。愚図《ぐず》って泣いているかもしれない。

「例の件、明日も頼むぜ」

「オス。とりあえず、これから失踪課に戻りますんで」

「何で?」

「この時間でも電話で話せる相手はいますから、やってみます。携帯電話ではちょっと

「……」

「いいのか、家の方は」

「オス」

「分かった」私は立ち上がった。無性に酒が恋しく、疲れてもいたが、まだやることがある。この時間なら、まだそれほど遅くはない。「俺はまだ、荻窪でやることがあるから。明日の朝、一度失踪課に顔を出すから、その時に詳しく状況を話す」

「ちょっと、高城君」いずみが割って入った。「失踪課って、そんなにきりきり仕事をするの？　私のイメージと違うけど」

「事件かもしれないと思えば、きりきりもするさ」

「本当に事件なら、私も知っておいた方がいいんじゃないかな。うちの管内なんだから」

「まだ知る必要はないよ。何でもなかったら無駄になるからね」

「でも……」

「それじゃ、自分はこれで」

醍醐が一礼して交番を出た。駅の方に消えていく後ろ姿を見送りながら、まだ不満そうな雰囲気を漂わせているいずみの存在が、小さな棘《とげ》のように胸に刺さっているのに気づく。

「随分張り切ってるのね、彼」

「体力が有り余ってるんだ。普段は三人の子育てに使っている分を、今は仕事に割り当ててるから」

「あらあら」いずみの頬が緩む。「最近の人にしては頑張るわね。あなたもそうだけど」

子どものことを言われたのかと一瞬緊張したが、彼女の言葉の重点は「頑張る」の方にかかっていたのだと理解する。仕事。

「俺は……まだよく分からないな」掌で顔を拭う。脂っぽい感触が不快だった。

「ちょっと昔に戻ってる感じよ」

「君が俺をどういうイメージで見てるのか知らないけど、ずっと同じ人なんていないよ。たった一日でも変わるし」

「でも、基本的なことは変わってないいんじゃないかしら。今のあなた、ぎりぎりに巻いたゼンマイみたいよ」

「これ以上巻くと壊れるってわけか？」

「そうじゃなくて、手を放せばすぐに全力で回転し始める感じ。準備オーケイで、いつでもすぐに飛び出していける」

「それは、褒めてるのかな？」

「今時、そういう張り切り方は流行らないかもしれないけどね」

昔の気分に戻る——そんな言い方をする人もいる。ふとしたきっかけで、やんちゃだった若き日々の考えや行動パターンが蘇《よみがえ》るというわけだ。だが実際には、そんなことはあり得ない。人は毎日、昨日の自分とは違う人間になるのだから。同じようなことをやっていても、心の持ちようは全く違う。

「とにかく、何かあったら必ず相談するよ」

「本当は、何かある前に相談して欲しいんだけどな。急に言われても対応できないこともあるし」

「それもそうだな……分かった。とりあえず固有名詞抜きで説明しようか」私は交番を出た。これから行くべき場所が、概《おおむ》ね杉並中央署の方向と一致していることに気づく。「署に戻るのか？」

「ええ」

「俺もそっちの方に行くんだ。歩きながら話そうか」

「いいわよ」

説明は、極めて曖昧なものになった。固有名詞抜きで話すのだから仕方がない。

「父親が社長で金持ちっていうのが気になるわね。誘拐の線も考えないと」

「それはずっと頭に引っかかってるけど、実際のところはどれだけ金持ちなのか、分からないな。確かに家は豪邸だし、車はフェラーリだけど」

「会社のことなら、少しは分かるわよ」

「株でもやってるのか？」

「まさか」顔をしかめて一瞬立ち止まり、いずみが腕を組む。「警察官が株をやってちゃまずいでしょう。場合によってはインサイダー取引にもなりかねないし」

「会社の情報を知り得る立場であれば」

「そういうこと」いずみがすっと肩をすくめる。「今の私の立場では関係ないけどね。とにかく株はやらないけど、会社にはいろいろ興味があるから、自分なりに情報を集めてるわ。もちろん、退職したら一儲けしてもいいんだけど」

「新しい会社にも詳しい？」彼女を情報源にしていいのだろうかと自問しながら、私は一歩突っこんだ質問をした。

「新しい会社って、ジャスダックの上場企業とか？　ＩＴ系なの？」

「本当はそれも言うべきじゃないけど、まあ、そういうことだ」

「ああ、なるほどね」いずみが訳知り顔で深くうなずいた。「ごめん。知らん振りをしてもいいんだけど、分かっちゃった。管内の話だし」

「君には簡単に打ち明け話をするべきじゃないな」私は顔をしかめ、自分の失策を恥じた。

「勘が良過ぎるよ」

「これは勘じゃないわよ。単に情報を組み合わせた結論。ジャスダック上場のＩＴ系企業で、まだ新しい会社。それで社長がうちの管内に住んでいる……そこまでヒントが揃えば、答えは一つよ。彼についてはは調べてあげてもいいけど、どうする？」

「そこまで世話にはなれないよ」

「別に構わないけど……ねえ、ここまで言ったんだから全部白状したら？　何が起きてるの？」

「それが分かれば苦労しないんだ」

湿り気を帯びた夜気が、私の言葉で凍りついた。


いずみに話してしまってよかったのか……すぐに後悔してしまうのは私の欠点の一つだが、今の段階で悩んでもどうしようもない。いずみが他人に漏らすことはないだろうが、一度誰かに話してしまうといつの間にか広まってしまうのが、噂というものである。その噂が回り回って里田の耳に入ったら。彼の爆発的な怒りを思い出し、私は胸に何かがつかえたような気分になった。

彼女と別れ、あらかじめ用意しておいた地図を頼りに拓也の家に向かう。九時半、人の家のドアをノックするのに遅過ぎる時間ではないが、相手が中学生となると話は別だ。まず、親が障壁として立ちはだかる可能性もある。取りあえず彼の携帯に電話をかけると、すぐに出てきたので、自宅前の公園で落ち合うよう約束した。彼には途中経過を知る権利がある。

近くのコンビニエンスストアに足を運んで缶コーヒーを二本、それに自分用に煙草を仕入れた。昼過ぎから今まで一箱、空にしてしまった。明らかに吸い過ぎである。

電話を入れてから十分後、拓也がマンションの玄関から姿を現した。黒いタートルネックのセーターに白いダウンベストという格好で、街灯の下、ベストの形だけが浮かび上がっているように見える。左右を慎重に見回したので手を振ってやると私に気づき、すぐさま走り寄って来た。腕がしっかり振れた、なかなかいいフォームだ。

コーヒーを差し出すと素直に受け取り、ベンチに座る。藤棚が頭上に巡らせてあり、あと二か月もすると零れるような花で一杯になるだろう。今は骨ばった茶色い枝が垂れ下がっているだけで、生命の気配は微塵《みじん》も感じられない。拓也は私の横に座ったが、慎重に一メートルほど間を置いている。そのため、尻が半分ベンチから落ちそうになっていた。

「もうちょっと寄れよ」

「いや、いいです」その声にわずかな不信感が滲むのを私は聞き逃さなかった。警察だって、そう簡単に全てを解決できるわけじゃない——そんな台詞が喉元まで上がってきたが、単なる言い訳に過ぎないと悟って呑みこんだ。

「はっきり言うと、今のところいい手がかりはない。情報はいろいろあるけど、どれもいい筋じゃないんだ」

「そうですか」拓也が溜息をつくと、白いものが顔の周りにまとわりついた。缶コーヒーを握り締めながら両手を揉み合わせる。足元の小石を蹴ると、スニーカーのソールがアスファルトを擦ってかすかな音を立てた。

私は去年の夏の事情を話した。一時的に容疑者と見なした少年と話し、その後身柄を放したことも。

「そいつだよ！」拓也が甲高い声を上げる。「隣の中学の奴でしょう？　知ってますよ。札付きだ」

「札付き、な。俺もそう思う。このままだと将来はないだろうし、それは本人も分かってるだろう。だけど、そいつはやってない」

「何で分かるんですか」

「勘だ」耳の上を人差し指で叩いたが、拓也は疑わしげな眼差しを私に向けるだけだった。

「たまには大人を信用してみろ。大人というか、プロを」

「プロっていう割には、まだ手がかりが見つからないんですね」

「そういう風に人を皮肉ったり、世の中を斜めから見るのはやめろ」

「何でですか」

「ずっとそんな風にしていると、本当に必要な時に、物事を正面から見られなくなるから」

拓也が唇を噛み締め、なおも私を睨みつける。ほどなく、突っ張っていることの無意味さに気づいたようで、肩の力を抜いて缶コーヒーのプルタブを開けた。一口飲んで「甘い」と顔をしかめる。

「文句を言うなら俺が飲んじまうぞ」

「いいです、飲みますよ」

「そのコーヒーは、結局君のご両親が払う税金から出てるんだ。心して飲めよ」

「そういう風に皮肉を言うのはやめて下さい。さっきそう言ったでしょう？」

「一本取ったつもりでいい気になるなよ。とにかくこのままじゃ、俺たちは一歩も先に進めない」

「分かってますけど……」

「希さんの家族のことを思い出してくれ。何か感じるものはなかったか？　例えば、希さんが親から暴力を振るわれているとか。それを隠すために、仲のいい家族を演じていたとか」

「まさか」拓也が立ち上がる。ほとんど飛び上がらんばかりの勢いだった。

「まさか、じゃない。いきなり否定しないで考えてみろよ」

肩を押さえて座らせたかったが、手をかけると壊れてしまいそうだったので、言葉だけに留める。拓也は一度腰を下ろしかけたが、ベンチの冷たさに驚いたのか慌ててまた腰を浮かす。私もつき合った。立って向かい合うと、線の細さ、傷つきやすそうな幼い表情が際立つ。

「親が子を傷つけるのは珍しい話じゃないんだ。俺はそういう事件をいくらでも見てる」

「だけどそういうのって、本当に小さな子どもだけなんじゃ……」

「男の子の場合は体が大きくなるから、親も手を出しにくくなる。だけど女の子は事情が違うんだよ」

「でも……」

「家の中のことは表に出にくいんだ。もちろん彼女の家がそうだと言ってるわけじゃないけど、可能性がまったくないとは言い切れない。君には、否定できるだけの材料があるか？」

残酷な、そして乱暴な言い方だということを意識しながら私は畳みかけた。拓也がのろのろとベンチに腰を下ろし、掌に顔を埋める。

「そんな大変なことに……」押し出すように言ったが、その声は震えていた。

「まだ何も分からないよ」

「助けて下さい、希を」

「全力を尽くす」

「お願いです」

「全力を尽くす」

拓也の泣き顔を見ているうちに、こちらの心にまで弱気が忍びこんできた。クソ、中学生一人を元気づけられなくてどうする。

「とにかく、何か分かったらすぐに連絡するから」

「僕に何か、できることはありませんか」

「動かない方がいい。君の動きが誰かを刺激してしまうかもしれない」

「誰かって誰ですか？　犯人？」

「事件と決まったわけじゃない」

「ああ、クソ！」拓也が髪を掻き毟《むし》った。「何が何だか分からない」

俺もそうなんだ、とは口が裂けても言えなかった。


一旦失踪課に戻ることにした。私の自宅は考え事に適していない。あそこには、自分の好きな酒がある。呑むまいと決めれば呑まずに済ませる自信はあったが、「呑まない」と決心するために葛藤《かっとう》するのが無駄だ。少なくとも失踪課には酒がないから、迷わなくて済む。

新宿《しんじゅく》に向かう中央線はがらがらだった。シートに腰かけ、向かいの窓に映る自分の疲れた顔を見ているうちに、綾奈が姿を現した。どこかの中学校の制服を着ているが、少し大きいのか、肩の辺りのラインが崩れていた。向かいのシートまでの間隔は二メートルほど、しかも騒音の多い車内なのに、彼女の声ははっきりと私の耳に届く。

——疲れてる？

——ああ、年だな。

——それは仕方ないよね。

綾奈が寂しげに口元を歪ませる。私は大丈夫だと言う代わりに首を振り、両手を揃えて口の辺りを擦った。

——大丈夫だよ、きっと。希ちゃんは無事だから。

——何で分かる？

——そうじゃないと悲しいじゃない。死んだら泣く人が一杯いるよ。

——だろうな。彼女には友だちがたくさんいる。

——羨《うらや》ましいね。

——どこにいるんだ、綾奈。

——もう行かなくちゃ。パパなら大丈夫だから。

——あまり大丈夫じゃないぞ。力を貸してくれよ。

——私には分からない。希ちゃんがどこにいるか、見えない。

綾奈が小さく手を振った。泣きたいのか笑いたいのか、その顔を見ているだけでは分からない。私は思わず立ち上がりかけてから、「落ち着け」と自分に言い聞かせ、シートに尻を縛りつけた。気づかぬうちに声に出してしまったのか、少し離れた席に座った青年が胡散臭そうな視線を投げかけてきた。

何なのだろう。実際に綾奈を見ているわけではない。私は霊的なものなどまったく信じていないし、そもそも綾奈は私の前に現れる時、いつも年齢が違う。行方不明になった七歳の姿の時もあれば、今のように中学生だったりする時もある。単に、私の願望が何らかの形で脳に影響を及ぼしているに過ぎないのだろう。脳科学者ならもっともらしい説明をつけることができるかもしれないが、実験台になって頭の中を覗かれるつもりはなかった。綾奈に会えるのは間違いないのだから。妄想だろうが狂気だろうが何でもいい。おそらく両方なのだろう。目の前に現れる幻の綾奈は、様々に成長した姿を見せるのだから。あり得ないことだ。

綾奈、本当は何を言いたいんだ？　俺にどうして欲しいんだ？

何も言わないのは、私の心が無意識のうちに拒絶しているからに違いない——娘を捜すことを。私には分かっている。彼女は冷たい土の中で骨になっているか、海の底で魚の餌になってしまっている。娘のそんな姿を見たいと願う父親が、どこにいるだろうか。

# 9

「オヤジさん」

私の声に気づいて、法月が慌てて携帯電話を耳から離す。そんなことをしても何の解決にもならないと気づいたようで、電話に向かって二言三言話しかけて切ると、照れ笑いを浮かべて頭を掻いた。

「こんな時間まで何してるんですか」自分のデスクに荷物を置きながら、つい声を荒らげてしまった。

「まあまあ、怒るなって。今も娘に叱られてたんだから。ダブルで小言を言われたんじゃたまらんよ」

「小言も言いたくなりますよ。もう少し気を遣って下さい。大事な体なんですから」

「そうは思えんがね。こんなぼろぼろの体、今更……」私の警告から逃れる手段でもあるかのように、耳の後ろを掻いた。「もう帰るから、そうかりかりするなよ」

「本当に、自重して下さいよ。無理する必要はないんです。何だったら明日、俺が室長にかけ合いますよ。一課の尻拭いなんて、そもそも引き受けるべきじゃなかったんだし」

「そう言うな。室長には室長の考えがあるんだから」

「その考えが間違ってたら、きちんと言わないと」

「俺は遠慮しておくよ」法月が顔の前で手を振った。「こっちは体が許す限り、仕事をするだけだ……大丈夫だよ、ちゃんと自分の体と相談してやってるから。心配してくれてありがとうよ」

法月が笑みを浮かべたが、私は胸にかすかな痛みを感じていた。心臓に爆弾を抱えながら仕事をするのはどんな気分だろう。いつ次の発作がくるか——そういう不安を抱えているだけで、ストレスになるはずだ。

「娘さんによろしく言っておいて下さい。これ以上無理をすると、彼女と協力してストップをかけますよ」

「そりゃ無理だろう」法月の目が悪戯っぽく光った。「うちの娘は弁護士だぞ。お前さんが一番苦手な人種じゃないのか」

「痛い所を突かないで下さい」

「よし、この辺で勘弁しておいてやる……じゃ、俺は帰るからな。お前さんも遅くなるなよ」

「俺はいいんですよ。別に待ってる人もいませんから」

法月がやけに元気よく右手を突き上げ、振って見せた。背中が少し丸まっているのが気になったが、それが疲労によるものなのか加齢によるものなのかは判然としない。

法月と入れ替わりに愛美が部屋に入って来た。ミネラルウォーターのペットボトルを右手にぶら下げ、ひどく疲れ切った表情を隠そうともしない。私に向かって小さく会釈すると、自席に腰を下ろした。ハンドバッグを漁《あさ》り、小さなチョコレートを取り出して乱暴に包み紙を剝《む》いて口に放りこむ。お義理のように少し嚙んだ後、錠剤でも飲むように水を口に流しこんだ。

「何だよ、オヤジさんが元気なのに、だらしないな」

「疲れるんですよ、この仕事は」

「手がかりなしか」

「ゼロです。まったくなし。現場近く……杉並と練馬の電話帳に乗っている『堀』という人を個別撃破してるんです。電話に出ない人は直接訪ねてるんですけど、本当に目撃者がいたのかどうか、怪しいと思いますよ。悪戯じゃないんですかね。警察をからかってやろうと思う人間もいるでしょう」

「そうか」私はデスクの縁に尻を引っかけたまま、彼女を見下ろした。説教をするのにいいタイミングでも時間でもないが、言うべきことは言っておかねばならない。「オヤジさんにもう少し気を遣ってやれよ」

「分かってます」

「だったら、こんな時間まで引っ張るな。もう少し早く引き揚げても、誰も文句は言わないんだから」

「逆です。法月さんが私を引っ張り回したんですよ。私は何度も止めたんですけどね」

「まさか」

「嘘ついてどうするんですか」愛美が音を立ててペットボトルを置いた。

「……そうだな」

「それに、特に辛そうな様子でもなかったですから。法月さん、見た目は元気じゃないですか」

「まあな」

「そういう人に『無理しないで下さい』って言うのは、かえって失礼な感じもするんですよね」

「オヤジさんを止められるのは、娘さんぐらいか……」

「法月さん、証明したいのかもしれませんね」

「自分はまだやれるということを?」

愛美がうなずく。揃えた腿の間に両手を挟みこみ、背中をぐっと丸めるようにした。肩が細かく震え、疲労感が波のように私の方に伝わってくる。欠伸《あくび》をこらえたのか、顔を上げると目がわずかに潤んでいた。

「技術的に──純粋に自分がまだ仕事をやれると証明するのは、オヤジさんみたいなベテランなら難しくないだろう。でも、体が大丈夫だって証明するのは、それこそ命がけだぜ」

「ですよね。でも、本当に倒れでもしない限り、止めることはできないんじゃないですか？　心臓の発作って、いきなりくるんでしょう？　兆候もないのに無理するなって言っても……高城さんだったら止められますか？」

「さっき、一応警告しておいたけどな。あのオヤジさんが、俺たちの言うことを簡単に聞くわけがないか」私は溜息と一緒に言葉を吐き出した。

「でも法月さん、今更仕事ができるって証明しても、何かいいことがあるんですかね。こんなこと言っちゃ悪いですけど、定年もそんなに先じゃないでしょう？　これから頑張って、どこか希望の部署に異動っていうのも、ちょっと違う気がするし」

そんな生臭い話ではないのかもしれない。私には何となく理解できるような気がした。このまま体を大事にし、無事に定年までの任期を勤め上げることはできるだろう。しかしそれは、消えかけたろうそくの火を大事に風から守っているだけではないか。

出世にこそ縁がなかったが、心臓の病気で倒れる前の法月は、捜査一課にこの人ありと言われた名物刑事だった。特に聞き込みには抜群の能力を発揮し、誰が行っても何も聞けなかった相手から、決定的な情報を引き出したことも数え切れない。人の顔色を読むのに長《た》け、相手が吐《つ》いた嘘、隠した真実を一発で見抜いてしまうのだ。管理職には縁がなかったが、警察には絶対に必要な人材である。自分でもそれを意識しているだろうし、他人にはない能力に絶対の自信を持ってもいるはずだ。心臓の調子が少し悪いぐらいで、暇な部署で燻《くすぶ》っているわけにはいかない――できる人間ほど、そう考えるだろう。しかし心臓はいつ裏切るか分からない。そのジレンマに悩まされている法月は、最後の勝負に出たのかもしれない。倒れる前に、何か記念碑になるような大きな仕事をしたい、と。一課の尻拭いがそんなことになるとも思えなかったが。

「とにかく、そっちはしばらく時間がかかりそうだな」

「そうですね」愛美が疲れた溜息をつく。「時間がかかるというか、まだ全然先が見えません。どこかで見切りをつけてやめた方がいいかもしれませんね。ギブアップしても、この評判がちょっと悪くなるだけでしょう」

「そうなったら、室長が臍《へそ》を曲げるぜ」

「だからって……」

「とにかくオヤジさんには、できるだけ気を遣ってやってくれ。どうしても意地を張るようだったら、娘さんに連絡を取るから」

「はるかですか？　私、今日電話で話しましたよ」

「そうなのか？」下の名前で呼んでいることに気づき、私は軽い驚きを覚えた。

「はい」愛美が背筋を伸ばし、ペットボトルを手にした。「別に今日だけじゃないんですけどね。同い年なんで、いろいろと」

「刑事が弁護士と仲良くするのはどうかと思うけど」法月の娘、はるかは時折失踪課に顔を出すが――定期健診に行く法月の付き添いだ――私たちと会話を交わすことはほとんどない。

「高城さんも……すいません」失言に気づいたのか、愛美が頭を下げる。後ろで束ねた髪が跳ね、背中を叩いた。

「嫌なこと、思い出させるなよ。だけど俺の女房……元女房は、結婚してる間は弁護士を休業してたんだぜ。子どもの手がかからなくなったら復帰する予定だったんだけど、もしもそうなっていたら俺も、誰かから陰口を叩かれていたかもしれないな。そういう目に遭わずに済んだのは、ありがたいことだと思ってるよ。離婚のプラス面だ」

「一線は引いてますから、大丈夫です」

「それなら問題ない。むしろオヤジさんのことに関しては、できるだけ頻繁にはるかさんと連絡を取り合ってもらった方がいいな。向こうだって心配だろうし、一番近くにいる君がしっかり見てたら安心だろう」

「分かりました」

「今日はもう帰れよ」私は入り口に向かって手を振った。

「明日も早いんだろう」

「ええ、そろそろ帰ります。高城さん、まだいるんですか？」

「考え事をするには、家よりもここの方がいいんだ」

「お願いですから泊まらないで下さいよ」愛美が鼻に皺を寄せ、部屋に一つしかないソファに視線を向けた。ここに異動してきてから何度か、私は部屋に泊まりこんだが、愛美は快く思っていないようだった。いつも自分たちが座るソファで寝られたらたまらない、とでも思っているのだろう。「ここは、泊まりができるようにはなってないんですから」

「分かってるって。何とか終電に間に合うように帰るから。そうするためにも、一人にしてくれないか？」

「分かりました」愛美がバッグを取り上げた。「無理しないで下さい」

「珍しいな、君がそんなに優しい言葉をかけてくれるなんて」

「法月さんの話をしてたら、高城さんも心配になりました」

「おいおい、俺は健康体だぜ。オヤジさんよりもかなり若いし」

「そうですか？」愛美が私の腹の辺りをまじまじと見た。「生活習慣病は、いつの間にか襲ってくるんですよ。相当節制しないとまずいんじゃないですか」

「大きなお世話だ……どうせお節介するなら、明日の朝、ドーナツとコーヒーを奢ってくれ」以前にも彼女はそういうサービスをしてくれたことがある。だがそれは、あくまで一瞬の気まぐれだったようだ。

「泊まってここの食堂で朝ごはんを食べるつもりかもしれないけど、駄目ですよ。明日の朝、ソファで寝てるのを見つけたら殺しますからね」

「君の場合、冗談に聞こえないのが怖い」

「本気で言ってますから」

ちらりと腕時計を見て、愛美が頭を下げる。失踪課を去る後ろ姿を見送りながら、私は靴を蹴り脱ぎ、両足をデスクに載せた。一番下の引き出しに隠してある灰皿を取り出して煙草に火を点け、椅子に体重を預けて頭の後ろで手を組んだ。天井を見上げながら煙を吹き上げ、そういえば里田の家の天井は随分高かったな、と思い出す。贅沢《ぜいたく》な作りだ。見ることはできなかったが、中庭まであるはずだから。

中庭……。

死体を隠すならば。

希の死体がそこに埋まっていると想像してしまう自分に対して、嫌悪感を覚えた。家庭内暴力がエスカレートした結果娘が死に、死体の隠し場所に困って中庭に埋めたとしたら。あそこならよほど大きな音を立てない限り、誰にも気づかれずに埋葬《まいそう》することは十分可能だろう。遺体をどこかへ運んで遺棄する危険を冒すよりも、敷地内で処分してしまった方が安全でもある。あるいはデジタルプラスワンの社員を動員して、遺体をどこかに運んだ？　あり得ない。想像としてはありかもしれないが、それが現実である可能性は限りなくゼロに近いだろう。創業者社長である里田がいかにカリスマ的なリーダーであっても、犯罪の――それも殺人の隠蔽《いんぺい》に手を貸す社員がいるとは思えない。

　考えが飛ぶに任せているうちに、希は殺され、あの中庭に埋めこまれているという想像だけが、鮮やかな色に染まってきた。無理がない。いや、それしかあり得ない。それならば、両親とも「娘が家出した」と強硬に言い張るのも理解できる。

　理由のない嘘はない。

　二本目の煙草に火を点ける。口元で揺らしながら、両親の態度を一つ一つ思い起こしてみた。どうしても家出ということにしてしまいたい――その言動は不自然以外の何ものでもなかった。あの家を隅から隅まで調べることはできるだろうか。特に中庭を掘り起こせば――今の段階では無理だ。容疑は一切なく、全ては私の頭の中で練り上げられたシナリオに過ぎない。

　だがその架空のシナリオは、長く頭に止まることになるだろう。長年の経験でそれだけははっきりしていた。固執し過ぎるな、と自分を戒める。あまりにも一つの考えに執着してしまうと、目の前に決定的な手がかりが浮かんでいるのに見逃してしまうこともある。

　想像が翼を羽ばたかせるのを打ち切り、溜まっていた書類を処理しているうちに、結局終電を逃してしまった。結局俺はこれを望んでいたのだと思いながら、ソファで横になる。何か理由があるなら、家には帰りたくない。狭い部屋のベッドより、まだ新しいここのソファの方が、よほど寝心地がいいのだ。その証拠に、眠ったと思った次の瞬間には目が覚めていた。体はすっきりして疲れは完全に消え、持病の頭痛もない。もしかしたら自宅のベッドは枕が悪いのかもしれないと思ったが、買い換えるのも面倒だ。皆には嫌われるかもしれないが、今後もできるだけ機会を見つけてここに泊まることにしよう、と自分に誓った。四十五歳、管理職である警部として、褒められた行為でないことは分かっていたが。

もちろん今朝は、愛美がコーヒーとドーナッツを持ってきてくれるはずもなく、署の食堂のお世話になった。「味つけ」という概念が存在せず、質素で量だけが多い食事だが、食べているうちに不思議と安心させられる。結局私は、こういう粗食に慣らされてしまっているわけだ。

失踪課に戻ると、今朝は珍しく真弓が一番乗りしていた。ちょうどコーヒーサーバーの準備を終えたところで、香ばしい香りが部屋に充満し始めている。

「また泊まったの？」真弓が顔をしかめた。

「遅くなったんで」

「感心できないわね」

「まあ……確かに」私は首を捻じ曲げて、ワイシャツの肩の辺りの臭いを嗅いだ。早急に新しいシャツが必要だった。ロッカーにいつも用意してあるクリーニング済みのシャツに着替えることにする。

「ちょっといいかしら。昨日は報告が聞けなかったから、今、聞かせてもらえる?」

「コーヒーを飲んでからでいいですか? まだ目が覚めない」

真弓が腕時計に目を落とす。焦っている様子だった。朝一番で本庁に出かける用事でもあるのかもしれない。

「目が覚めないなら、ちゃんと家に戻ってシャワーぐらい浴びないと」

「うちの課も利用できるシャワーぐらい、用意できないんですか?」

「そこまで福利厚生を考えるのは私の仕事じゃないわ」真弓が首を振る。

「福利厚生じゃなくて仕事の一環だと思いますけどね。一日風呂に入っていない人間がいると、他の課員に迷惑でしょう」

「そこは自分の裁量で何とかして。そもそも家に帰れば済むことなんだから、難しい話じゃないでしょう」

コーヒーサーバーが、咳《せ》きこむようにごぼごぼと音を立てた。最後のお湯がフィルターを通過する音だと分かっているので、慌てて新しいシャツを用意し、トイレに駆けこんで着替える。ついでに、洗面台の取っ手を思い切り左に回して水温を下げ、手が切れそうなほど冷たい水を顔に浴びせた。一気に目が覚め、同時にますますコーヒーが恋しくなる。

シャツのボタンを閉めながら失踪課に戻ると、真弓がスタイロフォームのカップを私に手渡してくれた。コーヒーの香りを嗅いで軽く頭を下げてから、彼女の後を追って室長室に入る。昨日の捜査の状況を順を追って説明すると、真弓が一刀両断で結論を出した。

「何も進んでないってことね」

「はっきり言いますね」少しばかりむっとして、こめかみがひくつくのを感じた。同時に、やはり寝不足だと意識する。

「回りくどい言い方は、あなたには必要ないでしょう。それで今後はどうするの？　適当なところで手を引く？」

「そのつもりはありません。むしろ、手を広げて調べてみたい――そのためには手数が必要ですけどね。オヤジさんと明神は、まだ一課の手伝いを続けるんですか？」

「そうなるわね。そっちもまだ、何の動きもないから」

「それは昨夜聞きましたけどね……だいたい、情報提供者の基本的な情報も押さえておかないっていうのはどういうことなんだろう。最初からガセだったのかもしれない」そこで初めて、私は椅子を引いて座った。軽い怒りで手が震えてコーヒーが指にかかり、カップを取り落としそうになる。舌打ちしてから、文句を続けた。「基本の基本じゃないですか。気合が抜けてそれを忘れてるから、こういうことになるんですよ。やっぱりこの仕事は、単なる一課の尻拭いだな。連中も『失踪課ができなかったんだから仕方ない』って言い訳できるわけだし」

「そうやって文句ばかり言ってても、何も始まらないわよ」

「寝起きで爽やかに仕事を始めるのは無理ですね。せめて少し毒を吐いておかないと」

「どうぞ。そういうのを聞くぐらいは、私の給料のうちだから。すっきりしたら、ちゃんと仕事して下さい。あなたたちの今日の予定は？」

「醍醐が会社の方を調べてます。俺は家族に焦点を移してみますよ。とにかくもう一度、父親に会ってみるつもりです。あの反応は、どうしても引っかかる」

「その時は醍醐君を連れて行ってね」

「圧力をかけるために」

「彼は、そういうことにかけては一流よ」

「一流もクソもないでしょう。あいつはそこにいるだけでプレッシャーになるんだから。本人は自覚してないかもしれないけど」

肩をすくめ、真弓が私の醍醐評を簡単に聞き流した。

「二人一組で。その時はいつもの原則を守ってちょうだい」

「どうしてそこにこだわりますか？」

「あなたはどうして希さんの父親に話を聴きたいの？　彼を容疑者として考えてるからじゃない？　そういう人間と会う時は、一人じゃない方がいいでしょう。事情聴取に漏れがないようにして下さい」

「お見通し、ですか」私は声を潜めた。「底が浅いですね、俺も」

「まともに考える刑事なら、誰でも家族の間の犯罪じゃないかと思うはずよ。極端に飛躍した考えじゃないでしょう」

「それを聞いて安心しました」私は肩をすくめた。「自分がとんでもない人間じゃないかって思ってた」

「まさか。刑事としてまっとうな考えでしょう」

「そうでなければ」私は立ち上がった。「あなたと俺だけが、鬼畜のような考えの持ち主なのかもしれない」


昨日里田からかかってきた携帯電話の番号が、まだ私の携帯の着信記録に残っていた。彼の無用心さを、一瞬だが怪訝に思う。あれだけ警察を嫌っていたのだ、いくら怒りに任せて電話してきたにしても、自分の番号を非通知設定にするぐらいの知恵は回りそうなものなのに。あるいは携帯を何台も持っていて、あの電話は面倒な相手専用なのかもしれない。——専用電話が必要なほど、面倒な相手がたくさんいるというのか。

電話をかけたが圏外になっていた。壁の時計を見ると九時過ぎ。いつものように会社に泊まりこんでいるとして、まだ寝ている時間だろうか。それなら電源を切っていてもおかしくはない。手帳を広げ、調べておいた会社の代表番号を呼び出した。社長を、と頼んだのだが拒否され、総務課に回される。

「里田社長をお願いしたいんですが……警視庁失踪課の高城と申します」

「里田は出社しておりません」相手の女性が淡々とした口調で答える。

「もう業務時間に入ってますよね？　あなたがそこにいるんだから」

「そうです」

「それなのに社長は出社していない」

「何か問題でもありますでしょうか」相手の声がにわかに強張った。

「早急にお話を伺いたいんです。連絡を取っていただくことは可能ですか」

「今は連絡がつきません」

私は彼女の声に、わずかな動揺を感じ取った。「今は」のところだったか？　それとも
「連絡がつきません」の方だったか？

「すいませんが、とにかく里田は今現在はこちらにおりません」

「だったらどこに？　自宅ですか？」

「申し訳ありませんが」

「待った」と叫んでから、電話が既に切れていることに気づく。受話器を乱暴に叩きつけて腕組みをした。

「電話に当たっても何にもならないわよ」いつの間にか背後に回っていた真弓が忠告する。

「失礼」座り直し、椅子を回して真弓と向き合った。彼女は私のデスクの縁に尻を預けて立っている。

「社長は？」

「行方不明」

真弓がさっと眉を上げる。人差し指でゆっくりと唇を撫で、次いで二回、触れるか触れないかぐらいの強さで叩く。

「親子揃って行方不明という意味じゃありませんよ」受話器を持ち上げながら私は言った。もう一度手帳を確認し、里田の家の電話番号を探し当てる。番号を打ちこみながら、「ただ会社にいないというだけです」

「その割に、あなたは大事件みたいな顔をしてるけど」

「里田は仕事第一の会社人間で、平日はほとんど家に帰らない。ずっと会社に泊まりこんでるんです。それが今日に限って会社にいない……出社してないっていうんです。会社側の対応も曖昧でした。居場所を把握していないようですね」

「昨日、あなたが奥さんに会ってから、抗議の電話がかかってきたって言ったわね」

「ええ」左耳で呼び出し音を聞きながら、私は真弓の質問に答えた。

「もしかしたら奥さんは、あなたの訪問でパニックになったのかもしれない。それでご主人に、家に帰ってくれるように頼んだんじゃないかしら。またあなたに襲われないように」

「人を病原菌みたいに言わないで下さい」呼び出し音が十回鳴ったところで受話器を置いた。いくら広い家でも、これだけ鳴らして出ないということは、誰もいないと考えた方がいい。

「向こうにすれば、そんな風に感じたかもしれないわよ」

コートを手に、私は立ち上がった。「どうするの」と真弓が小首を傾げる。この状況を面白がっているような態度がどうにも気に食わない。

「もちろん現場に行くんですよ。何か起きてからじゃ遅い——もう起きてるかもしれませんが」

「私も行くわ」

「まさか」鼻で笑ってやったが、彼女はあくまで真剣だった。「忙しいんじゃないですか？そもそも室長自ら出動するような話じゃないでしょう」

「気紛れだ、と言ったら納得する？」

「ご自由に」私は肩をすくめた。「拳銃携行ですか？」

あまり感情を顔に出さない真弓が、一瞬だけ頰をひくつかせた。私がこの課に来てすぐ扱った事件で、彼女は私を守るために容疑者の頭に拳銃をつきつけた。銃の携行そのものに問題はなかったが、無闇に相手を銃で脅す行為はトラブルの種になりかねない。今のところそれは、私と彼女だけの秘密になっている——一応、真弓は私の命を救ってくれたので、私なりの礼のつもりだった。

力関係とは微妙なものだ。ほんの少しの出来事でバランスは崩れ、それまで有利だと思っていた事態があっという間にひっくり返る。そして私と彼女の場合、どちらが優位に立っているのか、はっきりとは分からなかった。少なくとも私には。

真弓はかなり辛抱強い上司である。少なくとも仕事の本質に関係ない事態——私が勝手に失踪課に泊まりこむことや、車の中が煙草臭いことに関しては、ほとんど目を瞑る。一度中で煙草を吸うと、その後窓を全開にして走らせても、どうしても臭いは残るものだ。喫煙者である私でも分かるのだから、煙草を吸わない彼女は私以上に異臭を敏感に嗅ぎつけただろう。それでも一言も文句を言わない。

「確かに豪邸ね」里田の家を見た瞬間、真弓が極めて率直な感想を漏らした。

「醍醐の調べでは、時価四億円ぐらいらしいですよ」

すっと空気が漏れるような音がしたが、真弓が口笛を吹こうとして失敗したのだということはすぐに分かった。

「ガレージ」車を路肩に停めながら私は言った。

「少なくとも昨日俺がここに来てから、車の出入りはあったようですね」

「何か異状でも?」

車を降りて道路を渡り、ガレージの前に立つ。シャッターの幅からすると、大型車が二台、楽に停められるようだ。かすかな音——不快な警告音が間断なく聞こえてくる。ガレージの中からなのでくぐもった感じだ。近所の人が文句を言うためにドアをノックするほどではないにしろ、一度聞こえてしまえば気になって仕方がないという程度の音質、音量である。見ると、シャッターの下に直径三センチほどの石が食いこみ、わずかに隙間が開いたままになっていた。車に取って返し、グラブボックスからマグライトを持ち出して、ガレージの前でひざまずく。アスファルトに頰を擦りつけながらライトをつけ、中を照らし出した。すぐ目の前には、何もない空間。光を左の方に動かすと、タイヤ、それに銀色のボディの一部が目に入った。グリルのデザインからベンツだと分かる。ライトを消して立ち上がり、白く汚れたズボンの膝を叩いたが、アスファルトの汚れは案外しつこくついており、叩いたぐらいでは落ちなかった。両手を叩き合わせてから真弓と向き合う。

「車が一台ないですね」

「ということは?」

「父親が乗って出かけている」

「どうしてそれが分かるの?」

「ここにないのは父親の車、フェラーリです。それが唯一の趣味みたいですから、家族にも触らせない可能性が高い」

「母親は？」

無言で首を振る。あのベンツは、妻が普段使っているのだろう。夫婦二人、フェラーリに乗って出かけたのか……いや、それはおかしい。会社を何よりも大事にする里田が、平日に休みを取ってどこかに出かけるとは、やはり考えにくい。社員の不自然な対応も気になった。

「耳障りですね……警報が」

「止められる？」

「たぶん。現場を――ここが現場ならですけど――保存する必要がなければ」

真弓がうなずいたので、私はシャッターの下に噛んでいた石を爪先で蹴飛ばした。石がガレージの中に転がりこみ、鈍い金属音とともにシャッターが下がって警報が止む。

「誘拐犯に呼び出された……」独り言のように真弓が呟く。

「可能性の一つとしては」

「そうね。とりあえず会社に行ってみない？　何か隠しているかもしれないし」

「あまり強硬な態度は取れませんよ。今のところ里田は犯罪者ではないし、被害者ですらないかもしれないんだから」

「その場の状況に応じて対応しましょう」

「お願いします」

考えてみれば、真弓と一緒に現場に出るのは初めてだ。彼女はどんな騒動を引き起こすか——騒動と決まったわけではないが、彼女にはトラブルを予感させる何かがある。一方の私は、止め役に回った経験が少ない。最悪の組み合わせではないかと怯えながら、私は覆面パトカーのキーを握り締めた。

## 10

私が先日里田を訪ねた時に通されたのと同じ会議室。暖房が入っていないせいで、足元に冷気が漂っている。

「社長はですね……」

「社長がいなくても会社がちゃんと回るとは知りませんでした。不勉強でしたね」真弓の皮肉が、私たちの応対をしてくれた相手に突き刺さる。総務部長の肩書きを持っているとはいえ、まだ三十代前半にしか見えない田村《たむら》が、濡れ光る額を指先で拭った。決して汗をかくような陽気ではないのに。脇を短く揃え、真ん中辺りを緩く盛り上げた髪型。ネクタイはなし。今はすっかり廃れたデュエボットーニのシャツの高いカラーが、首を締め上げている。腰の辺りにまったく余裕がない細身のパンツに、先の尖った流れモカの茶靴。大《おお》手町《てまち》や新橋辺りでよく見かける、若いサラリーマンの定番スタイルだ。

「業務に支障はありません」何とか田村が持ち直した。「それより、警察が社長に何の用なんですか」

「話を聴きたいんです。できるだけ早急に」真弓の声は冷たく固いままだった。

「そう言われても、連絡が取れないものは取れないんですよ」

「社長が無断で会社を休んでいるというわけですか？」真弓が脚を組み、紺のスラックスの皺を気にするように膝の辺りを持ち上げる。神経質なイメージを相手に植えつける作戦。

「いや、そういうわけでは……」指先では間に合わなくなったのか、田村が掌を額に押し当てた。「とにかく弊社の仕事に関して、警察の方から何か言われる筋合いはないと思うんですが」

「警察なんかに用はないと。そう仰りたいわけですね」

「そんなことは言ってませんけど……」

田村が助けを求めるようにこちらを見たが、私は目を逸らして無視した。もうしばらく、真弓に攻撃させておくことにする。彼に助け舟を出す代わりに、ここへ来る途中で見た里田のデスクの様子を思い浮かべた。真っ先に目についたのが、スクリーンセーバーが踊るモニターである。帰宅するなら電源を落とすだろう。電源が入ったままということは、彼が仕事の途中で慌てて出て行った証明にもなる。しかし今日は出社した様子がない……昨夜もここに泊まりこみ、社員が出てくる前に去ったということか。

「社長と連絡を取って下さい。今すぐです」真弓が畳みかける。

「そう言われましても、私どもも連絡が取れないんですから、どうしようもありません」

「とにかく電話してみて下さい。もしかしたら、今ならつながるかもしれないでしょう」

言われるまま、田村が首からぶら下げた携帯電話を手に取った。すぐに耳に押し当ててしばらくそのままにしていたが、やがて首を振って電話を耳から離す。

「電源が入っていないようです」

「携帯は一つしか持っていないんですか」

「ええ」

「他に連絡が取れる方法は？」

「メールは送ってます」

「緊急時だったらどうするんですか」

「今はそういう状況ではありませんから」上手い言い訳ではなく、田村は壁際まで追いこまれた。

「社長と連絡が取れるまで、ここで待たせてもらいます。それでいいですね」一切手を緩めず、真弓が念押しする。

「それはちょっと……」田村がまた額を拭った。汗が本格的に滲み始め、顔がてらてらと光っている。

「おたくの社長は、よくこういう風に行方不明になるんですか」

「そんなことはありません」

「しかし実際、今は行方不明ですよね」

「行方不明というのとは違いますが……」

「高城君、彼に失踪課に来てもらう？」真弓が冷たい声で言った。

「そうしますか」田村の顔がさらに青褪めるのを見届けて、私は真弓に調子を合わせた。

「行方不明なら、捜索願を出してもらった方がいいかもしれませんね。会社経営者が行方不明になったら、まず事件に巻きこまれたと考えるべきでしょう。一刻も早く対策を取るべきです」

「会社の総務関係は、あなたが全て取り仕切っているんですね？」真弓が歯切れの良い口調で確認する。「警察に届け出るとしたら、総務系の人が担当するのが筋です。あなたでなければ、総務担当の役員が」

「私がその役員なんですが」

私は思わず真弓と顔を見合わせたが、若い会社だからそれも不自然ではないと自分を納得させた。

「あの、本当に捜索願を出した方がいいんでしょうか」急に心配になったのか、探るように田村が切り出す。

「それはあなたたちが決めることです」真弓がぴしゃりと言った。

「参ったな……」田村が頭を掻いた。「午後には、ここにいてもらわないと困るのに」

「やっぱり、社長がいないと仕事に差し障るじゃないですか」真弓が台詞に皮肉を効かせた。「そんなに大事な用件があるんですか」

「来客の予定があるんです。社長が直接会うことになってますので」

「取りあえず、簡単に話を聴きましょうか」私は手帳を広げてボールペンを構えた。「社長は最近、どんな様子でした？　仕事や私生活の問題で何か悩んでいませんでしたか」

「いえ……」田村が拳を固めて軽く顎を叩いた。「社長はいつもエネルギッシュですから。我々の前では、悩んだ顔を見せたことはありません」

「いつもここに泊まりこんでいたらしいですね」

「平日はだいたいそうでした」

「そんなに忙しいんですか」

「今が大事な時ですから」

それは敵対的買収をしかけられているからか、と口にしかけて言葉を呑みこんだ。この線で攻めるだけの材料は、まだ十分にない。曖昧なままなら黙っていた方がいい。

「会社の中に泊まれるような部屋があるんですか」

「ええ。でも、そんなに大袈裟なものじゃありませんよ」言い訳するように田村が答える。「折り畳み式のベッドとシャワーがあるだけです。質素なものですよ」

「平日に、ご家族が会社に訪ねてくるようなことはないんですか」

「ありません」田村が首を振った。「社長は、仕事とプライベートをきっちり分けていましたから」

「分かりました」いきなり真弓が話を断ち切る。私の手帳は白いままだった。「社長と連絡がついたら、すぐにこちらにも連絡して下さい。早急にお話ししたいことがありますので。緊急、ということですよ。警察が言う緊急の意味はお分かりになる?」

「はい……」自信なさげに田村がうなずく。「それは分かりましたが……あの、午後遅くなってでもいいですか」

「来客の関係ですか?」私は訊ねた。

「ええ、絶対に外せない用件なんで、まずそれを済ませないと」

「構いませんよ」真弓が答える。「ただし社長と連絡がついたら、その時点で必ずこちらに電話して下さい。すぐに、です。実際にお会いするのは、その大事な用件の後でも構いません。会社の将来を左右するほど大変なことなんでしょうからね」

真弓は軽い揺さぶりのつもりで言ったのだろうが、田村に対しては十分過ぎる脅迫となった。顔が白くなり、テーブルに置いた両手が震え出す。それこそ午後に里田がいないと、デジタルプラスワンが消滅してしまうとでもいうように。

「どう？」

ビルのエントランスに下りると、真弓がすかさず訊ねてきた。

「やり過ぎじゃないですか。彼、震えてましたよ」

「あれぐらい言わないと頭に染みこまないのよ。あなたの感触は？」

「里田は間違いなくトラブルに巻きこまれてますね」

「会社の命運を左右するような予定があるのに、呑気《のんき》にドライブはあり得ないわね」

「ええ」

「会社より大事なことと言えば、家族しか考えられない」

「だけど彼は、ここへ戻って来るはずです。この場にいないと、本当に会社が危ないかもしれない」

「あの総務部長の蒼《あお》い顔を見る限り、そうとしか考えられないわね。取りあえず、あなたはここで待機して」

「そのつもりでしたけど、室長はどうするんですか？」

「私？　私は帰るわよ。張り込みは管理職の仕事じゃないから」

何を勝手なことを、と思ったが、クレームをつける権利など自分にはないのだと気づいた。彼女は管理職であり、本来は自分で聞き込みをするような立場ではない。ここにいるのは気まぐれか……しかし、どうしてこんなことをしようと思ったかが分からない。

じゃあ、と軽い調子で声をかけてから、真弓は去って行った。一人取り残された私は、広いエントランスホールの隅にあるソファに腰を下ろし、エレベーターホールを凝視した。全面ガラス張りの天井の高いホールには、柔らかい陽光が満ちている。ひたすら待つだけの時間。座って十分後には、こんな行為に何の意味があるのか、と自問し始めていた。ここで里田に話を聞いて、何か出てくるという保証もない。かすかな空しさを感じているうちに、予想もしていなかった空腹を覚え始めた。離れるわけにはいかないし、今日はチョコレートバーのような保存食も持っていない。どうしたものか……周囲を見回すと、建物の外に屋台がいくつか出ているのに気づいた。この辺りは、会社の数に比して食事ができる場所が少ないのだろう。よし、屋台で食事にしよう。ガラス張りのエントランスホール内は外からでも監視できるから、里田を見逃すことはない。

カレーの屋台があったが、一昨日の夜もカレーだったのを思い出し、真っ先に候補から外す。たまには目先を変えようと、「ニューヨークスタイル」を謳うホットドッグを選んだ。そちらの方が空いているという事情もあったが。

ホットドッグは基本的に二種類。「レギュラー」と「ラージ」で、屋台に掲げられた写真を見る限り、両者の間には極端過ぎる差があった。レギュラーは長さ十五センチほどでロールパンを長くしたような格好だが、ラージは優にその二倍の長さがある。トッピングで味つけを自由に変えられるようなので、レギュラー二本でそれぞれアレンジを変えてみようかとも考えたが、すぐに却下した。明らかに食べ過ぎだ。昼飯を少な目にすれば、多少は体を気遣ったという満足感に浸れる。

レギュラー一本にチーズとホットチリ、オニオンのオイル漬けをトッピングに選ぶ。飲み物はペットボトルのミネラルウォーター。水を一口飲んでからビルに近づき、エントランスホールの監視を再開する。昼飯時なので、中からサラリーマンたちがぞろぞろ出てきた——このビルには、デジタルプラスワン以外の会社も入っているのだ。すぐに外に出ないでホールでたまっているのは、昼飯をどこで食べるか相談しているためだろうと想像しながら、私はホットドッグにかぶりついた。途端に辛さが舌から脳天に突き抜ける。「ホット」といっても、チリなど所詮豆の煮物に過ぎないはずなのに、これは遠慮なしに唐辛子を効かせている。しかもオニオンのオイル漬けにも、今まで味わったことのない香辛料がたっぷり入っていた。口から火を吐きそうになり、慌てて水で消火する。ゆっくり食べているとかえって苦しむことになりそうなので、ほとんど嚙まずに呑みこむように食べ続けた。髪の間を汗が伝い始め、眉毛にまで流れこむ。全身が熱くなり、コートが邪魔になってきた。これは後で胃薬を飲まなければならないと後悔し、体を捻ってホットドッグを買った屋台に目を向けた。まったく。こんなに辛いなら、それなりに注意を促す表示をしておくべきだ。子どもが食べたら本当に腹を壊しかねない。水を飲み終えて煙草に火を点けたが、いつもなら深い満足感を与えてくれる食後の一服さえ、味が違うように感じた。

ペットボトルを捨てようと屋台の方に歩き始めた瞬間、一台の車が外苑東通りから左折してビルの前の道路に入ってきた。私が交通課の人間なら、あらゆる道交法違反容疑を押しつけて身柄を取ろうと考えるほど、荒い運転である。タイヤを鳴らすどころかリアを滑らせ、狭い交差点の真ん中であやうくスピンしそうになる。体勢を立て直してシフトダウンすると、ブリッピングの音がビルの谷間に木霊《こだま》した。公道をレース場と勘違いしているのか、この黄色いフェラーリは。

黄色いフェラーリ？　私は歩道から車道に一歩を踏み出した。間違いない。顔の半分ほどが隠れるティアドロップ型のサングラスをかけてはいるが、特徴的な半白の髭は明らかに里田だった。この前会った時と同じようなシャンブレーシャツを着て、肩を怒らせてハンドルを握っている。ようやくスピードを落としたので、このビルの地下駐車場に入ろうとしているのだ、と気づいた。

ダッシュして駐車場の出入り口に向かう。入り口にバーが下りているのを見て、私は自分の幸運を心中で祝った。ＥＴＣに似た仕組みを採用しているようなので、里田は必ずスピードを落とすはずである。

案の定、里田のフェラーリは歩道を直角に横切ってバーの手前に来たところで、完全に一時停止した。カードを取り出して窓を開けるのが見えたが、この出入り口は右ハンドル車用に作られているので、体を思い切り伸ばしても手は届かない――ＮＢＡの選手でもない限り無理だろう。私は素早く背後からフェラーリに近づき、開いた窓に手を突っこんでカードを奪い取った。

「何――」怒気をはらんだ声が耳にぶつかってきたが、私の顔を認めた瞬間、里田は口をつぐんでしまった。窓から覗いた限りでは、一気に老けてしまった様子である。一昨日会ったばかりなのに、十年ほどが経ってしまったようだった。

「お手伝いしましょう」

「大きなお世話だ」吐き捨て、里田が運転席のドアを開けようとしたが、後ろからクラクションを浴びせられて動きが止まる。巨大なポルシェ・カイエンが、歩道に斜めに乗り上げる形で順番待ちをしていたのだ。鯨の死体が横たわっているようなものであり、カイエンを避けるために人の流れが乱れている。私は助手席のドアを開けてシートに滑りこみ――地面に直《じか》に腰を下ろしたような視界になった――カードを受付のスロットに挿《さ》しこんだ。短い電子音に続いて戻ってきたカードを掴み取ると、バーが上がる。里田は慎重に車を傾斜路に乗り入れた。急なカーブを描いて下る坂道の壁には、無数の黒い線が刻まれている。曲がる時にバンパーを擦ってしまう車が多いのだろう。さほど小回りが利きそうにないフェラーリだが、里田は無事にカーブをクリアして、地下一階のエレベーターに近い位置にまで車を進めた。窓を開けたままだったので、アイドリングに近い回転数であるにも係わらず、V８エンジンの轟音《ごうおん》が容赦なく体を洗っていく。排気量四リッターを超えるこのエンジンは楽々と八千回転以上回るはずだが、日本でそこまで回転数を上げる機会があるとは思えなかった。サーキットにでも行かない限り。

「乱暴な人だな」サイドブレーキを引いてエンジンを切ると、急に静けさが訪れた。エンジンが冷える時に特有の鈴の音のような音が背中から聞こえてきて、この車が背中にエンジンを積んでいるのを改めて意識する。里田はわざとらしく腕時計に視線を落とした。

「時間がないんです」

「そうらしいですね。午後から重要な来客があるとか」

　里田の顔から血の気が引いた。

「何であんたがそんなことを知ってるんだ」

「いろいろ調べるのが商売ですから」

「クソ」短い罵声《ばせい》が誰に当てられたものか、分からなかった。私に対してなのか、情報を漏らした誰か――総務部長だが――に対してなのか。里田が手の中でキーを鳴らし、ドアを開ける。私もすぐに後に続いた。彼が大股でエレベーターの方に逃げ出したので、肩を摑んで引き止める。

「やめて下さい」肩を回すように私の手を振り払ったが、一瞬こちらを見た顔に浮かんでいたのは紛れもない恐怖だった。

「仕事は大事ですか」

「馬鹿なこと言わないで下さいよ」里田が鼻を鳴らしたが、それはあまりにも大袈裟で、演技にしか見えなかった。しかも、映像より大きな動きを要求される舞台用の。「そんなこと、改めて言うまでもないでしょう」

「家族よりも？」

「何のつもりでそんなことを言ってるのか分かりませんが、下らん話に巻きこまないで欲しい」里田が立ち止まって私に向き直る。重く冷たい空気が満ちている駐車場で、ジャケットを肘にかけてシャツ一枚という格好なのでひどく寒そうだった。「仕事と家族は同じレベルでは見られない。どっちが大事とか、そういう問題じゃないんだ。比較対象になり得ない」

「あなたは何を心配してるんですか。希さんのことじゃないんですか？　今日の午前中はどこにいたんですか」

「そんなこと、あなたに関係ないでしょう」

「大事な来客を迎える準備も必要だったはずですよね。それなのにあなたは、誰にも知らせずに午前中会社を休んだ。つまり、仕事よりも大事な用事があったということになる」

「いい加減にしてくれないかな」

「そういうわけにはいきません」私はエレベーターの前に回りこんで彼の行く手を塞いだ。

「希さんはどこにいるんですか」

「そんなことは知らない」

「親として、心配じゃないんですか。普段から娘さんのことをどうでもいいと思っているから、何とも思わないんですか」

「人の家庭の事情に首を突っこむな」低い声で唸《うな》るように言った。怒りが熱気のように感じられる。「警察だからって、やっていいことと悪いことがあるだろう」

「我々の仕事は、失踪した人間を捜すことです。未成年であれば、事件に巻きこまれている可能性が高いんですよ。放っておけません」

「何でもないんだ。どいてくれ」里田が私の肩に手をかけて押しのけようとしたので、素早く彼の手首を摑んで引き摺《ず》り下ろした。肩が下に引っ張られて体が傾き、彼の顔に苦しげな表情が浮かぶ。普通はこれで抵抗を諦めるのだが、里田はしつこかった。体を捻ると、下から突き上げるようなアッパーカットを見舞ってくる。私は摑んだままの手首を押して体勢を崩し、威力の消えたパンチを掌で受け止めた。そのまま拳を握り潰すように力を入れる。激しい憎悪に駆られはしたが、次の瞬間には好奇心が勝った。こいつは何を隠している？　何で隠したがる？　似合わない暴力に訴えてまで。

「さあ、こんなところで力比べをしていても何にもならないでしょう」腕を伸ばして、彼の体を押しやる。バランスを崩してよろけかけた里田が、すさまじい形相で私を睨みつけた——しかし恐怖は全く感じない。本当の怒りから出た場合とそうでない場合、差は明確である。里田の鋭い眼差しは、演技にしか見えなかった。この場から早く逃れるためだけの演技。

「大事な会見は長く続くんですか」

「そんなことは分からない」

「いつでも連絡して下さい」

「あんたと話すことはない」睨めっこに負けたように、里田が一瞬だけ視線を切った。

話すことはあるはずだ。

私は確信したが、里田はまだ決意できない様子だった。内容が深刻過ぎるのか、それともタイミングが悪いのか。

「希さんはどこにいるんですか？」

「いい加減にしてくれ！」里田が大声を上げたが、それはさながら悲鳴のようだった。

「そんなこと、こっちが知りたい」

エレベーターに駆け寄り、ボタンを連打する。すぐに下りてこないのを確認すると、顔を捻って私を見てから、非常階段の扉を開けた。彼の靴――トゥが長い赤茶色のモンクストラップ――が階段を打つ音がしばらく聞こえていたが、最後は扉が閉まる重々しい金属音にかき消される。その音が、私の疑念をも封じこめた。目の前にあった重要な手がかりが、永遠に消えてしまう予兆であるかにも思える。

覆面パトカーに戻ると携帯電話が鳴り出した。醍醐だった。煙草に火を点け、窓を細く開ける。先ほどの格闘紛いの動きで、普段使わない筋肉を使ったせいか、何となく体がぎくしゃくした。煙を深く吸った途端咳きこんでしまい、まだ呼吸が整っていないことを思い知らされる。

「大丈夫ですか？」

「大丈夫だよ。何言ってるんだ」

「オス」素直に応じながらも、醍醐は異変を敏感に感じ取ったようだ。「何かあったんですか」

「里田を捕まえ損なった」

状況を簡略化して事情を説明する。呑みこめたか、と皮肉を言おうとしたが、普通に喋るのさえ億劫《おっくう》であることに気づいた。

「印象はクロですか？」

「何かを隠しているのは間違いないんだけどな」

「そうですか……参考になるかどうか分かりませんけど、会社と里田本人についてデータを集めました」

「里田本人の方から話を聞かせてくれ。創業者だから、それが分かれば会社のことも自動的に分かるだろう」

「分かりました」一瞬、醍醐が呼吸を整える気配が感じられた。これは長くなる、と覚悟を決める。醍醐もそれは分かっていたようで、履歴書を読むように簡略化された口調を選んだ。「一九六四年、東京生まれ。二歳の時に製鉄会社のエンジニアだった父親の転勤で神戸に引っ越しています。小学校入学の直前に東京へ戻って、それ以来ずっと東京を離れていないようですね。都立両国《りょうごく》高校から早稲田の理工学部に進み、その後アメリカに留学してMITでコンピューターについて学んだそうです」

立派なエリートコースだ。両国高校は、都立の中では「Sクラス」と言えないが「Aクラス」の上澄み部分だし、早稲田の理工、MITと確実にキャリアをステップアップさせている。ずっと現役で進学したとすれば、彼がMITに籍を置いたのは八〇年代半ば……本格的なインターネット時代が訪れる十年ほど前だ。その頃の経験を、今の仕事に生かしているというわけか。

「MITに二年在籍したあと、八八年に帰国。大手の家電メーカーに入社して、コンピュータ関係のエンジニアとして勤めたそうです。その後九五年に関連の会社に出向、三年後の九八年には独立して、デジタルプラスワンを立ち上げています」

「大手の家電メーカーね。どこだ?」醍醐が告げた名前を手帳に書きつける。「関連会社というのは?」

「コンピューターソフトの制作会社ですね。主な取引先は本社なんですけど、決算は別で、かなりシビアな仕事だったようです」

親会社の言うなりに動くだけの仕事に飽き足らず、自分で自由にできる会社を興《おこ》そうとしたわけか。九八年と言えば、インターネットが爆発的に普及した直後だ。様々なサービスが現れ――今も生き残っているものは少ないが――「ネットバブル」と騒がれて、技術系の人間がもてはやされた頃。

「円満退社だったのかな」

「ええ。最初は、元いた会社の上司を役員に迎えたりして、仕事も九割方、そっちからもらっていたようです。その上司っていうのが、叔父だったそうで、唯一の身内です」

「両親は?」

「亡くなってます」

「叔父か……」私は髭の浮いた顎を撫でた。「後で当たってみようか。希ちゃんのことを何か知ってるかもしれない」

「そうですね」

「中断させて悪かった。続けてくれ」

「会社は徐々に他の分野にも手を伸ばして、規模を拡大しました。ソフトの開発・販売とウェブの各種サービス。時代の波に乗ったってことでしょう」

「ITバブル崩壊の時期も生き残ったわけだ」

「ええ。それで一昨年、念願のジャスダック上場です。前期の決算は売上高が六百五十億円、経常利益が七十七億円になっています」

「それは、IT系の企業としては多いんだろうか」

「業績は堅調、ということだそうです。M&Aなんかで規模を拡大したんじゃなくて、純粋に技術力や営業力で業績を伸ばしてきた会社ですから、取引先の信頼度も高いようですよ。ちなみに今日の午前の段階での株価は、八万四千七百円。発行済み株式は二十二万七千八百で、時価総額は百九十億円超」

「醍醐、俺はこの会社の株を買った方がいいのかね」数字の羅列《られつ》を聞いているうちに頭痛が忍び寄ってくるのを感じた。すかさず頭痛薬を取り出し、唾液だけを頼りに呑みこむ。喉の粘膜を引っかかれ、かすかな吐き気に襲われた。

「それは高城さんの自己判断でお願いします。俺は会社の概要について説明しているだけですから」

「失礼。続けてくれ」

「本社は……今、高城さんがいらっしゃる青山ですね。データセンターが新宿に、横浜と大阪には支社があります。従業員数は六百二人、平均年齢は三十三・四歳、社員の平均年収は七百万円を超えています」

「七百万か。この手の会社としては多い方じゃないかな」

「だと思います。ＩＴ系って、創業者以外は儲からないみたいですからね。大抵、安い給料でこき使われてるんですよ」

煙草を携帯灰皿に押しつけ、新しい一本に火を点ける。煙の向こうに、本社の入るビルが霞んで見えた。醍醐の説明が続く。

「とにかく業績は堅調で、物凄い右肩上がりとは言えませんけど、毎年確実に売り上げを伸ばしています。この業界では珍しいことらしいですね。技術力も相当なものなんでしょうけど、やっぱり社長の統率力、カリスマ性がものをいってるのかもしれません。ＩＴ業界は『三年で辞めるのが当たり前』って言われてるんですけど、デジタルプラスワンは離職率が低いそうです」

「そのカリスマ社長は、ついさっきパニックになって俺を振り切っていったよ。とても大物には見えなかったぜ」

「今日の午後に会う相手が問題なのかもしれませんね。もしかしたら買収をしかけているファンドやその代理人とか」

「その件はどうなんだ？　買収をしかけている相手は分かってるのか」

「ええとですね」電話の向こうで醍醐が手帳をめくる気配が感じられた。「スタンダード・インベストメントという会社です」

「聞いたことがないな」

「投資会社なんて、あまり表に出るような存在じゃないでしょう。日本で注目されるようになったのは最近ですよ」

「乗っ取りか？　それとも純粋な投資目的か？」

「その辺りはまだはっきりしないんですけどね。もう少し調べましょうか？」

「そうだな」希の行方に直接関係があることかどうかは分からないが、私の中にあるセンサーが小さな音で警報を発していた。それはすぐに大きな音に変わり、頭痛を誘発しそうなほどになった。スタンダード・インベストメント？　どこかで聞かなかったか？　それもつい最近だ。クソ、浮かんでこない。「時間、かかりそうか？」

「二課の知り合いから、その辺りの事情に詳しい人を紹介してもらいました。連絡すればすぐに会えるみたいですけど、やってみますか？」

「頼む」

「もう少し報告があります。里田の個人的なことですけど」

「ああ」

「家族関係ですが、両親が亡くなっていることはもう言いましたよね。就職してすぐに、会社の同僚だった奥さんと結婚して、関連会社に出向する一年前に娘が生まれています」

「他に家族は？」

「弟が一人いるようなんですが……事情はよく分からないんですけど、苗字が違うんですよ」

「両親が離婚して別々に育てられたとか？」

「いや、婿入りしたらしいですよ。今回の件にはあまり関係ないかもしれませんが、名前は堀辰己です」

「ちょっと待て」私は思わず煙草を噛み潰してしまった。灰皿に投げ捨て、記憶の底をひっくり返す。それほど古い記憶ではない……クソ、しっかりしろ。「堀辰己。堀、その名前に間違いないな？」

「ええ、それが何か？」醍醐の声に戸惑いが混じった。

「何かあるんだよ。だけど、その何かが分からない」スタンダード・インベストメントに続いて二連敗だ。酒だろうか。アルコールが私の記憶力を減衰《げんすい》させてしまったのか。「まあ、いい。そのうち思い出すだろう……ところでお前さん、今どこにいるんだ？」

「失踪課に戻ってますけど」

「オヤジさんはいるか？　随分無理してるみたいだから心配なんだよ」

「いや、いませんね。明神も出てるみたいですよ」

二人の名前が出て、私は記憶を取り戻した。そういうことか。偶然か？　いや、偶然である確率は低い。同時に最初の忘れ物も脳裏に蘇った。記憶は連鎖するものなのか。

「俺もこれからそっちに戻る。十分後だ。待っててくれないか」自分の声がにわかに緊張するのを感じる。

「それは構いませんけど、どういうことなんですか」

「帰ってから説明するよ。それともう一つ、オヤジさんと明神を呼び戻してくれ」

「だけど二人は一課の手伝いで……」

「そっちにもつながる話かもしれないんだ」

## 11

全員が失踪課に揃ったのは四十分後だった。真弓も含めて五人が室長室に入ると、狭い空間が一杯になり、息苦しさを感じるほどである。真弓が自分の椅子をずらし、私が入れるだけのスペースを横に作ってくれた。穴にはまるような気分になったが、これで他の三人は楽な姿勢を取ることができる。一度も見たことのないデスク上の写真を見るチャンスだとも思ったが、真弓は素早く、私の目が届かない位置に動かしてしまった。結果、見たいわけでもない二匹の豆柴犬だけが目に入る。

「俺と醍醐が追いかけていた里田希の父親、里田直紀には弟がいました」一応、真弓に説明する形で話を進める。「醍醐の調べでは、婿入りして苗字が変わっています。現在の苗字は堀」

「ちょっと待て」法月が掌を広げたまま手を前に突き出した。「俺たちが追いかけてる事件の目撃者と同じ苗字じゃないか」

「そうです。極めて珍しいわけじゃないけど、それほどよく見る苗字でもない。偶然で済ませていいんですかね、オヤジさん」

「まあ、そりゃそうだが」法月が顎を撫でながら天を仰ぐ。

「二人の人間が同一人物である可能性を考えてもいいと思います。どうせ手がかりはないんだし、どんなことでも調べてみたらどうかな」

「目撃者が偽名を使ったという可能性はありませんか」愛美が疑義をただした。

「偽名を使うのに、わざわざそんな名前は出さないんじゃないかな。堀なんていう名前は、普通は浮かばないはずだ」

すぐに切り返されたせいか、愛美が不快な表情を浮かべたが、一応は納得してうなずく。

「二人の関係を調べてみたいということね」真弓が確認する。

「そうです。二人が同一人物であることが証明できれば……」

「事態が複雑になるだけよ」真弓が釘を刺した。「たとえそうであっても、希さんの居場所につながるかどうかは分からないし。私たちの本来の仕事を忘れないようにね」

「いや、絶対に何かあります。不自然なことばかりなんだ。里田社長がこれほど意固地になるのも不自然だし、その弟が事件の目撃者として名乗り出てきた後で行方不明になったとしたら、これ以上不自然なことはないでしょう。不自然かける不自然、答えはどうなりますか？」

「まあ、それはね……」真弓のセンサーは、私と同じようには作動しなかったようだ。だが私は、眼前に暗い雲が――大雨と雷雨をもたらす真夏の入道雲がせり上がるのを意識した。そこに何かが隠れている。体内では血液が沸騰《ふっとう》し始めていた。

「我々も堀を捜しましょう」

真弓が疑わしげに私を見上げる。気づかぬうちに心の迷いが表に出てしまったようで、椅子を左右にゆっくりと揺らしていた。

「堀は、里田家の事情を知る人間ということになるんじゃないですか？　両親を亡くしている里田にとっては、数少ない肉親なんですから」

「没交渉になってる可能性もあるわね」真弓はなおも、私の推理に傷をつけようと爪を立て続けた。傷はついたかもしれないが、私は一切痛みを感じなかった。アドレナリンの激しい放出は、苦しみや痛みの痛覚を殺してしまう。

「それは本人を捜し出して、確認してみましょう」

「弟さんの存在を里田さんに直接ぶつけるのは……」真弓が顎を親指で押した。「まだ早い？」

「ええ」

「彼は今、重要な接客中のはずよね」

「そうですね。すぐに行けば会えるかもしれませんが、堀の件はまだ伏せておくべきでしょう」

「了解……それにしても、今後里田さんの居場所を把握しておくのは大変そうね」

「確かに、その件では自信はないですね。今日の午前中みたいにいきなりいなくなって、社員も連絡が取れないような状況になったら、かなり面倒です」

「でも、この段階でいきなりぶつけるわけにはいかない。手の内を明かさないようにしましょう」真弓がデスクに載った小さな時計を取り上げた。「一時半……夕方まで捜索を続行します。そうね、タイムリミットは六時。その時点で何の手がかりもなかったら里田さんに直接確認する。そういう手順にします」

「醍醐、お前さんの情報源に会う約束はしたか？」

醍醐の返事が遅れた。そういえばこの金魚鉢に入ってから一言も発しておらず、自分の爪先と対話するように下を見たきりだ。

「醍醐？」

「ああ、はい。すいません」慌てて顔を上げる。今まで一度も見たことのない表情——たぶん落胆——が浮かんでいた。しかし「何かあったか」と訊ねる状況でもないので、質問を繰り返す。

「いや、まだです」醍醐が首を振ったが、どことなく空気が抜けた風船のような動きにしか見えなかった。

「だったらそれは夜にしよう。夕方の段階の動きを見て判断するんだ。それまではオヤジさんと明神を手伝ってくれ」

「了解です」

「高城さんはどうするんですか」愛美がかすかに不満を滲ませて訊ねる。

「俺は？　俺はちょっとヤクザと会ってくる。使える人間は誰でも使わないと」

愛美が疑わしげに眉を上げたが、私は彼女の疑問には答えず、デスクの脇をすり抜けた。その途中、普段は見ることのない角度から真弓のデスクを眺めることになり、とうとう彼女の秘密の一端に触れることになった。いつも置いてある二つのフォトフレーム。豆柴犬の写真は私にも馴染みだが、今まで一度も見たことがないもう一枚が、目に入ってしまった。少女――十二歳ぐらいだろうか、細い体に合わないぶかぶかのTシャツにカーゴパンツというラフな格好で、「KC」とロゴの入った青いベースボールキャップを被っている。顔には薄い笑みが浮かんでいたが、それが強制されたものだと証明するように、唇の片側が皮肉に持ち上がっていた。顔立ちには優しい女性らしさが表れているのだが、格好のせいか少年のようにも見える。数年前の写真、と推理する。撮影場所は東京ドーム。少女の顔の向こうに見えるスコアボードには、確か五年前に引退した選手の写真が大写しになっていた。

真弓が一瞬私の顔を見る。目を逸らしはしなかったが、適切な反応を取ることには失敗した。この場で気楽に話すようなことではないだろうと自分に言い聞かせ、私の方で先に視線を外す。私たちの間に一瞬、鋭い電流のようなものが走ったが、その正体について彼女に直接訊ねる機会は絶対にないだろう。何があっても自分のプライベートな事情を明かさない人間はいるものだし、彼女がそういう人種の一人であるのは間違いなさそうだった。

こんなことを考えている場合ではないと考えながらも、妙に気になる。それはたぶん、彼女の家族に関することだから。私たちは誰でも家族の問題を背負っている。程度の差こそあれ、家族に関して悩んだことのない人などいないだろう。

だが私は、自分たち以外の家族を心配する立場にいる。それこそが私の仕事なのだから。

「これはどうも」塩田龍二は顔にふやけた笑みを張りつけたまま、喫茶店に入ってきた。艶のある黒いコートから雨粒が滑り落ちる。午前中は晴れていたのに、また雨が街を濡らしているのだ。「よく降りますな」

「誰かの涙雨かもしれない」

塩田が短く声を上げて笑った。コートを脱ぐと椅子の背に引っかけ、自分はその隣の椅子を引いて座る。光沢のある灰色のスーツに白いシャツ、ほとんど黒い濃紺のネクタイという格好で、屈みこむと靴についた雨滴を紙ナプキンで素早く拭った。非常に深みのある茶色の靴で、一見しただけで上質な革を使っているのが分かる。もしかしたら足型を取ってオリジナルで作らせたものかもしれない。ふと店の外を見ると、建物の壁を擦るような位置にレクサスが停まっているのが見えた。実際に雨の中を歩いたのは五歩か十歩というところだろう。塩田が大事な靴をびしょ濡れにするようなヘマをするわけがない。

「それで、こんなところまで呼び出して何の用ですか」

「ここを指定したのはあんたじゃないか」

「ああ、失礼。そうだった」ＪＲ中野駅から少し離れた早稲田通り沿いにある、一軒家の喫茶店。店全体にコーヒーの香りが染みついて、空気が焦げ茶色に染まっているような店だった。椅子は全てソファだがクッションは抜けており、座り心地が悪いことこの上なかった。他に客はいない。塩田が唇を歪めるようにして笑い、煙草を口の端に挿しこんだ。火を点けずにぶらぶらさせながら、私の顔色を窺い、切り出す。

「コーヒー？」

「ああ」

塩田がカウンターの向こうにいるマスターらしき人物に声をかけ、コーヒーを二つもらう——二十分前から待っている私は二杯目になった。

「ところで、何でこの店を選んだんだ」

「ノスタルジー」

「そういう台詞は顔に合ってないよ」

「俺はこの辺の生まれでね。ガキの頃、学校をサボってよくここに来たもんです」塩田が首を捻ってカウンターの方を見る。「マスターが俺を覚えてるかどうかは知らないけど」

「いったい何歳なんだ、あのマスターは」ほぼ白くなった長髪を後ろで一本に束ねているマスターを見て、私は塩田に訊ねた。

「さあ、どうかな。俺の学生時代からあんな感じだったけど。高城さんにもあったでしょう？　高校時代の行きつけの喫茶店」

「ああ。だけど、あんたと少しでも共通点があると思うと嫌な気分になるのはどうしてだろう」

塩田の頬が引き攣ったがそれも一瞬で、すぐに笑い声を上げた。

「まったく面白い。高城さんと話してると、笑い過ぎて腹が痛くなる」

「褒めてるつもりかもしれないが、こっちはそうは受け取らないぜ」

「単なる世間話じゃないですか」自信たっぷりに言って、塩田が腕を組んだ。スーツの袖が引っ張られ、金無垢《きんむく》のロレックスが覗く。普段使いに金の時計はすべきではないという教訓を、私は頭に叩きこんだ。手首だけが浮いて見える。もちろん、そういう時計を買う気も余裕もないが。

コーヒーが運ばれてきて、私たちは申し合わせたように口をつぐむ。マスターはあまり物事に関心を持ちそうにない男に見えたが、微妙な話を耳に入れたくはなかった。それを言えばそもそも、どちらかの車の中で話すべきだったかもしれない。

「例の事件の件でしょう」マスターがカウンターの奥に引っこむとすぐに、塩田が煙草を私につきつけて切り出した。

「あんたは何を知ってるんだ?」

「高城さんは、その情報をどう生かしてくれるんでしょうねえ」

「それは情報次第だ。あんた、SIって言ってたよな。それは、スタンダード・インベストメントという投資会社のことじゃないのか」

「さすが、そこにたどり着きましたか」塩田の口が顔の幅一杯に広がった。爬虫類《はちゅうるい》にしか見えない。

「偶然だよ。それであんたは何を考えてるんだ？　この件を俺に教えて何かメリットでもあるのか」

「いろいろ考えていることはある」塩田が耳の上を曲げた人差し指で叩いた。「推理するのは、刑事さんだけの特権ってわけじゃないからね」

「あんたが何を考えようが勝手だ。あんたがヒットラーになりたいと夢想しても、俺は何も言わない。もしも本気でそんなことを実現しようとしたら、必ず殺すけどな」

「まさか」塩田が喉の奥で転がすような笑い声を響かせた。

「実は、あの事件の目撃者を捜している」

「話が飛びましたね」

「話が飛んでるのはあんたもそうだよ。この前会った時、あの事件の話をしてたのに、最後の台詞はSIだったぞ。あの時、本当は何を話そうとしたんだ」

「あの時は興味がなかったんですよね。状況が変わったんですか？」

「ちょっと奇妙な具合になってきてね。目撃者が行方不明なんだ」

「ほう、消されたのかな」あっさり言ったが、目つきは真剣だった。

「誰が消した？」

「知りませんな」塩田が首を捻る。「具体的な話は何も知らない。世の中にはフリーランスの立場の人間がいるんですよ。どこの組織にも属さないで、その時々の都合でいろいろ悪さをする奴」

私は少し悩んだ末、コーヒーに砂糖とミルクを少しだけ加えた。最初の一杯もひどい味だったが、煮詰まってさらに苦くなっている。健康診断の結果は気になるが、そのまま飲んで胃を荒らされるのもたまらなかった。

「で、具体的な心当たりがあるのか」

「いや、そこまではね」

「でも何かを知ってる」

「否定はしない」塩田がブラックのままコーヒーを飲んで顔をしかめたので、私は自分の処置が正しいことを悟った。砂糖壺を押しやると、塩田が小さく頭を下げる。「例の事件のこと、どこまでご存じですか」

「新聞に出ている話ぐらいだな」

「まさか。警視庁の敏腕警部さんともあろうものが」

「自分の担当でもなければ、こんなもんだ」

「なるほど、なるほど」深く二度うなずき、塩田がぐっと身を乗り出した。コーヒーカップが邪魔になったようで、脇に押しのける。「これはあくまで背景説明ですがね、聞いておいて損はない話だと思いますよ」

「ＳＩはそこに出てくる？」

「まあまあ、そう急がずに」

「俺に教えることで、あんたには何のメリットがある？」

「そんな風に言われると困るな」傷つけられたとでも言いたげに、塩田が頰を撫でる。

「市民の義務として情報提供しているだけですよ」

「ヤクザ絡みの話なんじゃないか」私は断じた。「解決すれば、あんたにはそれなりにメリットがある。違うか？　事件の目撃者とＳＩ、何の関係がある？　話してくれよ」

「長くなりますが」

「構わない」

塩田の話は私の予想をはるかに上回る、いや、予想さえしていなかったものだった。大きな負債を抱えてしまったことを意識する。

「やっぱり早く捜査一課に話すべきだったな、俺にじゃなくて。事件の肝になる話かもしれない」

「一課の刑事さんには知り合いがいないんでね」塩田が耳の裏をそっと撫でる。「どうせなら、顔見知りの刑事さんに手柄を立てさせてあげたい。それが人情です」

「今更手柄を立てたって、何にもならない」

「まあ……」塩田の口が横に大きく広がった。笑っているのだが、爬虫類が獲物を前にしたようにしか見えない。「一つ、貸しという理解でよろしいですか」

「結構だ」

「それでは先に失礼しますよ。一緒に出るところは見られない方がいいでしょう」

「ああ」

伝票をちらりと見て、塩田が煙草をパッケージに戻し、席を立った。

「これはお願いします。払いに困るような額じゃないでしょう」

「もちろん。あんたに心配してもらう必要はない」

「そうですか……それでは」

店を出る塩田の背中を見ながら、私は背負ってしまったものの重さを噛み締めた。どんなに愛想よくしていても、あの男は基本的にヤクザである。いずれ私に対して、絶対に逃げられない要求を突きつけてくるだろう。「貸し」を回収する時は容赦しないはずだ。だがあの男は、根本的なところで一つ思い違いをしている。

刑事も約束を、恩情を裏切る人種なのだ。

特にヤクザに対しては。

塩田との面会を終えたところで、夕方の四時になった。堀の捜索をひとまず打ち切る夕イムリミットまで、あと二時間。しかし私は、その予定を少しだけ繰り上げることにした。醍醐の携帯に電話を入れると、聞き込みのために移動しているところを捕まえることができた。どうやらまだ、問題の公衆電話周辺で虱潰《しらみつぶ》しに聞き込みをしているらしい。

「お前さんの情報源だけど、これからすぐに接触できるだろうか」

「電話してみないと分かりませんけど……大丈夫だとは思います」

「当たってみてくれ」命じておいてから、塩田から聞き出した話を伝える。

「事態はかなり複雑ですね」

「そうなんだ。単なる株の買い占めだけで済まされる問題じゃないかもしれないぞ。もっと直接的に汚い金が絡んでるんじゃないかな……俺は、会社の方をもう少し揺さぶってみる。可能ならば里田社長に監視をつけた方がいいと思うけど、それはもう少し先にしよう。関連性がはっきりしたわけじゃないし、人手も足りない」

「失踪課にも人手がないわけじゃないと思いますけど」

「人数だけはな。でも俺は、ゴーサインを出せるほどチャレンジャーじゃないよ」残っているのは六条舞と森田純一。二人の役立たずの顔を思い浮かべると、反射的に溜息が漏れ出る。まったく、警察というのはつくづく甘い組織だ。あの二人は、民間企業だったらとうに首を切られていてもおかしくない。もっともその甘さのおかげで、長く酒浸りの日々を続けた私も、まだ馘《くび》にならずに済んでいるのだが。「とにかく、今動いている人間で何とかしようぜ」

「じゃあ、連絡を取ってみます。ここの聞き込みは離れていいんですね？」

「ああ。室長には俺から言っておくから。お前さんは自分の仕事を先に進めてくれ」

「分かりました」

電話を切ってから、醍醐はあまり落ちこんでいなかったな、と気づく。先ほど室長室では、あの男の基準からすればほとんど死んでいるといっていいほど元気がなかったのに。後で詳しく事情を聴くように、と頭の中に明記してから真弓に連絡を取った。醍醐を聞き込みから外すこと、了解。法月と愛美は当初の予定通り六時まで捜査を続行。ただし今のところ、それまでに何か手がかりが出てくる可能性は低い。

短い言葉を交わしながら、私は自分の中でエンジンの回転数が順調に上がっているのを感じた。決して捜査が上手くいっているわけではないが、波に乗っている感じ。これがいつか必ず、結果に結びつく。アドリブの応酬《おうしゅう》が、次の山場を生み出すのだ。

忘れかけていたこういう感覚。ずっと続いて欲しいと思うが、それでは捜査は終わらなくなってしまう。そして捜査が終わらなければ、泣く人間が出てくる。

それは許されない。それだけは。

中野から青山へ。明治通りをずっと下ったのだが、渋滞に巻きこまれて、デジタルプラスワンの入ったビルにたどり着いた時には五時近くになってしまった。仕事は五時までなのか、六時までなのか……もっともこういう業種の場合、勤務時間はあってないようなものだろう。ひたすら待つしかない。

まず地下の駐車場に下りて、里田のフェラーリが停まっているのを確認する。彼はまだ会社にいるはずだ。エントランスホールに戻ってから、先ほど田村にもらった名刺を取り出し、電話をかける。呼び出し音が一回鳴っただけで彼は出てきた――在席中。そのまま電話を切った。予断を与えたくない。何の準備もしていない状態で彼に会いたかった。警備員に、裏口というものは特にないことを確認する。正確には非常階段からつながる出口が一か所あるが、普段は施錠されているということだった。外すには、管理センターへ連絡しなければならない。田村が先ほどの無言電話に用心しているとしても、裏口を使って会社を脱出することまではないだろうと考え、エントランスホールで待つことにした。

三十分が一時間になる。六時になった時点で真弓に電話を入れ、デジタルプラスワンの関係者に当たっている、と報告した。続いて醍醐にも連絡を入れたが、こちらは電源を切っている。情報提供者と会っているのかもしれないと思い、何かあったらこちらの留守番電話にメッセージを残すように、と伝言を吹きこんだ。連絡、終了。私はとりあえず失踪課と切り離され、人ごみの中で一人になった。ただじっと、背もたれもないベンチに座っているのは暇そうなものだが、実際にはそうでもない。何かに意識が集中していると、時間が過ぎるのはあっという間だ。特に今、私は二つの問題に直面している。田村はいつ出て来るか。もしも里田がここから出てきた場合は——その可能性は低そうに思えたが——どう対処すべきか。

さらに三十分。腕時計の長針と短針が文字盤の真下で微妙に重なりそうになったところで、田村がエントランスホールに姿を現した。一人。天井まである広いガラス壁に目をやり、雨を確認して顔をしかめる。黒いブリーフケースを右の二の腕に引っかけて傘を持ち、茶色いコートの前を合わせて歩き出す。気楽な調子であり、気にしているのは、今晩の夕食を何にするかということぐらいのように見えた。私の存在は頭から抜け落ちているようである。

そのまま行かせ、後を追った。傘を開いて歩道を歩き出し、外苑東通りに出るために曲がろうとした瞬間に追いついて腕を摑む。少しつるつるした分厚い感触から、コートはマッキントッシュだと分かる。振り向いた田村の顔には、驚愕《きょうがく》といっていい大袈裟な表情が浮かんでいた。

「田村さん」

田村が無言で口を開け閉めする。言葉が実を結ばないようで、目の下が引き攣った。

「覚えてますね？　午前中お会いした失踪課の高城です」

「ええ……はい」

「もう少しお話しさせていただけますか。時間は取らせません」

「いや、しかし、私はもう仕事が終わってるんですが」

「私はまだ勤務中です」

「何かあるなら、昼間のうちに会社に来て下さい」

「そうも言っていられないんです。会社の中では聞けない話もありますからね。あなたが喋ったことが分かると、社内で問題になるかもしれないでしょう」

雨、しかもすっかり陽は暮れているので、彼の表情はともすれば闇に溶けてしまいそうになる。車が通りかかり、ヘッドライトに照らされた顔に浮かんでいたのは、露骨な困惑と怒りだった。しかしそれでは、私を止めることはできない。こういう顔つきには慣れっこだ。

「脅すんですか」

「どう取ってもらっても結構です」

田村の喉仏がゆっくりと上下した。傘で防ぎきれない雨がコートにかかり、ゴム引きの生地を滑り落ちていく。

「あなたは防水のコートを着てるから気にならないかもしれないけど、私はもうずぶ濡れなんですよ」

実際、肩から腕にかけてコートが黒くなっており、スーツとワイシャツを通して冷たさが肌を刺し始めていた。腕を強く引くと、ようやく田村が動き始める。近くに路上駐車しておいた覆面パトカーに乗りこませ、エンジンをかけた。

「どこかへ行くんですか」連行されるのを恐れてか、田村の体は強張っていた。

「いや、車内を暖めるだけです。まったく、もうすぐ四月だというのに相変わらず寒くて嫌になりますね」

私が言うと、急に寒さに気づいたのか、田村が自分の体を抱いた。エアコンの設定温度を上げ、しばし無言で温風が体を撫でていくのを味わう。

「午後の来客はどうなりました」

「それが警察の仕事と何か関係あるんですか」体が温まったせいだろうか、田村は反論できるだけの落ち着きを取り戻していた。

「あるかもしれないし、ないかもしれない」

「そんな、訳の分からないことを言われても困ります」

「来客は誰だったんですか？」

「すいません」声に困惑を滲ませて田村が言った。「そんなことを話していいのかどうか、私には判断できません」

「あなたが話さないとしたら、私は誰に聞けばいいんですか？　社長？　それもまずいでしょう。社長を守るのも総務部長の仕事じゃないんですか」

「守るってどういうことですか」

「いろいろなことから……午後、会社に来たのは、スタンダード・インベストメントの人たちでしょう」

外れるのを承知で放った言葉は、田村の胸の真ん中を射抜いた。膝の上に置いた手を握り締め、顎を強張らせる。

「当たり、ですね」

「ええ、だけど――」

「スタンダード・インベストメントは、御社の株を大量に買い進めてますね？　デジタルプラスワンを買収しようとしてるのかもしれない。その件で話し合いを持たれたんじゃないんですか」

「私は、そういう話は……」

「総務担当の役員が、話し合いに同席しないわけがないでしょう。聞いてないとは言わせませんよ」

「どんな話をしたか、なんて聞かないで下さいよ」田村が抵抗の姿勢を見せた。「そんなこと、簡単に外部の人に漏らすことはできません。常識ですよね」

「御社に有利に話が進んだんじゃないですか」

「どうしてそう思います？」

「あなたの顔」体を捻り、右手で田村を指差した。頬に何かがついているのではないかと、田村が指を二本、這わせる。「嬉しそうだし、上手くいかなかったら、こんな早い時間には帰れないはずだ」

「そんな滅茶苦茶な理屈……」

「ポーカーフェースを勉強した方がいいですね。私に見抜かれるぐらいじゃ、まだまだ修行が足りない」

「とにかく、どんな話があったかは言えません」

「社長はどうしてます？」

突然変化球を投げたので、田村がたじろいだ。瞼を引き攣らせ、下唇に舌を這わせる。

「まだ会社にいらっしゃる？」

「私が帰る時には、まだいました」

「今日も会社に泊まるんですか」

「それは分かりません。社長は自分のペースで仕事をする人ですから」

「総務部長として、面倒は見なくていいんですか。夕飯の手配とか、いろいろあるでしょう」

「そういうのを嫌がる人なんです。いつもご自分で何とかしてますよ。変な話ですけど、夕飯はコンビニ弁当でも構わないっていう人ですから」

「独立独歩、他人の世話にはならないっていうことですか」

「基本的には。あの……」田村が、関節が白くなるほど強く手を組む。「いったい何なんですか？　どうして社長を捜していたんですか」

一瞬、考えを巡らす。ここで捜査の実情の一端を明かしておいて何か問題はあるか——それで生じるマイナスよりも、社内の実情をよく知る田村を情報源として確保しておく方が大事だ。

「社長の娘さんが行方不明なんです」

「希ちゃんが？」

「知ってますか」

「ええ。一度会ったことがあります」

「里田さんは家出だと言ってる」

「まさか」笑いを爆発させるように田村が言った。「それはあり得ない」

「どうしてそう思うんですか？」

「そもそもそういうタイプじゃないんですよ、希ちゃんは。優等生だし、素直だし、家出なんかするわけがない。社長にとっても、目に入れても痛くない一人娘で、大事にしてます。今から、自分の後継者は希だって公言してるんですよ」

「そうですか」ようやく里田の本音が垣間見えた。私に対しては、娘を放任し、関心がないような態度を装い……それは全て演技だったのだろう。しかし、何のために？誘拐だ。私たちの目を欺《あざむ》くための演技。警察を信用していないのか、それともどうしても喋れない事情があるのか。

「希ちゃん、いったいどうしたんですか」

「今のところ、まったく分からない。社長が頑なに家出だと言い張っているんです。不自然なほどに」

「だけど社長には、特に変わった様子はありませんよ。今日だって、スタンダード・インベストメントの連中と正々堂々と渡り合って一歩も引かなかったし」

「で、勝ったんですか？」

「いや、それはまだ……そう簡単に決着がつくような問題じゃないんです。何しろ向こうがある程度の株を持っているのは間違いないんですから。これから株主総会までの間には、まだいろいろあるでしょうね」

「でもとりあえず、今日のところは優位に立てたと」

「そういうことは言えません」

田村の態度はわずかに軟化していたが、無理は通さないことにした。

「一つ、お願いしていいですか」

「何でしょう」田村がまた体を硬くした。

「社長を監視していて下さい。変なところから電話がかかってこないか、焦ったり苛々したりしていないか。それと今日のように、誰にも何も言わないで出かけるようなことはないか」

「それじゃ、スパイじゃないですか」

「そういうことです。国民の義務として、我々に協力して下さい。それともう一つ、あなたは社長の金の出入りを調べられますか」

「それは無理です」田村が即座に言った。「個人口座の管理まではしていませんから」

「だったら、彼の動向を観察してくれるだけでもいい」

「そんなこと、できませんよ」弱々しい笑みを浮かべて田村が首を振る。「無理です、絶対無理」

「いや、あなたならできる――やらざるを得ないでしょうね」

「どういうことですか」

「私の要求を受けないと、今日こうやって会っているのを社長が知ることになるからですよ。それはまずいんじゃないかな」

「そんな……」悲鳴のように田村が声を上げた。「それじゃ脅しじゃないですか」

「協力を依頼しているだけです。私の言うことを聞いてもらえれば、あなたの名前は絶対に表に出ない。それに、希さんが行方不明のままでいいんですか？　助けたいとは思いませんか?」

最後の一言が決定打になったようだ。恐怖と背信の念に全身を支配された田村を、私は雨の街に放免した。

待ちに入った。予定の六時を過ぎても堀の行方は分からなかったから、いよいよ里田に直当たりするタイミングである。

駐車場にはいられない。すぐに里田に見つかってしまうだろうし、車で帰るとも限らない。駐車場の出入り口とビルの表玄関、両方が見渡せる場所に車を停め、ひたすら煙草を灰にし続ける。昼飯に食べたホットドッグはとっくに消化され、胃が不平を訴え始めた。誰からも連絡はなく、こちらから電話をかける用事もない。ということはずっとここで一人、張り続けなければならないということだ。夕飯も抜きで。煙草を一本灰にした時、ふいにウィスキーの甘みが喉の奥に蘇る。しかし、呑みたいわけではなかった。ここのところ酒を呑んでいなかったことに気づく。酒などなくてもやっていけるのだ。仕事に時間を食い潰されれば、体はアルコールなど欲しない。そもそも呑んでいる時間さえないのだから。

八時半。雨は一際激しくなり、アスファルトの上で無数の大きなボタンが跳ねているように見えた。

酒の代わりに煙草が吸いたくなる。立て続けに灰にしているうちに、最後の一本になってしまった。ここで張り込みを続けることに何の意味があるのだろう、という疑念が心に影を落とす。普通なら、里田は家に帰らない。だが今日の午前中の動きを考慮すると、またどこかへ行くのではないかという可能性も否定できなかった。もっともそれは後付けの理屈であり、私をここへ釘づけにしているのは勘だ。娘が消えてから七年間、だらだらと過ごしたことでいくらかは鈍っているかもしれないが、かつては私を何度も救ってくれた勘。

煙草が欲しい。何か腹に入れたい。喉も渇いた。

不満が一瞬で吹き飛ぶ。

駐車場の出入り口で黄色いランプが回り始めた。目を凝らすとゲートが開く。すぐに切れ長の目のように特徴的なヘッドライトが闇を切り裂いた。

フェラーリF４３０。五百馬力近い最高出力を搾り出すＶ８エンジンを積んだ、モデナの怪物。対するこちらはＶ35スカイラインである。最高出力は、当時の自主規制値内に収まる二百七十二馬力。悪い車ではないが、直線でもカーブでもフェラーリとは勝負にならないだろう。

街灯の下、一瞬だけ里田の顔が浮かび上がった。思いつめたような、あるいはこれから罪を犯すことを覚悟した悪鬼のような表情。どろどろとした太い排気音を響かせながら、外苑東通りに出て行く。私は慎重に後を追い始めた。都内を走るだけなら、フェラーリに対して劣等感を抱く必要はない。都心部で全能力を解放するのは、どんな車でも不可能なのだから。

逃がすな。絶対に逃がすな。

## 12

里田は外苑入り口から首都高に乗った。四十キロ以上を出すのが不可能な道路状況でも、フェラーリの尻に食いついていくとなると緊張を強いられる。闇に浮かび上がる黄色なので、雨の中でも見失う心配がないのだけが救いだった。

首都高四号線を西へ向かう里田は、アクセルをベタ踏みするわけではなく、周囲の車の流れをわずかにリードする程度のスピードを保っていた。しかし少しでも車が詰まると、必ず強引に車線変更して前に出る。事故を起こすほどの無謀な走りではなかったが、時に周囲でクラクションが鳴り響いた。

高井戸《たかいど》を過ぎると車が少なくなり、前が空く。そこで里田はようやく、本格的に車に鞭《むち》を入れ始めた。かなり離れているのに、耳元でＶ８エンジンのエグゾーストノートが鳴り響くように感じる。遅れないように必死にアクセルを踏むと、スカイラインのスピードメーターは一気に百四十キロ近くまで駆け上がった。冗談じゃない。夜、雨と悪条件が揃った中、このスピードで走り続けるのは自殺行為だ。

悪いタイミングで携帯電話が鳴り出す。無視しようかと思ったが、嫌な予感がして通話ボタンを押した。

「醍醐です」

「ああ……今運転中なんだ」百四十キロで、ということは言わずにおいた。

「かけ直しますか？」

「そうだな。里田を追ってるところだから」

「何ですって？」醍醐の声がにわかに緊張した。「どこにいるんですか」

「首都高の四号線を西へ向かっている。今、高井戸を過ぎたところだ」

「フォローしましょうか？」

「行き先が分からないんだが……概ね西の方へ向かってもらえるか？　車はあるのか」

「ええ。今失踪課にいますから、ここの車を使います」

「了解。そっちの首尾はどうだ」

「話すことはいろいろあります」

「そうか」

「だけど、今は話さない方がいいと思います。運転中に聞くような話じゃないですから」

「そんなにヤバい話なのか？」

「いや、複雑なんです。ある意味ヤバいと言ってもいいと思いますが。高城さん、いい情報源を持ってますね」

「いい、というのは認めたくないな。一段落ついたらこっちから電話する」

「分かりました」

「あ、それと」

「はい？」

「俺の代わりに夕飯を食っておいてくれないか？」


里田は調布《ちょうふ》で高速道路を下りた。国道二十号に出て一旦都心方向に戻り、すぐに武蔵《むさし》境《さかい》通りを右折して多摩《たま》川の方に向かう。どこまで行くつもりだろう。雨のせいで道路は渋滞しており、里田は我慢を強いられているようだった。間に二台車を入れて尾行を続ける私も、かすかに苛立ちを覚え始めている。

急に車が動き始めたが、すぐ先にある別の交差点の信号が黄色に変わった。まずい。このペースでは、私が交差点に入る前に信号は赤になってしまう。サイレンを鳴らすか……

駄目だ。里田に気づかれるわけにはいかない。

前の車のテールランプが赤く灯り、私は軽くブレーキを踏みこんだ。里田も慎重に信号を遵守《じゅんしゅ》しているようだ。どこへ行くつもりか分からないが、焦っていないのか？　そんなはずはないだろう。首都高での乱暴な運転を見た限り、どう考えても先を急いでいる。

突然、クラクションが四方から交錯する。里田が交差点に強引にフェラーリを突っこませたようだ。他の車が里田を避けるために無理にハンドルを切り、交差点周辺が瞬時に混乱に陥る。激しい衝突音、その後に暗く冷たい沈黙。

サイドブレーキを引いてドアを思い切り開け、雨の中に一歩を踏み出す。フェラーリを避けた軽自動車が、停止線の直前で停まったＢＭＷの鼻先にほぼ直角に突っこんでいた。ＢＭＷにはさほどダメージはないようだったが、軽自動車のボンネットは歪み、エンジンルームからは湯気が立ち上っている。軽自動車のドアが軋み音を立てて開き、顔面蒼白になった若い女性がよろよろと外へさ迷い出た。外傷はなさそうだが、かなりショックを受けている。私は交差点に入り、両手を大きく広げて車の流れを止めた。フェラーリはとうに左折しており、特徴的な二灯のテールランプは、四つの小さな点に変わりつつある。ＢＭＷの後ろに停まっていたカローラの運転手が、首をすくめながら飛び出して来た。一一〇番通報するよう頼んでから、私は雨の中に立ち尽くしてフェラーリを見送った。里田は尾行に気づいていたのだろうか？　だとしたら私の責任は重い。しかも事故の原因を作ってしまったのだから、罪は二つだ。

　怪我人がいないように、と間抜けな願いを唱えながら雨に顔を叩かせる。そんなことで罪が消えるわけもないのだが。


　所轄署で、交通課の連中に事故の状況を説明しているうちに醍醐が到着した。雨の中をランニングして来たようにコートはずぶ濡れで、息が荒い。一階にある交通課で私を見つけた瞬間に、コンビニエンスストアのビニール袋を掲げて見せる。一通り供述は済んでいたので、若い交通課員に断って立ち上がり、醍醐を出迎えた。

「飯です」無表情なまま、ビニール袋を私に差し出す。

「おいおい、飯なんか食ってる場合じゃないだろう」

「でも、まだなんでしょう？」

「ああ」気が利くといえばそうだが、呑気に食事できる状況でもない。しかし彼の好意を無にするわけにもいかず、ビニール袋を受け取って中を覗きこんだ。被災地への救援物資さながらに、雑多な食べ物が一杯に詰めこまれている。さすがに署内で食べるのは気が引けたので、駐車場に停めたスカイラインに戻った。

　まだ熱いお茶のペットボトルを開け、喉を潤す。所轄署に来てから自動販売機で買った煙草は既に五本が消えており、その間何も口に入れていなかったので喉は渇き切っていた。

ほのかなお茶の渋みが体に沁みこむのを待ってから口を開く。

「で、複雑な話っていうのは？」

「高城さんからもらった情報についてなんですけど、ＳＩが暴力団のフロント企業なのは間違いないですね」

「確かなのか？」私は背筋に緊張が走るのを感じた。塩田の情報が裏づけられた形になった。

「その筋では、結構有名な話らしいですよ」

「組織犯罪対策部の連中は、このことを知ってるんだろうか」

「どうでしょう。まだ確認していませんから」

「杉並事件の被害者とＳＩの関係は？　俺のネタ元は、間違いなく関係があると言ってるんだけどな」

「そこはいくら探っても無駄だと思います。関係者が口をつぐんでしまったら、それまでじゃないでしょうか。ＳＩ側も、痛い腹は探られたくないはずです」

「ＳＩには、一度突っこんでみる価値はあるな……どういう会社なのか、説明してくれ」

「元々はまともな投資会社です。大手にいた連中が五年前に独立して始めたそうで、その頃はごく普通に仕事をしていたらしいんですが、二年ほど前に暴力団と係わりができたようですね。ある投資家の依頼で、食品会社の株の買い占めを進めていたんですが、その投資家っていうのが、実態はマル暴だったんです」

「なるほど」塩田の指摘通りだった。ただし彼は情報を出し惜しみしたのか、実際には詳しい事情を知らなかったのか、私が聴いた話はずっと曖昧だった。

「その食品会社がしっかりした防衛策を取ったために、結果的に買収工作は失敗しました。投資していた連中はかなりの額をどぶに捨てる結果になったんですが、SIはその失敗につけこまれたようなんですね。賠償金のような形で決着をつけようとしたんですが、相手は納得しなかった。で、マル暴がSIに入りこんできて、実質的にコントロールするようになった」

「SIには取引に関するノウハウがあるし、ヤクザが金を動かす際の隠れ蓑《みの》にもなるわけだ」

「オス」低い声で醍醐が認める。「それからのSIは、グリーンメーラーの手口で、買収対象企業に金を吐き出させるような動きが主流になりました。ただしそういうやり方は違法ではないし、マル暴の連中も慎重を期したんですね。変に話題にならないように、小さな会社ばかりを狙って細かく稼いできたようです」

「大きな会社を相手にして一気に勝負に出れば、世間の注目を集めるからな。連中にしても、そういうことは避けたいだろう。少しずつ搾り取れば、あまり目を引かない」

「ただしこの話、業界では結構有名らしいですから、いずれ表面化する可能性もありますよ」


「可能性じゃなくて、こっちが表に出してやってもいいんだぜ」

「それはまずいんじゃないですか。確かに問題ですけど、失踪課の仕事じゃありませんよ」

「それはそうなんだが……」私はペットボトルで顎を二度突き上げた。様々な情報が少しずつ集まってきているものの、まだ大きな絵を描けるまでには至っていない。だいたいまだ、肝心の希の行方につながる手がかりが一切ないのだ。

「里田さんは、いったい何をしているんでしょうね」

「見当がつかない」その言葉を口にするのが悔しかった。

「弟のことと関係があるのか……」ふっと醍醐の声が暗くなった。今日の昼に室長室で見せた暗い表情が、顔に戻ってきている。

「醍醐、何か心配事でもあるのか?」

「何ですか?」突然、頭から抜けるような大声を出す。いかにも不自然であり、声が大きければ相手が圧倒されて何も言えなくなるだろうと計算しているような様子だった。

「何ですかって、お前さん、ずっと様子がおかしいぞ」

「まさか」醍醐が笑ったが、それも小学校の演劇会で見られるようにわざとらしいものだった。いや、小学生の方がもっと演技が上手いかもしれない。

「家の方で何かあったのか？　子どもが病気でもしてるとか？　だったらさっさと帰ってやれよ」

「大丈夫です。皆元気です」

「それなら、この事件で何か個人的に引っかかることでもあるのか」

「いや……」醍醐がうつむき、組み合わせた手を見下ろした。この手が芝を嚙む強烈な打球を処理し、あるいは渾身《こんしん》の投球をスタンドまで運んだ――そうは見えない。むしろ体格の割に小さな、柔らかそうな手だった。彼が野球を離れてからの長い歳月を思う。それはイコール、警察官として鍛え上げられた日々だ。

「昼間、堀の話が出たよな。お前さんの様子がおかしいのはあの時からだぜ」

「関係ないです」

強張った声は、彼らしくなく元気のないものだった。堀……里田……兄弟。

「間違ってたら申し訳ないし、俺にこんなことを言う資格があるかどうかも分からないけど、お前さん、兄貴のことが何か引っかかっているのか？　この前、話を聞かせてくれたよな」

醍醐がぴくりと肩を震わせた。体の小さい愛美がやったら見過ごしてしまうような仕草だったが、醍醐の場合は地滑りが起きたごとく目立つ。

「亡くなったお兄さんのことだよ」

「いや、関係ないです」軽い咳払《せきばら》いで醍醐がこの話題を振り切ろうとしたが、私の目から見れば完全に失敗だった。

「俺は、お前さんには元気に仕事をして欲しいんだ。何か気になることがあるなら、言ってみたらどうだ？　俺じゃそんなに頼りにならないかもしれないけど、話を聞くぐらいはできるぜ」

「高城さんに心配してもらうことは何もありませんから」

「管理職の端くれだからこんなことを言ってるわけじゃないんだぞ。仲間だからな」

「何もありません」醍醐の表情がさらに強張る。

「おい――」

「すいません、ちょっと風邪気味なだけなんで……あの、それ、食べて下さい。もったいないですから。この前ラーメンを奢ってもらったお返しです」

「変な気を遣うな」

醍醐に喋る気がない以上、突っこんでも時間の無駄だし、彼を傷つけてしまうかもしれない。仕方なく私はビニール袋から握り飯を取り出した。これ以外に五個も入っている。そのほかにサンドウィッチや菓子パンも。自分の食べる量を基準にするな、と言ってやりたかったが、醍醐は気楽な会話を受けつける気配ではなかった。

握り飯を一つ食べ終え、まだ話を聞ける人間がいたのを思い出す。別れてからまだ数時間しか経っていないが、脅しがどれだけ効果を発揮したか、確認しておくのもいいだろう。

「ちょっと持っててくれ」と言って醍醐にビニール袋を押しつけ、電話を取り出した。呼び出しが長い。たっぷり十回も鳴ったところで、ようやく田村が電話を取った。背後にはざわめきと、低い音で流れるＢＧＭが聞き取れる。家ではないようだ。田村の声がノイズに埋もれる。

「――もしもし？」

「高城です」

「――もしもし？」

「失踪課の高城です」

いきなり電話が切れた。クソ、そういう態度に出るつもりか。それならそれで、こっちにも考えがある。もう一度呼び出そうと思った瞬間に電話が鳴り出した。

「高城さんですか？」

「そうです。いきなり切れたから、嫌われたかと思いましたよ」

「すいません。ちょっと友だちと飯を食ってたもので……うるさくて聞こえなかったんですよ」

「今は大丈夫なんですか」

「外に出ました……雨がひどいですね」

「傘ぐらいさしなさいよ」

「今、庇《ひさし》の下にいるから大丈夫です。で、何のご用でしょうか」調子よく喋っていたのが、急に慎重な口調に変わる。

「食事中に申し訳ないですね。一つ、確認したいことがあるんです。里田社長には弟さんがいらっしゃいますよね」

「……ええ」返事が返ってくるのに微妙に長い時間がかかり、逃げ腰の態度が窺えた。

「あなたは面識がありますか」

「ええ、まあ」

「何だかはっきりしませんね」

「そんなにちゃんと知ってるわけじゃありませんから。一緒にいたのも一月《ひとつき》ぐらいだし、その時私はデジタルプラスワンに来たばかりで、会社の事情もあまりよく分かりませんでした」

「ちょっと待って」私は電話を握り直した。「一緒にいた？　つまり弟さん――堀さんは、デジタルプラスワンで働いていたんですか？」

「そうですよ」それが何か、とでも言いたそうな口調だった。「そもそもデジタルプラスワンは、社長と弟さんが二人で作った会社ですから」

初耳だった。醍醐の調査に漏れがあったということか。普通の状態なら小言の一つも言うところだが、うつむいてひたすらビニール袋を見ている彼を責めることはできない。

「その辺の事情を詳しく聞かせてもらえませんか」

「と言われても、あまり詳しくは知らないんです。弟さんは東工大の出身で、他の会社にいたのを社長が引き抜いて、二人でデジタルプラスワンを作ったそうですけど」

「兄弟が両輪、か」

「そうですね。社長が企画と営業、弟さんが技術の核になって……でも今、弟さんのことを知る人は、この会社にはほとんどいないでしょうね。入れ替わりが早い業界ですから」

「辞めたんですね」

「辞めたっていうか、辞めさせられたっていうか……」会社の事情をあまり知らないという割に、田村の口調は明快だった。「まあ、うちの会社だって、中ではいろいろありますから」

「社長と方針がぶつかって、それで辞めざるを得なくなったとか?」

「違いますよ。そういう経営理念的なことではなくて、もっとレベルの低い話です」

「金絡みですね」

田村が沈黙したので、あてずっぽうの発言が的に当たったのだと気づく。しばらく彼に沈黙を味わわせておいてから続けた。

「例えば堀さんが会社の金に手をつけていたとか」

「……何で知ってるんですか、そんなこと」

「知ってるわけじゃない。単なる勘ですよ」田村は基本的に、機密を預かる仕事はできないだろう。ちょっとかまをかけただけなのに、あっさり口を割ってしまうとは。

「いつの間にうちの会社のことを調べてるんですか」

「そこはまあ、いろいろと」まだ他にも知っているのだぞ、とブラフをかけるために口を濁した。

「まいったな」田村が溜息をつく。「こんなこと、人に言っていい話じゃないのに。外に漏れたらえらいことになりますよ」

「今まで全然漏れてなかったんですか？　それはそれで、株主に対する裏切り行為になるんじゃないかな」

「違いますよ」私の挑発に対し、田村が即座にむきになって反論した。「上場する前の話ですから、株主に対する説明責任はありません。とっくに決着はついているし、今更そんな話を蒸し返しても、誰の得にもなりませんよ」

本当に？　いや、確かに彼の言う通りかもしれない。いつの話か分からないが、既に隠蔽されているのは間違いないだろう。こういうことは、証言だけでなく書類でも出てこないと立証は難しい。

「額はどれぐらいだったんですか」

「五千万円ぐらい、と聞いてます」

「会社がダメージを受けるような額なんですか」

「高城さん、これが五千万円じゃなくて五千円でも、ダメージに変わりはないんですよ。会社っていうのはそういうところなんです。金の流れは常に透明にしておかないと……公務員の人には分からないかもしれないけど」

　私は彼の皮肉を聞き流した。どうも役所というところは、何でもかんでも丼勘定にしている、と思われているようだ。

「それが社長に知れることになって、馘になったと」

「簡単に言えばそういうことです。そもそも金を横領するために経理システムを改竄《かいざん》したんだから、悪質でしょう？　そのシステムを作った本人が堀さんだったらしいんですけど」

「あなたがデジタルプラスワンに来たのは、その後始末ですか？」

「そういうわけでもないんですが……」語尾は頼りなく消えたが、田村の口調にはかすかな誇りが感じられた。おそらくはプロとしての。「私は公認会計士の事務所にいましたから。それまでデジタルプラスワンには、経理のプロがいなかったんですよ」

「なるほど、尻拭いにはプロの力が必要だったわけだ」逆に言えば、それまでいかにいい加減だったかという証明である。

「いやいや」照れたような口調。おだてれば話す、という彼の性癖が分かってきた。

「堀さんとは一か月ほど一緒だったと言いましたよね。彼はどんな感じの人だったんですか」

「何度か顔を見ただけですから、詳しいことは知らないんです。社長が出社禁止、自宅待機処分にしていたそうなので。最後の日には会いましたけどね……」急に言葉を濁す。

「その日に何か？」

「兄弟っていうのは、難しいですよね」溜息を押し出すように田村が言った。「家族だからこそ、一度揉めると大変なことになるのかもしれませんね。最後はほとんど摑み合いの喧嘩《けんか》でした。あれで本当に殴り合いにでもなってたら、警察沙汰ですよ」

そうならなくてほっとした。そう言いたかったのだろうが、田村が経理のプロであっても法律には詳しくないことが分かってしまった。殴り合いにならなくても、警察が捜査に乗り出す理由は百もある。

「田村さん、業務上横領も立派な犯罪なんですよ。会社の金に手をつけたらまずいでしょう」

「いや、それは……」自分が内部告発をしてしまったことにようやく気づいたのか、田村の声に動揺が表れる。「もう何年も前のことじゃないですか。今更蒸し返されても困ります」

「分かってます。それに私は、そういう事件を捜査する専門家でもない。それより、堀さんは何でそんなことをしたんでしょうね。借金でもあったんですか？」

「どうなんでしょう。私は詳しい話は聞いてませんけど、それこそ兄弟の確執だったんじゃないかな。デジタルプラスワンは間違いなく里田社長の会社ですけど、技術的な基盤を作ったのは堀さんですから。彼の技術力がなかったら、ここまで会社は大きくならなかったと聞いています。だけど社長はあくまで社長で、堀さんは専務です。給料にも違いがあるし、持ち株の数だって大きな差がある。堀さんにしてみれば、自分の業績に対して十分報いてもらっていないという不満はあったんじゃないかな」

「なるほど……」ふと、ＳＩによるデジタルプラスワンの株買い占めが、この件に何か関係しているのだろうか、という疑問が浮かんだ。堀が今も株を持っているとすれば、今後彼がキャスティングボードを握る可能性もある。「堀さんの持ち株はどうなりましたか」

「そのままだったみたいですよ。当時はまだ上場してなかったし。社長としては退職金代わりのつもりだったのかもしれません。経営者っていうのは、時々厳しくならないといけないんですよねえ」

しかし、結果的には上場後、堀は大金を手にしたのではないか。厳しい、とは言えないだろう。

「元々兄弟仲が悪かったんですか？」

「それはどうかなあ」田村が言下に否定した。「その辺のことは全然知らないんですよ。でも、昔から仲が悪かったら、そもそも一緒に会社を作ろうとはしないはずですよね。やっぱり金のことがあって、関係がこじれたんじゃないですか。結局一番怖いのは金ですよね」

「それは否定できないな……ところで今、堀さんはどうしてるんですか？」

「さあ、どうでしょう。話にも出ませんね。社員の中でもなかったことになってるんじゃないですか」

「彼の居場所をご存じない？」

「知りません」

「会社にいた頃住んでいた住所は？」

「ちょっと待って下さいよ、高城さん」それまでぺらぺら喋っていたのが、急に弱気になる。「私だって、何でも知ってるわけじゃないんです。それに、こんなことを喋っているのが社長にばれたら、えらいことになるんですから。もう勘弁して下さいよ」

「あなたの口から情報が出たことは、絶対に漏れません。どうです？　会社のデータをひっくり返してみたら、何か出てくるんじゃないですか。今現在の居場所は分からなくても、昔どこに住んでいたかぐらいは分かりそうなものだ。データになくても、古い社員の方なら知っているでしょう」

「私に調べろって言うんですか？　無理ですよ」田村が泣き言を連ねる。

「期待してます。人の痕跡を完全に消すのは難しいですからね」

「勘弁して下さいよ、そういうことは……」

「まあまあ」煙草を取り出し火を点ける。窓を細く開けると、雨が吹きこんできて私の肩を濡らした。「そうだ、堀さんは婿養子に入ったんじゃないですか？　それで兄弟で苗字が違うんですよね」

「そんな風には聞いてますけど」

「奥さんはどんな人なんでしょう」

「分かりませんよ、そんなこと。私は一か月しか時期が被ってないって言ったでしょう？話したこともほとんどないんですから、家族のことなんて何も……」

「ついでにもう一つ、いいですか」

「勘弁して下さいよ、本当に」田村の声が震える。「これじゃ警察のスパイじゃないですか」

「大した話じゃない。里田社長の叔父さん、ご存じないですか」

「ああ、稲本《いなもと》さんですか？　稲本さんなら、二年前に退職されましたよ。もう、いいお年ですから」

「連絡先を教えて欲しいんですが。元取締役ですよね？　把握してるでしょう」

「まあ、それぐらいは何とか……」

「どうもありがとう。じゃあ、また明日電話します。くれぐれもよろしくお願いしますよ」

電話を切って、少し強引だったかもしれないと思いながら醍醐に事情を話す。彼は無言で聞いていたが、話が進むに連れて表情が硬くなり、四角い顎に力が入ってきた。

「兄弟の間でもいろいろあるんだな。俺は兄弟がいないからよく分からないけど」

「そうですか」

それ以外、一切反応なし。かける言葉を失い、私はひたすら煙草を吹かし続けた。こうやっていても何にもならないと分かっているのだが、取りあえず今は打つ手もない。一本を根元まで吸ってから、ようやく決断して醍醐に声をかけた。

「醍醐、今日はもう引き上げてくれ」

「里田さんを捜さなくていいんですか」

「ああ。今のところ手がかりもないしな」

「しかし……」

「明日、巻き直しだ。お前さんは、朝一で里田社長の家へ行ってくれ。彼がいるかどうかだけを確認するんだ。ただし、無理をする必要はない。奥さんは異常に警戒しているからな。そこで落ち合って様子を見てから、会社に行ってみよう。情報源を摑まえたから、そいつにまた話を聞いてみるよ」絞れば田村はいくらでも喋るような気がしていた。会社にばれないように細心の注意を払う必要はあるだろうが。

「分かりました」

「握り飯、もう少しもらうぞ」

「どうぞ」

二つ取り出してからビニール袋を突き返した。

「後はお前の夜食にしろよ。土産《みやげ》でもいいじゃないか」

「食べちゃって下さいよ、これぐらい」

「こんな時間にこんなに食べたら、医者に何を言われるか」

「健康診断の結果、まずかったんですか？」

「まだ分からないけど、用心に越したことはないだろう。さ、お前はさっさと引き上げろ。車だろう？」

「ええ」

「適当に処理しておけよ」

「分かりました」

醍醐がドアを押し開け、まだ雨の残る中に足を踏み出す。明らかに様子がおかしい。普段の彼なら「失礼します」ぐらいは必ず言うはずだ。その体育会系的なノリがいつもは鬱陶しかったが、ないとなると寂しいものである。

食べてから出かけるか……握り飯を確認すると、二つとも梅だった。先ほど食べたのも梅。何をやってるんだ、あの男は。これじゃ胃酸過多になってしまう——そう思ったが、これも彼に生じた異変の一つかもしれない、と思った。そうでなければ、握り飯のバリエーションぐらい考えるだろう。あるいは私の健康を心配して、一番カロリーの低いものを揃えたのかもしれないが。

そんなことはない。

醍醐の心は、明らかにどこかに行ってしまっている。

青山に戻り、ビルの地下駐車場を確認する。フェラーリは戻っていなかった。すぐに荻窪に転進し、里田の自宅の周囲を回る。家に灯りは点《とも》っていたが、この時刻ではインタフォンを鳴らすわけにはいかない。ガレージのシャッターに小さな覗き窓がついていることは分かっていたので、そこから中を確認してみる。ベンツはあったが、フェラーリは見つからない。思い切って手配するべきだったのではないかと、自分の判断を一瞬悔やむ。この雨の中、黄色いフェラーリは、砂糖にたかった蟻《あり》のように目立つはずだ。ナンバーも分かっているのだし、手配すれば見つかる可能性も高い——しかし、何のために？　ただ話を聴きたいからというだけで、所轄や交通機動隊の手を煩わせるわけにはいかないだろう。

一度渋谷中央署に戻って車を返そうかと思ったが、それも面倒臭い。そんなことをしているうちに、また終電を逃してしまう恐れが強かった。管理者の許可なく覆面パトカーに乗って帰ったら面倒なことになるのだが、言い訳は後で用意することにして、そのまま武蔵境の自宅に戻る。マンションの駐車場に車を停め、のろのろと階段を上がる。車も持っていないのに駐車場の料金を払い続けるのは馬鹿馬鹿しいが、契約の時に「空いているから」と言われてつい判子を押してしまったのだ。やっと役に立ったじゃないか、と自分を納得させる。駐車場はマンションの裏側で直接道路に面していないから目立たないし、覆面パトカーを盗む馬鹿者はいないはずだ。

二階にある自分の部屋にたどり着いた時にはすっかり疲れ切り、息さえ上がっていた。まったく情けない。同期の連中の中には、未だに早朝から剣道や柔道で鍛えている人間もいるし、所轄の係長に転出して「ジョギングを始めた」と張り切っていた男がいたのも思い出した。クソ、何がジョギングだ。そんなことをしたら、心臓か足か、とにかく体のどこかに重大なダメージを受けかねない。だいたい俺はどこも悪くないし、体型だって、十年ぶりに会う人間が驚くほど変わっているわけではないのだ。

シャワーを思い切り熱くして、我慢できなくなるまで浴びる。頭を二度洗いし、それで何となくすっきりしたような気分になった。トレーナーの上下という楽な格好に着替え、習慣で冷蔵庫を開ける。何も入っていなかった。ビールも、氷さえも。結局いつものようにウィスキーをやることにした。それならサントリーの角とグラスだけで事足りる。

　ほとんど家具がない部屋の真ん中に座りこみ、醍醐に貰った握り飯を齧《かじ》る。ウィスキーで流しこんでいるうちに腹が一杯になってしまい、何をするのも面倒になった。ラジオのスウィッチを入れ、ベッドに横になる。頭の下に手をあてがい、天井を見上げているうちに、ラジオから流れるスタン・ゲッツが頭を満たし、様々な考えを押し出してしまった。胸に置いたグラスの中で、生《き》のままのウィスキーがゆらりと揺れる。

　考えろよ。何もしていないのなら、考えるのがお前の仕事じゃないか。そう思ったが脳がそれを拒否する。だらしない奴だな、お前は。こうやってごろごろしている間にも、希は酷《ひど》い目に遭っているかもしれないんだぞ。いや、父親が頑張ってるはずだ。会社のこと以外で里田が真剣になるのは家族のことしか考えられない。だけど、どうにもパーツがつながらない。あそこまで頑なに警察の協力を拒否する理由は何なのか。

　いつの間にか夢を見ていたようだ。写真でしか見たことのない希の顔が目の前にある。沼だろうか、どす黒い液体の中に首まで浸かった状態で、私に向かって手を伸ばしていた。底に足はついているようだし、水が増えているわけでもないようだが、時々小さな波が首の周りで弾け、黒い飛沫《しぶき》が艶々した顔を汚す。その飛沫は何なんだ？　何か毒に冒されているのか？

　嫌な汗をかいて目を覚ました。クソ、呑気に寝ている場合か。この夢が何かの予感だったら——そんなものはまったく信じていないのに、私は震えにも似た感覚を覚えた。俺たちはあちこちに寄り道し過ぎて、肝心の希の足取りをまったく追えていない。どこかで本筋に引き戻さなくてはならないのに、その手がかりさえまったくないのだ。

## 13

翌朝早く、私と醍醐は里田の家の前で落ち合った。先に到着していた醍醐は既に、ガレージにフェラーリがないことを確認している。もちろん、深夜に帰って来て朝早く出かけた可能性もあるが、それはあくまで可能性に過ぎないだろう、という確信があった。彼は帰って来なかったはずだ、少なくとも家には。インタフォンの呼び出しには返事がない。愛華もいないということか。

「このまま会社に回りますか？」一晩経って少し元気を回復した様子の醍醐が提案した。

「そうだな……」その前に法月や愛美とも情報を交換しておきたいところだ。以前デジタルプラスワンに勤めていた堀がトラブルを起こして辞めたことは、真弓には伝えてある。しかし実際に彼を捜している二人には、直接会って説明しておきたかった。「俺は一度失踪課に顔を出す。お前さん、先にデジタルプラスワンに行ってくれないか。里田社長が出社していれば、地下の駐車場にフェラーリが停まっているからすぐに分かる。駐車位置は二番。エレベーターのすぐ隣だ」

「オス」例によって短く言って、醍醐が車に向かいかける。朝一番で失踪課に立ち寄って乗ってきたのだ。

「仮に里田さんがいても、無闇に手を出すなよ。昨夜俺が尾行していたことは感づいているはずだ。ここで刺激すると、もっと頑なになる」

「了解です」

「何かあったらすぐ連絡してくれ」

うなずき、醍醐が道路を走って渡った。後ろ姿を見ただけで、綺麗なフォームだということは分かる。いかにも長年走り続けてきた経験を感じさせる、ぴんと伸びた背中。今朝はまずまず普通の様子だな、と安心しながら、私は自分の車に乗りこんだ。V35のスカイライン。おそらく後世には、スカイライン史上最悪のモデル、と伝えられるだろう。伝統の直六エンジンをついに捨てて効率優先のV型エンジンを採用したこと、六〇年代から続くシャープな直線基調からかけ離れた、ぼてっと重そうなデザイン。実際はそんなに悪い車ではないのだが、昨夜里田に気づかれたのはこいつのせいではないか、と私は責任転嫁を考えていた。V35は販売不振に喘《あえ》いだ。街中で見かける機会の少ない車がしつこく後ろにくっついてきたら、何か怪しいと感づいてもおかしくはない。

醍醐と別れた後、近くのコンビニエンスストアで熱いコーヒーだけを買った。夜中に握り飯を食べたせいか、まだ胃が食べ物を受けつけない。加えて、例によってウィスキーの呑み過ぎである。取りあえずコーヒーの刺激が必要だった。一口飲み、苦味と渋みが体の中に落ち着くのを待って車を出そうとした瞬間、携帯電話が鳴り出す。田村だった。反射的にダッシュボードの時計を見ると、八時半。かなり早く出社したようだと考えながら、電話に出る。

「田村です」誰かに聞かれるのを恐れるような、抑えた口調だった。

「どうも。朝早くからすいませんね」こちらもつい調子を合わせて声を低くしてしまう。

「堀さんの住所でしたよね」

「ええ。分かりましたか？」

「まったく、冗談じゃないですよ。こんなことしていていいのか……古い人事データを引っ張り出しました。もちろん、今ここに住んでいるかどうかは分かりませんよ」

「それでも手がかりにはなります」

田村が、一つ一つの言葉を切るように丁寧に住所を教えてくれた。お台場のマンション。名前に聞き覚えがある……あの辺りに林立しているタワー型マンションの先駆けではないか。それを指摘すると、田村が皮肉っぽい口調で答えた。

「たぶん、そうでしょうね。我々一般社員には関係ない超高級物件ですよ」

「あなた、一般社員じゃなくて役員でしょう」

「それでも堀さんのレベルとは差があるんですから」

「その堀さんも、社長とは随分差があると思ってたから、あんなことをしたんでしょう。上を見たらきりがないですよ」１ＬＤＫの狭いマンションに住む私の頭からは、広い高級な家に住む可能性などとうに消えていた。家族がいれば別だが、一人暮らしでは雨風が防げれば十分である。家はおそらく、自分以外の誰かを喜ばせるために買うものなのだ。独身の男が高級な物件に手を出すのは、たとえ金が余っているにしても、何らかの勘違いに過ぎない。

　ふいに違和感を覚えた。お台場……事件が起きたのは杉並であり、相当離れている。いったい何の用事があって、堀は杉並にいたのだろう。もしかしたらお台場のマンションを引き払って現場近くに引っ越したのか、あるいはあの辺りで仕事をしているのか。

「堀さんは、今もこのマンションに住んでいるんですかね」

「どうでしょう」

「仕事は？」

「分かりません」

「じゃあ、あなたにはまた任務が増えましたね」

「任務……」田村が口を閉ざす。しかし電話は切らない。心が揺れているのだ。

「古い人に聞いてみて下さい。知っているかもしれないでしょう」

「しかし、そんなことは……」

「もしかしたらこれが、会社の防衛につながるかもしれないんですよ」

「何なんですか、いったい。買収問題と何か関係があるとでも？」

「堀さんは今でも社長を恨んでいるんじゃないですか？　ＳＩの連中に手を貸そうと考えているとか」まったくの想像、口から出任せだったが、そのシナリオは田村の頭に瞬時に沁みこんだようだ。短い沈黙の後、「そうかもしれません」と認める。

「ＳＩは、何か御社に不利な情報でも摑んでいたんですか」

「それは言えません。そういうことがあるかないかも含めて」再び殻に閉じこもろうと首を引っこめる。「それこそトップシークレットです。それに、警察の方に相談するような状況ではありませんから」

「そうですか……でも私は、いつでも扉を開けて待っていますからね。声をかけてもらえば、相談に乗ります。必要なら専門家も紹介します」

「そういうことにはならないと思いますよ」

「扉はいつでも開けておきます」

繰り返したが、彼は私の意図を曲解した。

「だから、心配いりませんから。この問題は会社としてけりをつけるべきで、警察が入るようなことにはならない」

「会社じゃなくて堀さんのことですよ。何か分かったら、いつでもいいから電話して下さい」

「そっちですか……」電話の向こうで溜息が漏れた。「ああ、もう、ついでだから稲本さんの連絡先、お教えします。何度も電話されても困りますから」

「お願いします」

稲本は港区内のマンションに住んでいた。いずれ彼にも当たって、兄弟二人の関係を聞き出そう。その前にまず堀だが……彼はもうお台場にはいないだろう、という予感があった。それでも、調べ始める取っかかりとしては悪くない。何かが動き出す予感を感じながら渋谷へ向かった。私の街へ。

失踪課には法月がいた。ちょうどコートを摑んで出て行こうとしたところだったので、慌てて前に立ちはだかる。

「オヤジさん、ちょっといいですか」

「どうした、怖い顔して」

「情報があります」

法月の表情がにわかに引き締まった。面談室に誘い、堀とデジタルプラスワンの事情を話し、お台場の住所を告げる。法月はそれをメモして手帳を閉じた。

「そいつは調べてみる価値があるな。堀が今そこにいるかどうかは分からないにしても」

「始めの一歩にはなりますね」

「よし。明神が杉並の現場に行ってるから、あいつもお台場に回そうか」

「俺も行きますよ……ちょっと待って下さい」携帯が鳴り出した。醍醐。地下の駐車場に里田のフェラーリはない、という報告を受けた。お台場のマンションに向かうように指示しておいて電話を切る。

「室長には、お前さんからちゃんと報告しておけよ」

法月に指摘され、私はうなずいた。うなずき返して立ち上がろうとする法月を引き止める。

「醍醐の様子がおかしいんですよ」

「ほう?」眉をひそめて、法月がまた椅子に腰を下ろす。「そういえば昨日も妙に大人しかったな。あいつらしくない」

「ええ。里田と堀の関係が分かってからみたいですね。あの兄弟、相当の確執があったようですけど……」

「兄弟ねえ」法月が顎を掻き、わずかに視線を上に向けた。私の頭上五センチほどのところに漂う答えを摑まえようとでもするように。

「あいつの兄貴も、結構凄い人生を送ってるみたいですね。それと何か関係が？」

「お前さんも聞いたのか？」

「ええ。すぐ上のお兄さんが事業で失敗して、あいつのプロ野球の契約金がその借金を返すのに消えたとか、その後事故で亡くなったとか……嫌な経験だったのは分かりますけど、こっちの仕事とは関係ないんじゃないかな」

「醍醐は、そのお兄さんと仲違《なかたが》いしたままでね。正確に言えば罵倒《ばとう》し倒した翌日に、事故で亡くなったんだ」

落ち着いた声で法月が説明すると、私の腹の中で冷たい何かが固まり始めた。唾を吞み、低い声で切り返す。

「奴が怒るのは理解できますけど、いくら何でもそういう死に方をされたんじゃたまらないですよね」

「そうだよな」法月が足を組んだ。わずかに背中を丸め、自分の罪を告白しようとするような調子で話し続ける。「こんなことは言うべきじゃないかもしれんが、お兄さんは結構いい加減な人だったらしいんだ。問題の商売だって、学生ノリで大した勝算もないのに始めた感じでね。すぐに行き詰まって倒産、借金だけが残ったってわけだよ。その話はお前さんも聞いたんだな？」

「ええ」

「上のお兄さん――プロ野球選手だった方な――は助けてくれなかったし、親父《おやじ》さんは警察官だから、何千万もの金を都合できるわけがない。仕方なく醍醐が背負ったんだが、許せなかったんだろうな。あいつは金に細かい男じゃないし、契約金だって親に新しい家を建ててやるのに使うつもりだったらしいから、すぐになくなるのは分かっていたはずだ。でもそれが借金の清算で消えるとなると、話が違うだろう。むかつくのは俺も理解できるよ。とにかくそれ以来、すぐ上のお兄さんとの関係は、ずっとこじれたままでね」

「罵倒したっていうのは？」

「毎度の喧嘩だったらしい。だけどその翌日――正確に言えば大喧嘩してから数時間後らしいが――に事故死したとなれば、醍醐だって寝覚めが悪いだろうよ。お兄さんも、家族に一方的に責められ続けて追いこまれてたんだろうな。段々落ちこんで、自分の殻に閉じこもるようになっちまってね。それでもへらへらしているようなところがあって、醍醐にはそれが許せなかったらしい」

「真っ直ぐな男ですからね」

「単細胞とも言うが」

「オヤジさん……」

「すまん、すまん」笑ってジョークを払いのけると、法月が真顔に戻った。「だけど、分かるだろう？　大喧嘩した何時間か後に相手が事故で死んだ。しかも、別に何の用事もないような場所でだぜ？　死に場所を求めてそこに行ったんだと考えてもおかしくない。しかも自分との言い合いが原因だと思ったら、寝覚めは悪いだろう」

「実際にそうなんですか？」

「真相は分からない。現地の所轄署は、あくまで事故として処分したようだ。遺書も見つからなかったはずだし」

「そうですか……」私は腕を組んだ。兄弟の確執。醍醐は自分のそれを、里田兄弟の関係と重ね合わせて見てしまったのだろう。その推論を話すと、法月が同意して素早くうなずいた。

「人間関係っていうのは、案外単純なもんでね。似たような話はあちこちに転がっているもんさ。つい、自分の立場に置き換えて考えてしまうんだろうな。醍醐の場合、今でも兄貴の死を乗り越えてないかもしれないし」

「そうは言っても随分昔の話ですよ」

「時間が経てばいいってもんじゃないだろう。そんなこと、お前さんにはよく分かってるはずだよな」

　低い声で言って、法月が私の目を覗きこんだ。彼の言葉は、私に対する挑発でもある。お前は乗り越えたのか？　娘のことをどう考えている？　残酷な仕打ちではあったが、それに正面から言い返せるだけの勇気を私は持っていない。

「ま、醍醐は何とかなるだろう。基本的に弱い人間じゃないよ、あいつは。俺が見てる限り、今まではきちんと仕事もしてきたし」

「これからもそうであることを祈りますがね。どうも調子が狂うんだな」

「あまり追い詰めるなよ……じゃあ、俺は先発する。室長に報告したら、お前さんも追いかけてきてくれ」

「分かりました」

法月がいなくなった面談室に、私は一人取り残された。この部屋は、相談に来た人を暗い気分にさせないようにと三面が窓で、晴れていれば冬でも暑いほどの日差しが射しこむのだが、春の長雨が続いている今は、ひんやりとした空気が淀んでいる。駐車場のすぐ脇にあるので、車の出入りが手に取るように見える。ばたばたしている雰囲気ではなかったが、何かあれば渋谷中央署はスクランブル態勢に移行し、一糸乱れぬ行動を見せるだろう。

自分たちは、そういう警察の枠からは少し外れたところで仕事をしている。

だから何だ。困っている人を助けようとしている努力に変わりないではないか。自分の行為に間違いはない、という確信は育ちつつあった。仕事は間違いなくレールに乗っている。

しかし自分がこれまで正しく生きてきたかどうかとなると、今でもまったく自信がない。

醍醐も同じように感じているだろう。その不安は手に取るように理解できた。

真弓は接客中だった。入っていける雰囲気ではない——相手が一課の管理官、長岡だったから。最初に堀の捜索を依頼してきた男である。話が終わるまで待っていようと思ったが、金魚鉢の中から私を見つけた真弓が、小さくうなずいて手招きをする。小さく溜息を吐いて覚悟を決めてから、ドアを押し開けた。真弓の正面に座っていた長岡が素早く振り向く。私を認めると、礼儀を失しない程度に頭を下げたが、この状況を鬱陶しがる表情が顔を過るのを、私は見逃さなかった。先日ここに来た時に着ていたのと同じ濃紺のスーツに真っ白なワイシャツ、黄色い無地のネクタイという服装だった。援軍の到着に気を強くしたのか、真弓が口元を小さく綻ばせる。

「捜査一課の長岡管理官よ……うちの高城警部です」

私たちは無言で会釈し合った。互いに警戒し、相手の言葉や行動にミスを見つけたらすかさず攻撃しようとしている。少なくとも私はそうしようと決心していた。真弓の表情を見れば、この男がいい知らせを持ってきたのでないことはすぐに分かる。

摩擦を恐れない平然とした口ぶりで、長岡が口を開いた。

「堀の件はこっちで引き取る。いろいろお世話になりましたが」感謝の気持ちが一切感じられない口ぶりだった。

「一番難しいところを人に押しつけておいて、後はそっちの手柄にしようってわけですか」

「元々こっちの仕事だから」長岡はこちらを向いていたが、視線は明らかに私の頭上に据えられていた。「いつまでもご迷惑をおかけするわけにはいかない」

「なるほど。下働きはもういらないということですね」

「協力には感謝してますよ、十分ね」

「だったら、一課長の名前で感謝状でも出してもらえますか」

「必要なら、あなたの名前をでかでかと書きましょう。それを部屋に飾っておけばいい」

「いや、結構です。俺は何もしていないから。それより、堀についてはこちらでも捜索を続けますよ」

「それは困る」長岡の口の両端がわずかに下がった。

「こっちで抱えてる件にも関係があるかもしれない」

「元々はこっちの事件なんだ。そっちには、これ以上首を突っこむ権利はない」語気を強めて長岡が繰り返す。

「まったく、一課も落ちたもんだ」

「何だと」長岡が椅子を蹴倒すように立ち上がる。

「尻拭いをこっちに押しつけて、いいところだけ取っていこうとするとはね……情けない。

俺がいた頃は、一課の刑事にはもっとプライドがあったはずだ」

「変わったんじゃないか、あんたが長年酔っ払ってる間に」呼び方がいつの間にか「あんた」に変わっている。変わり身の早さは褒めてやってもいい、と思った。

「話が終わりならお引き取り下さい」私はドアを開けてやった。「何もわざわざ、ご挨拶に来てもらう必要はなかった」

「最低限の礼儀のつもりだが」

「そういうことなら、あなたのような礼儀知らずを寄越すべきじゃなかったな。一課も人材不足なんですか？　まともに喋れる人間もいないとはね」

射殺そうとするような目つきで、長岡が私を睨みつける。しかし捨て台詞を忘れはしなかった。真弓の方を向いて、「これ以上うろちょろしていると、正式に問題にします」と最後通告をする。大股で失踪課を出て行く彼の背中を見送りながら、私は呟いた。

「我ながら我慢強い男だと思いますよ」

「そうね。よくあれで済んだわね」

「他人事みたいに言わないで下さい」私は顔をしかめた。二日酔いで痺《しび》れた頭に頭痛が忍び寄り、ズボンのポケットに突っこんであった鎮痛剤を取り出して二錠、呑みこむ。喉を引っかく不快な感触に、わずかな吐き気を覚えた。

「どうやって追い払おうかと思ってたところであなたが目に入ったから。助かったわ」

「人を害虫駆除に使わないで欲しいな。そういう仕事で給料を貰ってるわけじゃありませんよ」

「ごめんね」向日葵《ひまわり》のように大きな笑みを浮かべてからマグカップを覗きこみ、例によって顔をしかめる。「朝の動きは?」

「あいつに情報を上げなくて済むようになったのはありがたい話ですね……まだこっちがリードしてると思います」それまで長岡がいた椅子に座る気にはなれなかったので、立ったまま報告する。「堀の古い住所が分かりました。もしかしたら今も住んでいるかもしれません」

「デジタルプラスワンの情報源、上手く使ってるようね」真弓が組んだ両手に細い顎を載せる。面白いものでも見るように目を細めていた。「かなり脅した?」

「人聞きの悪いこと、言わないで下さい。ちゃんと話して、相手の正義感に訴えたんですから」

「手段は何でもいいわ。それで?」

「今、オヤジさんたちがお台場のマンションに向かっています。俺もこれから合流します」

「なかなか絵が描けないわね。目撃者の『堀』が里田社長の弟の『堀』だという証拠はないわ」真弓が細い指を宙に躍らせた。

「そうですね」相槌を打ちながら、私は自分の頭の中で次第に構図が決まりつつあるのを意識した。かなり先回りした形になるが、その絵の色合いまで決まっている。ただしそれは、風が一吹きすると崩壊してしまいそうなものでもあった。堀イコール堀の構図が決まらない限り、絵筆を取ることはできない。「一課は、完全に引き取ると言ってるんですね」

「こっちで逐一連絡していたから、今までの状況は分かっているはずだわ。堀がデジタルプラスワンに勤めていたことも知らせたから、そこからたどっていくでしょうね。たぶん、あなたと同じルートで。だから——」

「こっちのリードはあまりないわけか」一課の連中のやり方はよく分かっている。良く言えば辣腕《らつわん》、悪く言えば強引だが、とにかく手が早いのは間違いない。それに失踪課よりも手勢はずっと多いのだ。お台場のマンション、さらにそこから先、現在の住所にたどり着くのも時間の問題だろう。

「そういうこと」真弓がうなずいた。

「それでは、追い越されないように動きます」うなずき返し、私は金魚鉢を出た。何かが背中を押す。それは明らかに「やる気」ではなかった。正体不明な何物かに、失踪課を出る時になって気づく。

不安だ。

自分の描こうとしている絵に対する不安。完全に間違った構図であって欲しいと願う気持ちすら生じる。そうなったら、捜査は振り出しに戻ってしまうのだが。

首都高を三号線から環状線、十一号台場線と乗り継いで台場線へ。台場で下りて堀のマンションを捜した。一昔前まではだだっ広い空き地が広がっているだけの街だったのに、いつの間にか高層マンションが建ち並んで光景が一変している。堀のマンションは、最上階を見上げると首が折れそうなほどの高層ビルで、茶色の色合いが雨の中で陰気にくすんでいた。人工的なこの街で、こんな高層マンションに住むのはどんな気分なのだろう。私には未だに、お台場は海に浮いた板に過ぎないというイメージがあるのだが。

マンションの前の道路に、醍醐の覆面パトカーが停まっている。電話をかけると、すぐに反応があった。

「醍醐です」

「今、マンションの下に着いた」

「ああ。ええと……三十階にいます。三十階の三〇一五室」

「お前さん、高所恐怖症じゃないのか?」

「はい? いや、ここは内廊下なんで、下は見えませんよ」

「ちょっと待っててくれ。すぐに行く」

エントランスホールはホテルのロビーのようだった。床は基本的に大理石だが、真ん中の部分だけが組み木細工になっており、中央には丸テーブルが置いてある。その上には花が一杯に溢れた花瓶があった。天井は三階分ほどの高さがありそうで、壁は上までガラス張りになっているので、夏はどこまで気温が上がるか分からない。ガラスの向こうには、かなり広い庭園が広がっている。奥に受付——最近はやはりホテルのようにコンシェルジュと呼ぶそうだが——があり、私が近づいていくと、ブレザー姿の初老の男が慌てて立ち上がった。バッジを示し、エレベーターの場所を聞く。

「先ほどいらっしゃった方たちとご一緒ですか？」

「ええ」

「それではご案内します」

コンシェルジュが受付から離れ、私の先に立って歩き出した。まず巨大なガラス扉が立ちはだかったが、彼は壁にあるセンサーにカードキーをかざしてロックを解除した。ほとんど音も立てずに扉が開く。分厚い絨毯《じゅうたん》敷きの廊下をしばらく歩いて行くと、再びガラス扉が現れた。その向こうがエレベーターホールになっていたので案内の礼を言ったが、コンシェルジュは離れずに付いてきた。

「一人で行けますよ」

「エレベーターにもカードキーが必要なんです」コンシェルジュが、人差し指と中指に挟んだカードを翳《かざ》して見せる。

「本当にホテル並みですね」言ってはみたものの、エレベーターを動かすのにカードが必要なホテルに泊まった経験はないな、と思い出す。

「ここはセキュリティとホテルライクなサービスが売りですので」

エレベーターが音もなく、私たちを三十階まで運ぶ。コンシェルジュがドアを押さえてくれたので、慌てて外に飛び出した。

「三〇一五室は、そちらを右に曲がった先にあります。何かありましたらフロントまでご連絡下さい」

「お手数をおかけしました」こちらも馬鹿丁寧に頭を下げざるを得なかった。こういうサービスを売り物にする高級マンションが増えているようだが、どこから人材を引っ張ってくるのだろう。やはりホテルからスカウトしてくるのだろうか。

内廊下には人気がなく、声を出すのも憚《はばか》られる雰囲気だった。廊下の角を曲がった途端に醍醐とぶつかりそうになる。

「本人は住んでないんだな?」

「ええ」

会話はそこで手詰まりになり、私たちは沈黙を苦く分け合った。低い声で質問する。

「ここをいつ出たんだろう」

「それは今、オヤジさんが管理室の方で確認してます」

「明神は？」

「他の部屋を聞き込みしてます。このフロアで見かけませんでしたか？」

「ああ」

「だったら、上か下に行ってるのかもしれません」

「この時間だったら、誰もいない家の方が多いんじゃないかな」

「実際、そうですね。今のところは外ればかりです」

「分かった」法月と合流するか……いや、管理室に行ったら、ここへ戻ってくるのにまたコンシェルジュの手助けを借りなければならないのが面倒だった。内廊下で声が響くのが気になったが、とりあえず携帯を使って法月に連絡を入れる。

「分かったぞ」第一声がそれだった。「お前さん、今どこにいるんだ」

「三十階。堀の部屋の前です」

「下で一緒に話を聴いた方がいいと思う」

「分かりました」

電話を畳み、突っ立っていた醍醐に声をかける。

「オヤジさんと合流する。お前は近所の聞き込みを続けてくれ」

「オス」

「ああ、醍醐？」

「はい？」

「生きてますか」

「生きてますよ、もちろん」びっくりしたように醍醐が目を見開いた。次の瞬間には視線を逸らして呟く。「何言ってるんですか」

「いや、元気ならいいんだ。おい、この件が終わったら一杯やろうぜ」

「打ち上げの話をするのはまだ早いんじゃないですか」

「打ち上げじゃないよ。人に話した方が楽になることもあるだろう。一人で抱えこむんじゃない」

醍醐の喉仏が上下し、唇がきつく引き結ばれる。しかし何とか感情を押し潰し、低い声で「オス」と答えるだけの冷静さは保っていた。まずいタイミングで声をかけてしまったと後悔したが、一度口を出た言葉は取り消せない。背伸びするように醍醐の肩を摑んで揺らし――昔傷めた方でないことを祈った――エレベーターの方に向かった。

出る時にはカードキーは必要なかった。受付に戻ると、先ほど私を三十階まで送ってくれたコンシェルジュが、右の眉だけを上げて驚きの感情を露にする。彼にしてみれば、大声を上げて飛び上がったも同然ではないか。

「管理室はどちらですか」

「どうぞ」コンシェルジュ――名札を見て、名前が大石《おおいし》であることをようやく確認できた

——が自分の背後に向かって手を差し伸べる。茶色い壁にしか見えなかったが、彼が小さな取っ手に手をかけるとドアが開き、高級ホテル並みの豪華なパブリックスペースに似つかわしくない、素っ気無い事務室が覗いた。法月が私に気づいて、子どものように手を振る。私が中に入って行くと一転して表情を引き締め、きびきびした口調で告げた。

「今、話を聞いてた。こちらがこのマンションの管理会社の金木《かなき》さん」

金木と紹介された男が立ち上がり、腰を折るように一礼した。三十代前半。ブレザーの着こなしは完璧で、綺麗な七三にセットした髪、髭の剃《そ》り跡の見えない顔は、どこか非人間的な気配を感じさせた。

「捜査ということで、協力していただけることになった」

「ありがとうございます」頭を下げ、空いている椅子に座る。部屋にはデスクが四つ、それに大型の複合プリンター機が目立つぐらいで、窓から見える大型庭園の景色の方が、よほど印象的だった。いろいろ面倒なこともあるかもしれないが、毎日ここを眺めて仕事ができるなら、ストレスなど溜まらないかもしれない。雨が降っているのにスプリンクラーが作動しているのはどうかと思ったが。

「堀さんがここを出たのは一年前だ」法月が言った。

「行き先は……」

「それはこれから確認しなくちゃいけない。そうですね、金木さん?」

「ええ、申し訳ないんですが……私どもはこちらを分譲した会社の関連会社でして、詳しい事情は分からないんです。どこへ引っ越したかまでは確認できません」

「どこで確認できますかね」住民票を当たっていけばたどり着けるが、堀はきちんと書類の処理をしていない可能性もある。役所とのやり取りも面倒だった。

「堀さんはこちらの部屋を売りに出していますので、担当している不動産会社は把握しているはずです……そこも弊社の関連会社なんですが」

「そこまで話を通してもらうことにした」法月が口添えをした。「それで金木さんね、話が途中になってしまいましたけど、堀さんがここに入居したのは五年前ということでしたね」

「ええ。完成と同時です」

「ローンを組んだんでしょうな、当然」

「それは本社の方に確認してみないと分かりませんが……」金木が背後にあるロッカーを開け、パンフレットを取り出した。目当てのページをすぐに見つけ出し、首を突き出すように目を近づけて確認する。「堀さんのタイプの部屋ですと、分譲時の価格が一億八千万円ですね」

思わず法月と顔を見合わせた。一億八千万円。そんなマンションを購入できるだけの資金が堀にあったのだろうか。ローンを組むにしても限度があるはずだし、借入金の額が上がれば上がるほど、審査も厳しくなるだろう。現金で払えるほどデジタルプラスワンで稼いでいたのか、あるいは会社から横領した五千万円をここに突っこんだのか。時期的には合致する。

「そんな大金、キャッシュで払う人がいるんですかねえ」法月が首を捻る。

「それはまあ、いろいろですので」淡々とした調子で言って、金木がパンフレットを閉じた。

「パンフレット、見せてもらえますか？」

手を伸ばすと、金木が当該のページを開いて渡してくれた。堀の部屋は２ＬＤＫ。リビングルームは三十畳もあり、主寝室も十二畳と広い。もう一部屋も八畳、その他に収納スペースだけでさらに一部屋分はありそうだった。夫婦二人の生活だったら、これで十分過ぎるだろう。

電話が鳴り出した。最初の呼び出し音が消える前に金木が受話器に手を伸ばす。

「はい、管理室、金木です……ええ、はい、そうですか。それでは、そっちに回ってもらうということでよろしいですね？　話は通ってる？　分かりました。そのようにお伝えします」

受話器を置いて、金木がメモに走り書きをして法月に渡す。法月がうなずいてメモを手帳に挟み、立ち上がった。私も続く。

「今、その部屋は空いてるんですか?」

「ええ」私の質問に、金木が訝《いぶか》しげに答えた。

「見せてもらうわけにはいかない?」

「そうですね。あそこはまだ堀さんの名義になっていますから、ご本人の許可がないと無理です」

「でも、誰も住んでないんでしょう?」

「そうなんですけど……それはちょっと、上と相談してみないと」

「あなたがそこに鍵を置き忘れるということでどうでしょう」

「勘弁して下さい」

私は彼の顔をじっと見つめた。途端に金木が視線を逸らす。

「おい、高城……」

法月が私の腕に手をかけたが、構わず金木を凝視し続ける。結局金木は折れて、背後のロッカーを開けた。中に小さな金庫のような箱があり、前面にテンキーがついている。暗証番号らしきものを打ちこむと、短い電子音に続いて蓋《ふた》がゆっくりと開いた。青いカードを取り出して私の前に置く。素早く取り上げ、背広の胸ポケットに落としこんだ。

「あの、すいませんが……」私の顔を見ないまま金木が切り出した。

「分かってます。十分……いや、十五分で戻りますから。ここの守りをお願いします。不審者を近づけないように。セキュリティとホテルライクなサービスが、ここのマンションの売りなんですよね」

そういう俺が十分不審者かもしれないと思いながら、私は席を立った。勢い余って背後に押しやってしまった椅子が半回転して壁にぶつかる。何をそんなに気負ってるんだ、とでも言いたそうな法月の視線が追いかけてきたが、無視した。

匂い。そう、私が堀の部屋で感じたかったのは匂いだ。一度でも人が生活した部屋には、必ず匂いが残る。生活習慣、家族構成、そういうものの名残は、他の家族が住み着くまでは必ず残るのだ。

「オヤジさん、十分だけつきあって下さい」

「分かった」私の意図を瞬時に察したのか、法月も立ち上がる。金木は顔を伏せて書類に目を通していたが、全身から不安感が滲み出ている。十分——いや十五分だけ我慢してくれよ、と心の中で声をかけ、私は管理室を出た。

# 14

醍醐と明神にマンション内の聞き込みを任せ、私と法月は堀の部屋に入った。短い廊下を抜けてリビングルームに足を踏み入れた途端、法月が「ひゃあ」と甲高い声を上げる。がらがらの広い部屋、その壁一面の窓に広がる空。法月は子どものように窓に歩み寄ったが、たどり着く寸前で足を止めてしまった。

「どうしました」

「高所恐怖症だってことを忘れてた」

法月がゆっくりと後ずさるのを追い越して窓辺に立つ。確かに、法月のような人間だったら——私も同類だが——ここには住めないだろう。下から三十センチほどを除いて天井までがはめ殺しの窓になっており、窓に額をくっつけると、遮るものがないので地面まで一直線に見渡せた。道路を歩く人の大きさで、自分がどれだけ高い位置にいるかを意識させられる。眩暈《めまい》を覚え、私も慌てて窓から離れた。視線を水平に保つと、右側にレインボーブリッジの一部が見える。正面で霞んでいるのは、品川埠頭《ふとう》あたりの光景だろうか。バルコニーもあるのだが、とても外に出る気にはなれない。地上三十階ともなれば、常に強い風が吹きつけているはずだ。

「こいつは、このマンションの中ではあまり上等な部屋じゃないかもしれんな」法月がぼそりと感想を漏らす。

「そうですか？」

「リビングが西向きじゃないか。それに、正面に見えるのが品川埠頭じゃあ、色気もへったくれもない」

「そうかもしれません」

「まったく、マンションなんかに住む奴の気が知れんよ」吐き捨てるように法月が言った。「いくら広くても、箱の中はやっぱり息が詰まる」

「どうかしたんですか？　そんなにマンションを目の敵《かたき》にしなくても」

「いや、娘がな……」法月が手を広げ、顔の下半分を大袈裟に擦る。

「はるかさんが何か？」彼女は、父娘《おやこ》二人きりの暮らしから抜け出そう、とでも画策しているのかもしれない。稼ぎのいい弁護士なのだから、自分一人が住むマンションぐらい、すぐに用意できるはずだ。

「家を処分してマンションに引っ越そう、なんて言い出してね」

「それが問題なんですか？」

「俺は今の家が好きなんだ。女房と二人でずっと守ってきた場所だからな」法月の妻は随分昔に——それこそ彼が今の私くらいの頃に亡くなっている。「それを、古くなったとか、通勤に不便だとか、自分の都合だけで勝手なことをぬかしやがって」

「でも、言ってくれるだけましですよ。オヤジさんを置いてけぼりにして、勝手に一人で出て行くよりはいいじゃないですか」

「放っておけって言ってるんだよ。自分の面倒ぐらい自分で見られるんだから。あいつだって好きにすればいいんだ」

「まあまあ」

「そんなことはどうでもいいけど、それにしても広いな、ここは」

改めて法月が感想を漏らす。三十畳のリビングルームは四隅に張り出しがない作りの上に家具も置かれていないので、バスケットボールのコートが設置できそうな感じさえする。フローリングの床のところどころについている小さな傷が、家具の——生活の名残だ。

他の部屋も見て回る。寝室だけで私の部屋全体ほどの広さがありそうだった。風呂場のユニットバスはゆったりしたサイズで、ジャグジーの設備までついている。廊下が大理石なので、あちこちを見ているうちに靴下を通して冷たさが足に沁みてきた。一通り見終わってリビングに戻ると、法月がぽつりと感想を漏らす。

「持たなかったんじゃないかな、ここでの暮らしは」

「ええ」

「堀ってのは、何歳だい？」

「四十一。里田とは三歳離れてます」

「婿養子にいったたって話だよな？　そっちの家も、特に金持ちじゃなかったんだろう」

「それはまだ分かりませんけど……持たなかったっていう見方には賛成します」

「分不相応だな」

家は買ってしまえばそれで終わりというわけではない。これぐらいの大規模なマンション――パンフレットによると五百戸を超える――になると、管理費や修繕積立金はそれほど高くないだろうが、税金が馬鹿にならないはずだ。堀が会社の経営に係わり、それ相応の収入を得ていた頃は何とか維持できたのかもしれないが、金が持たなくなって出て行ったのでは、という法月の推理は妥当だ。引っ越しには多大な金とエネルギーがかかるはずであり、仮に練馬で働くことになっても、特に事情がない限りは家をここに持ったまま通おうと考えるのが普通ではないか。お台場と練馬の距離は、東京と大阪というわけではない。

「しかし堀は、生活の痕跡を完全に消してますね」

「ああ」法月が同意する。「後は不動産屋に当たるしかないだろうな。どうだい、そっちは俺が一人でやってみてもいいが。何人もしてかかる話じゃないだろう」

「そうですね」不動産屋への事情聴取は、二人がかりでやる仕事でもあるまい。それよりもこのマンションで醍醐たちと一緒に聞き込みを続けた方が効率的ではないか。法月の提案を呑むことにした。

部屋を出ると、何故かほっとしている自分に気づく。高所恐怖症のせいではあるまいが、部屋にいた時はやはり異常に緊張していたのだ。

「カードキー、返してもらっていいですか」

「あいよ」手を伸ばすと、法月がカードを落としこむ。

「一課が迫ってますから、急ぎましょう」

「何だい、それ」

「連中、もう我々の手助けは必要ないと考えてるようですよ。今朝になって、引き取ると言ってきたんです」

「何だ、そのふざけた話は」法月が乱暴に吐き捨てたが、その顔にはすぐに皮肉な笑みが戻ってきた。「まあ、そんなもんだろうな。向こうにしてみれば、俺たちなんか単なる使い捨ての便利屋だろうから」

「でしょうね。でもこれじゃ、室長の狙いも外れだな。連中に恩は売れない」

「まだ分からんよ。俺たちが先に見つければ、一課の連中の鼻を明かしてやれるんじゃないか」

「そうなったら、恩を売るどころか恨まれるかもしれない」

「それを心配するのは室長の仕事だ」

堀を見つけ出せても、希の行方に関する手がかりが摑めると決まったわけではない。捜査が順調に進んでいるのかどうか、私には未だにさっぱり読めなかった。暗闇の中で手探りしている状態は、一番ストレスが溜まる。ようやく捜し当てたドアを開けたと思ったら、まったく別の部屋につながっていることも多々あるのだから。光が欲しい。どんなに弱くとも、正しい方向を指し示す光が。

エレベーターの所まで法月を見送る。ドアが閉まった途端に携帯電話が鳴り出したので、慌てて引っ張り出した。覚えのない携帯電話の番号が浮かんでいたが無視するわけにもいかずに電話に出ると、おどおどした声が耳に飛びこんできた。

「あの、斎木有香です」

「ああ、どうも」わざと軽い調子で言ってやったが、有香の緊張は解《ほぐ》れないようだった。

「今、話してもいいですか？　ちょっと思い出したことがあって」

「もちろん、いいよ」慌てて周囲を見回す。内廊下なので不必要なまでに声が響くようだった。「ちょっと待って」と声をかけ、廊下の端にある非常階段のドアを押し開ける。下のほうから冷たい風がかすかに吹き上げてきた。踊り場から下を見下ろすと、延々と続く階段が巨大なオブジェのように見える。中央に空いた螺旋《らせん》状の黒い穴は、底なし沼さながらだ。高所恐怖症から生じる眩暈を目を瞑って追い出し、電話に戻る。

「聞こえてるかな？」

「大丈夫です」

「良かった。で、何を思い出したのかな」

「希なんですけど、ご両親とのことで……一つだけ引っかかることがあるんです。この前、高城さんと会った時は忘れてたんですけど」

「いいよ、どんな話でも歓迎だ」

「あー、でも、やっぱり関係ないかなあ」

声に躊躇いが滲む。十五歳の少女が、一度会っただけの刑事に電話する踏ん切りをつけるのは大変だっただろう。切られてしまわないよう、できるだけ呑気な声で話しかけてやる。

「それは分からないよ。取りあえず話してくれないか」

「言っちゃっていいのかどうか……私から聞いたって言わないでくれます？」

「もちろん。それは保証する」

「じゃあ」有香が一瞬間を空けた。「あの、受験のことなんですけど、去年の秋に三者面談があったんですね。それで最終的に進路を決めたんです。その時珍しくお父さんが一緒だったんだけど、終わった後で、校門のところで何か……喧嘩ってわけじゃないけど、言い合ってるのを見ちゃって」

「内容は？」

「はっきり分からなかったけど、次の日に希に聞いたら、志望校のことで親と意見が合わないって言ってました」

「意見が合わないまま三者面談に出て、話がこじれたとか？」

「そんな感じらしいです」

「だけど希さんは、希望通りの高校に合格したんじゃないのか」

「違いますよ。あそこは本当は、希の希望じゃなかったんです。ご両親の……たぶんお父さんの希望で。希は本当は、別の高校に行きたかったんですから」有香が名前を挙げた。そちらも名の通った進学校だった。

「ええと、俺は高校についてはあまり詳しくないんだけど、希さんが合格した高校とどっちがレベルが高いんだろう」

「同じぐらいですけど、希が希望していた方が少し下ですね」

「自分の実力よりも下の高校に進学を希望していた？　それも何だか奇妙な話だな。彼女ぐらいのレベルなら、少しでも高い所を狙うのが普通だろう」

「高校を選ぶ時って、成績だけが基準じゃないでしょう」

「というと？」

「いろいろです。制服が好きだから、なんていうこともあるし」

「彼女も制服に憧れていたのか？」

「いえ」

「だったら何だろうな」有香の回りくどい説明が少しだけ鬱陶しくなってきた。だが急かすことはできないぞ、と自分に言い聞かせる。少し軽い話題に振ってリラックスさせることにした。「しかし、東京は便利だよな」

「はい？」

「同じようなレベルの高校がたくさんあるから、選択肢が多いだろう？　俺の田舎は高校が少ないから、中学校の成績で、受けられるところがある程度自動的に決まってしまうんだ。俺もそうだったな。好きな娘がいて、同じ高校に行きたかったんだけど、彼女が狙ってる学校のレベルには届かなくてさ」

「同じ」

「何だって？」

「希も、好きな人と同じ高校に行きたいって……一年先輩だったんですけどね」

「それが親にばれて、衝突した？」怒り心頭に発した里田の気持ちは、私にも理解できないではない。十五歳の娘が、好きな男の後を追って受験する高校を決めるとは。希が突っ張り通せば、親子関係に致命的な亀裂が生じてもおかしくはないだろう。

「希はそんなに真剣だったわけじゃないですよ」有香が慌てて否定する。「あの子、基本的に子どもだから。同じ高校に行くのもいいなって、それぐらいの感じでした。私だって、希が本気でその人を好きだなんて思ってなかったし。ただの憧れですよ。希はそれを、お母さんに話しちゃったみたいなんです。あの二人は仲がいいから、そういう話も普通にしてたみたいで。でもお父さんはそれを聞いて、冗談じゃないって……」

「受験する高校を無理矢理決めてしまった」

「希ぐらいの成績だったら、どこだって受かるんですけどね」有香の口調に皮肉が蘇る。「でも、結果的に親の言うなりになるしかなかったんだから、いい気はしなかったでしょうね。いくら素直で親と仲がいいって言っても、自分が進む高校ぐらいは自分で決めたいと思いませんか？」

「ああ……それ以来、お父さんとの仲が良くないのかな」

「そうかもしれません。希は普段、よく家族の話をしてたんですよ。たまにはそういうのが押しつけがましくて鬱陶しいこともあったけど……あの子、天然だから、自分の家が金持ちだっていうことを意識してないんですよ。本人にそんな気がなくても、言葉の端々に自慢するような感じが出ちゃって。悪気がないのは分かってるから私は気にしてなかったけど、いつの間にか希の方が家族のことを何も話さなくなっちゃって。今考えてみると、それは三者面談の後からなんですよね」

「分かった」これは貴重な情報か？　あるいは。これまで何のトラブルもないと思っていた里田の家の中で、緊張感が高まっていたということは……いつの間にか圧力が高まり、爆発して家出という形に結実してもおかしくはない。「希さんが憧れていた先輩の名前、知ってるかな」

「ええ」

「教えてくれ」

一瞬躊躇《ちゅうちょ》した後、有香が男の名前を挙げた。元々打ち明けるつもりではいたのだろう、学校の名簿を調べて、住所も割り出してくれていた。

「ありがとう……ところで、二人が実際につき合っていた可能性はあるかな」

「いやあ」有香が小さく笑った。「ないと思いますけど、分からないです。本当のところ、希って謎《なぞ》ですから。私は子どもっぽいって思ってるけど、もしかしたら私たちよりずっと大人かもしれないし」

「二人は今、一緒にいるかもしれないな」

「ないとは言えないですよね」一呼吸置いて、有香がそれで全てのことに説明がつくとでも言いたげに宣言した。「中三の春休みですから」

「男ですか？」愛美が何故か不快そうに言って首を振った。束ねた長い髪がゆらりと揺れる。私たちはマンションを出て、路上駐車したパトカーの前に集合していた。雨は幾分小降りになっており、三人とも傘は差していない。

「何か問題でも？」煙草に火を点けながら私は言った。この辺も路上喫煙禁止になっているのだろうと、少しばかり後ろめたい気分を味わいながら。

「いや、だって十五歳ですよ。まだ中学生ですよ」

「十五歳だったら何でもありじゃないか。お前さん、警察官だろう？　もっと酷いことや嫌なことはいくらでも見てるはずだよな。十四歳で子どもを産んだ子もいるし、十三歳でシャブ漬けになった子もいる」

「そうですけど、そんなに成績が良くて素直な娘が、いくら憧れの人がいても、一緒に逃げるなんて考えられませんよ」

「それは君の希望的観測だろう」

「仮に希ちゃんがそんなに大胆だったとしても、ですよ」仮に、という言葉で譲る姿勢を見せながらも、愛美の口調はまだ強硬だった。「相手もまだ十六歳――十五歳かもしれないけど――じゃないですか。高校一年生ですよ。その年頃の男の子に何ができますか？　ずっとつき合ってたならともかく、そうじゃなければ、いきなり家出して押しかけられても困っちゃうでしょう。自分が十六歳だった頃のこと、思い出して下さい」

「勘弁してくれ。とても君には話せないようなことばかりだ」

「別に聞きたくもないですけどね」

私たちの剣呑なやり取りに、醍醐が割って入る。

「その件、どうするんですか」

「調べてみるよ。それと、稲本さんにも話を聞いてみたい。希ちゃんにとっては大叔父だから、何か事情を知ってるかもしれない。その後で、希ちゃんの彼氏の方に当たってみる」

「彼氏かどうか、分からないでしょう」愛美が反駁《はんばく》した。

「言葉はともかくさ。明神は、堀の件を引き続き当たってくれ」

「でも、このマンションでは結局何も手がかりがなかったですからね。何か出てくるかどうか」愛美が溜息をつく。

「そこは頑張ってくれ。俺たちの仕事は九割までが無駄足なんだから」

二人の報告。堀は入居して二年目に理事会の役員に選ばれ、会計を担当していた。一年間、毎月一回は他の十二人の役員と顔を合わせていたが、そこでは特にプライベートな話は出なかったらしい。愛美が当時の理事長——東証一部上場の建設会社を定年退職して悠々自適らしい——を捕まえて話を聞くことができたのだが、彼は堀の顔すら思い出せなかった。そんなものだろう。よほどのこと——大地震などの災害やマンションそのものの耐震強度不足の問題などがなければ、理事会は形式的なものに過ぎないはずだ。それにお台場という人工的な街に建てられたタワーマンションで、住民同士が隣近所のつき合いを活発に行っているとも考えにくい。

「結局、堀がどういう人間だったか、今でもほとんど分かってないわけだ。やっぱり稲本さんの話を聴かないと」

「聞き込みは、マンションの外にも広げてみます」愛美が、近くのスーパーを見ながら言った。「ここで生活していたからには、何か痕跡を残しているはずですよね。彼のことを知っていた人もいると思います」

彼女のやる気を削がないためにも、黙ってうなずくに留めた。生活の痕跡……確かにこの街にはスーパーがある。コンビニエンスストアもある。少し離れたところには何でも揃う大型のショッピングセンターまであるから、マンションを中心に半径一キロの範囲内だけで暮らしていくのも難しくはない。だが昔からの一戸建て住宅が建ち並ぶような下町に比べれば、個人の生活の痕跡を追うのははるかに困難だ。

「後でまた連絡を取り合おう。それより、一課の連中もこの線を追って動き出しているから、十分注意してくれ。他の覆面パトカーを見つけたらすぐに撤退するんだ」

「こそこそしてるのは嫌になりますね。こっちは頼まれてやったのに……」

愛美が反論しかけたが、私は手を上げてそれを遮った。

「期待するなよ。向こうは感謝もしてないんだからさ。自分たちで捜せそうだとなったら、途端に俺たちが邪魔になるんだ。そんなこと、最初から分かってたはずだろう？　向こうが何か言ってきても、喧嘩をする必要はないからな。にっこり笑って手を振ってやれ」自分と長岡の遣り合いを思い出すと、この忠告は空々しく思える。

「……分かりました」

渋々だが、愛美が私の言葉に従う。醍醐はあらぬ方《かた》を向いて、視線を泳がせていた。また暗い記憶に囚《とら》われているのかもしれない。

「醍醐」

「オス」いつもの返事が返ってきたが、声に力はない。

「お前さんは、俺と一緒に来てくれ。稲本さんに会いに行こう」

「オス」

言葉だけで動きがない。愛美は私たちの顔を交互に眺めていたが、しかし質問するだけ無駄だとでも思ったのか、首を振って覆面パトカーに乗りこんでしまった。私は、雨の中に立ち尽くす醍醐をしばらく見つめていた。やはり心ここにあらずといった感じで、髪が雨に濡れるのに任せている。

「醍醐」

声をかけると、のろのろと顔を上げる。一見頑丈そうで、どんなことにも揺らぎそうにない外見の下に脆《もろ》い心が潜んでいるのを私は痛感した。

「悩む前に動け」

稲本の自宅は、お台場から車で二十分ほどのところにあった。堀のマンションが港区の新しい顔の代表だとすれば、稲本の家は昔ながらの高級住宅地の象徴である。坂の多い港区の中心にある、古いがいかにも高そうなマンション。

予告なしで訪ねたが、すぐに捕まえることができた。今は特に仕事をしていないらしい。好々爺《こうこうや》、というほど年を取った感じではないが、自分でも納得できるだけ仕事をして一線を退いた人間に特有の余裕が感じられた。豊かな白髪、細面《ほそおもて》の顔つき、優しそうな細い目。人柄を表すように、服装も大人しいベージュのセーターにコーデュロイのパンツというシンプルな格好だった。セーターはいかにも上質そうだったが。

妻が外出中で、と言いながら、稲本は美味いコーヒーを淹《い》れてくれた。醍醐は南向きの広いリビングルームのソファに座ったきり、むっつりと黙りこんでしまったが、私は構わず質問を始めた。最初の一撃は、彼を驚かせてしまったが。

「希が家出?」稲本が目を大きく見開いた。持ち上げようとしたコーヒーカップを慌ててテーブルに戻した拍子に、中身を少し零してしまう。視線を私に据えたまま、ティッシュの箱に手を伸ばした。「あの子が家出なんかするわけないでしょう」

「どうなんでしょうね」私は両手を組み合わせた。「子どものことに関しては、絶対ということはあり得ないんじゃないでしょうか」

「いや、しかし……何なんだ、直紀の奴。そんな話は全然聞いてないぞ」頭を振ると、豊かな白髪がふわりと揺れる。急に思い出したように立ち上がると、サイドボードに載った電話に手を伸ばした。

「電話はやめていただけますか」

私はできるだけ低い声で忠告した。稲本が不審気に振り返る。

「里田社長はいろいろとお忙しいようです。簡単に捕まらないと思いますし、今は話をしていただきたくない」

「それはどういう……」

「お座り下さい」

少し脅してしまったかな、と後悔したが、稲本は素直に私の言葉に従った。改めて向き合うと、一瞬前とは表情が変わってしまっている。目尻には深い皺が寄り、笑窪《えくぼ》のある顎は固く引き締まっていた。

「あのご家族のことについて、話を伺いたいんです」

「それで希が見つかるなら、もちろん協力しますよ」

「ありがとうございます。状況が摑めていないので、まず里田社長と弟さんの堀さんのことについて、教えていただけますか」

「辰巳？　あいつが希の家出に何の関係があるんですか」稲本の目に、疑わしげな光が宿った。

「一応、家族関係は押さえておかなくてはいけないんです。あくまで手続き的なことですから。それに、どんな小さなことでも情報になるかもしれませんし」

「そうですか」コーヒーを一口飲み、稲本が喉を湿らせる。声はわずかにかすれていた。咳払いを一つ。「あの二人は、私の姉の子どもでね。三歳違いです。二人とも理系の道に進んだんだけど、これはうちの家系みたいなものなんですよ」

「稲本さんもそうですよね。元々里田社長がお勤めだった会社にいて、その後デジタルプラスワンの経営陣に招かれた」

「そういうことです。ああ、ちなみに直紀が前の会社に入ったのは、私の引きでも何でもないですからね。あくまで実力です。アメリカにも留学してるぐらいで、技術者としても優秀なんですよ」少しだけ胸を張って稲本が説明した。

「了解しました」

「直紀が独立して、デジタルプラスワンを立ち上げた時に、呼ばれたんです。私はちょうど定年でね。元の会社の経営にも係わるようになっていたし、少しはアドバイスみたいなこともできるんじゃないかって引き受けたんですが、甥っ子に仕事を頼まれれば、嫌とは言えませんよね。子会社の社長で出向する話もあったんですが、それよりも、新しい事業の方が面白いですからね。直紀にすれば、年寄りが一人いれば重石になるとでも思ってたんじゃないかな。その辺りの見通しが、学生のサークル活動の延長のような感じで会社を始めてしまう他の若い連中との違いだったんでしょうねえ。もっとも会社を始めた時、あいつももう『若い』とは言えない年齢だったけど」

「堀さん……辰巳さんは、最初からあの会社にいたんですよね。技術面は彼が、企画と営業は里田さんが主に担当していたと聞きましたが」

「その通りです。辰巳は、ある種の天才でね。ハッカーというやつですよ」

「犯罪者みたいに聞こえますが」

稲本が皺の寄った喉を見せて笑った。そうすることで緊張を解そうとしているようでもあったが、上手くいかなかった。笑い声は不自然に硬い。

「ウイルスを作って悪さしたりする連中という意味ですか？　それは正確にはクラッカーというんですよ。日本には誤って言葉が伝わってしまってね。ハッカーという言葉の本来の意味は、コンピューター技術に非常に精通した人、という程度です。とにかく辰巳は、プログラミングに関しては天才なんですよ。どこから出てくるんだと思うほどアイディア豊富だったし、何より手が早かった。この世界では、手が早いというのは何より重宝されるんですよ。ただ、自分で自分を制御できない部分があった」

「制御、ですか」いつの間にか話が核心に近づいてきたのを感じ、私は組み合わせた両手に力を入れた。「それは仕事の関係で、という意味ですか？」

「そう……」一瞬、稲本が言い淀む。握り合わせた両手をきつく揉んだ。「生活能力がないというか、夢中になってしまうと、周りの状況が目に入らなくなるんです。それでは、いくら優秀なハッカーでも、自分の能力を生かし切れないでしょう。上手くコントロールして、能力を最大限に引き出してやれるパートナーがいないと、実力を発揮できないんですよ」

「そのパートナーが、里田社長だったんですね」

「そう、直紀によって、辰己は初めて自分の能力を完全に発揮できる場を得たと言っていいでしょうね。まあ、子どもみたいなもので……デジタルプラスワンが発足したばかりの頃は、辰己はほとんど家にも帰ってなかったんじゃないかな。仕事をするのが楽しくて、会社が人生の全てみたいな感じだったと思いますよ。その頃は新橋の小さな雑居ビルに入っていたんだけど、辰己専用の部屋があったぐらいだったから」

それは今の里田も同じようなものだ。あるいは会社に泊まりこんで、あまり家に帰らないという里田の生活スタイルは、堀に影響を受けたものかもしれない。

「だったら、会社がスタートした頃は、兄弟関係は蜜月状態だったんですね」

「刑事さん……高城さん」稲本が私の名刺に一瞬目を落としてから、声を低くした。「人間、夢中で何かやってる時は、嫌なことは目に入らないものなんですね。公務員の方たちには分かりにくいかもしれませんが、会社を作って運営していくというのは大変なことなんです。それこそ脇目も振らず、プライベートもないぐらいに頑張って……成果が出た時は本当に嬉しいものなんですね。子育てと同じなんですよ。初めてはいはいをした、立った、喋った。その度に、生まれてきてくれて良かったと思うでしょう？　それぐらいの感動があるものです」

ふいに、幼い娘の姿が蘇る。そう、稲本が言う通り、彼女のめまぐるしい成長は、それまでの人生で味わったことのない感動を教えてくれた。そのことに関しては感謝してもしきれない……七歳以降の物語が途切れているにしても。

私の追想には気づかない様子で稲本が続けた。声が少し湿っている。

「ただし、会社の発展には踊り場というものがありましてね」

「業績の伸びが、一時的に停滞するような状況のことですか？」

「どんな会社でも、常に右肩上がりというのはあり得ませんから」稲本がうなずく。「時間に余裕ができた時、ふっと自分がしてきたことを見返す……そういう時はあるものですよ」

「それで堀さんは、会社の金を横領したんですか」

稲本の顔がいきなり青褪めた。端整な表情が崩れ、追い詰められた者だけが持つ、怯えた顔つきに変わる。

「知っているんですか」

「今この場で、そのことを問題にするつもりはありません」稲本が動揺した理由は簡単に理解できる。あの事件があった時、彼はまだ会社にいたのだ。経営陣の一人として、責任を問われると思って怯えてもおかしくない。このまま喋らせるために、安心させてやることにした。「我々が問題にしているのは希さんの行方だけですから。そういう案件を調べるのは我々の仕事ではありません」

「そうですか……」

「兄弟の確執は、かなり深かったようですね」

「私はね、やっぱり辰己のパーソナルな問題が根底にあったんだと思いますよ」稲本が深く溜息をついた。

「そうなんですか」

「ええ。若い頃からコンピューターの画面と向き合って暮らしてきたせいか、辰己は少し社会常識に欠けるところがありましてね。技術者だけじゃなくて、この道一筋という人にはそういうタイプが少なくないでしょう。非常識だからこそ、自分の世界に集中して成果を挙げられるとも言えますけどね。元々辰己は、金のことなんかを気にするタイプじゃなかった。もちろん、デジタルプラスワンの技術責任者として、結構な額の報酬は得ていたんですよ。でも、それこそ着の身着のままで服装にもこだわらなかったし、食べ物はいつもジャンクフード……一年のうち二百食は牛丼を食べていたんじゃないかな。残りはコンビニ弁当で。金を使う、遊ぶという考えがない人間だったんですよ。遊びに使うぐらいなら新しいサーバーを導入しよう、とかね。だから、ずっと会社に泊まりこんで家に帰らないのも、あいつにとっては普通の暮らしだったんです」

「その割に、お台場に高級なマンションを持ってますよね」

「ああ、あれは……」稲本の顔が奇妙に歪んだ。苦しんでいるようでもあり、苦笑しているようでもある。「高城さん、男は何によって変わると思いますか」

「女」

即答すると、稲本が素早くうなずく。

「結婚してからですね、辰己がすっかり変わったのは。奥さんっていうのが、デジタルプラスワンの元社員でね」

「苗字が変わったのは、婿入りしたためですね」

「そう、今時そういうのは流行らないんだろうけど、奥さんは一人娘でね。家の名前を残したいからって言われて、辰己はあっさり同意したんですよ。それは別に問題ないんだが……奥さんっていうのが、どうにも経済観念の希薄な人でね。お台場の高級マンションだ、高級外車だと、とにかく『高級』と名のつくものなら何でも手を出したがるタイプだったんですよ」

「技術責任者の報酬では購《あがな》えないほどの贅沢な暮らしをしたかったんですかね」

「直紀は、辰己に対しては気を遣っていたんですよ」その口調を聞く限り、稲本は堀よりも里田に感情移入しているようだった。「金に困っていると知ったら給料も上げたし、それ以外にもいろいろと援助を……しかし、奥さんはそれぐらいでは納得しなかったみたいですね。デジタルプラスワンの根幹を支えているのは辰己なんだから、もっといい給料を貰うべきだ、いや、辰己が社長になるべきだって考えていたようで」

「それが、横領事件の背景ですか」

「そういうことだと思います」稲本が悲しげにうなずいた。「最初は女房にそそのかされたのかもしれないけど、辰己みたいなタイプは、思いこむと他のものが見えなくなるんですね。横領がばれて辞める直前、私は何度か話したんだけど、あいつはまったく反省していなかった。自分が社長になるべきだ、そうすればこの会社はもっと大きくできるって、そればかりでね。直紀を罵《ののし》って、会社の中は一触即発の状態でした。直紀もよく耐えたと思いますよ。もちろん、裏では『絶対に許さない』と息巻いていましたけどね」

隣に控える醍醐の体が緊張しているのを、私は敏感に感じ取った。二人の険悪な関係はデジタルプラスワンでも聞いていたが、身内の人間から改めて教えられると、生々しさが一層強く迫ってくるのだろう。稲本に気づかれないよう、肘で二の腕を小突いてやる。はっとしたように私を見たが、その顔ははっきり分かるほど青褪めていた。

「もしも堀さんが社長になっていたら、どうなっていましたかね」あり得なかった可能性。話をするだけ無駄だが、聴かずにはいられなかった。

「デジタルプラスワンは上場しなかっただろうね。いや、最悪、今頃潰れていたかもしれない。経営者に必要なのは、正面だけじゃなくて横、時には後ろも見える視野の広さですよ。ところが辰己は、遮眼革《しゃがんかく》をつけた馬みたいなものでね。横や後ろどころか、自分の足元も見えない。自分が何をやっているのか、自分でも分からないぐらいなんだから」

「それ以来、兄弟は絶縁ですか」

「まあ、仕方ないことだったんでしょうね」稲本が顔を擦り、口をつぐむ。これ以上喋ると、一方的に堀の悪口になってしまうと気づいたのだろう。私はペースを変え、デジタルプラスワンに対する買収攻勢の話題を持ち出した。稲本は話としては知っていたようだが、詳しい事情は承知していないようだった。自分たちで立ち上げた会社とはいえ、さすがに退職してしまうと執着心も薄れるのだろうか。

突然、稲本が天井を仰いで嘆息をつく。彼の口から出た台詞はあまりにも唐突だったが、わざわざここを訪ねたのが報われた気分になった。

「不思議なことに、希ちゃんは辰己に懐いていてね。辰己も、希ちゃんが小さな頃から可愛がっていたし、希ちゃんもああいう変わった男は面白いと感じたのかもしれない。父親にも内緒で、最近でもよく会っていたようですよ」

# 15

考えこんで、より深く自分の世界に潜ってしまった様子の醍醐を、愛美の手伝いをさせるために何とかお台場に送り返し、私は一人、荻窪に向かって車を走らせた。途中渋滞に摑まってしまったので、のろのろ運転の時間を利用して田村に電話をかける。いきなり切られたが、一分後にコールバックがあった。

「何度も電話されたら困りますよ」一応迷惑そうに言いながら、その口調にはいつの間にか、弾むような調子が垣間見えるようになっていた。裏切りの恐怖はいつしかスリルという名の媚薬《びやく》に変わる。

「社長はどうしていますか」

「出社しましたよ……定時より少し遅目に」

「今は席にいるんですか」

「いや、一時間ぐらい前に出かけました」

「行き先は？」背筋をぴりぴりと緊張が走る。「今回も言わなかった、そうですね」

「ええ、まあ……社長を管理するわけにはいきませんから」

「あなた、総務担当役員でしょう」

「うちの会社の事情に一々突っこまないで下さいよ」

田村がぶつぶつと文句を漏らす。仮に田村に行き先を話したとしても、里田が本当のことを言うとも思えなかった。

「失礼。社長は車で動いているんですか」

「そうだと思いますけど」

「そうですか……それで、本題なんですけど」

「今のが本題じゃなかったんですか」うんざりしたように田村が文句を言った。

「他の刑事がそちらを訪ねてませんでしたか？　本庁の捜査一課の連中ですが」

「ええ、先ほど来て、もう帰られましたよ。何でこんなにいろんな人が、入れ替わり立ち替わり――」

私は少し口調を強めて彼の愚痴を遮った。

「話題は堀さんのことですね」

「はい……だけど何で高城さんがそんなことを訊くんですか？　一緒に仕事してるんじゃないんですか？」

「ああ、その、あの連中とはあまり関係が良くなくてね」

「困るな、そんなことじゃ。横の連携が悪かったら、ちゃんとした仕事なんかできないでしょう」田村が露骨な不平を零す。「社員も何事かって動揺してるんですよ。今のところは私一人で食い止めてますけど、いつまで持つか分かりません」

「あなたならできるでしょう。立派に防波堤の役目を果たせる人だ」

「こんなことをするために給料を貰ってるんじゃないんだけどな」

本当にそう考えているとしたら、甘い。総務は人柱だ。何かあった時に、真っ先に責任を取るために存在している。もちろん私は、彼に責任を取って欲しいわけではなかったが。社長が不在がちな今、会社を切り盛りするために田村の存在は不可欠だろう。何も脅し上げて、デジタルプラスワンの業務を妨害することはない。

車が流れ出し、前に隙間が空いた。電話を切って、アクセルを深く踏みこむ。正体不明の何かが腹の底にずん、と沈みこんだ。


斎木有香の情報を頼りに荻窪へ向かう。東京を横に移動し続けているうちに、将棋《しょうぎ》の駒になったような気分に陥った。ようやく雨が上がり、かすかに陽が射している。太陽を拝むのは随分久しぶりだったが、気温は上がらず、季節が一月ほど逆戻りしてしまったようだった。吐く息は白く、まだ濡れたアスファルトからは寒さが這い上がってくる。

目指す家はすぐに見つかった。比較的古い一戸建てで、表札で「黒田《くろだ》」の名前を確認したが、インタフォンに応答はない。かまぼこ型のガレージには車が入っており、玄関の前には自転車が二台停まっていて誰かが家にいるような気配はあるのだが……ドアの横には新聞受けがあるが、そこにも新聞は溜まっていなかった。

近所の聞き込みを始める。一戸建ての家が多い住宅街のせいか、比較的近所づき合いもあるようで、すぐに情報が集まってきた。どうやら旅行に出かけているらしい。三軒目で、町内会の役員をしているという若生《わこう》という老人に行き当たって、ようやく事情が分かった。

「ハワイですか」

「ああ、そう、ハワイ」若生は玄関から道路に出てきて、黒田の家を指差した。「ええと、五日前から出かけてますよ。確か、明後日《あさって》帰って来るんじゃないかな」

「こんな時期にハワイですか？」私は首を傾げた。夏休みか冬休みなら海外旅行も分かるのだが。

「ええ、何だかね、お兄ちゃんの高校の合格祝いとかでね」

「お兄ちゃん？　博史《ひろし》君はもう高校生でしょう」

「ああ、そっちじゃなくて下のお兄ちゃんの方ね」

「年子なんですね」

「そうそう」若生が二回、がくがくと首を折るようにうなずく。

「それにしても、こんな時期にハワイとは珍しいですね」

「ご主人が無理に休みを取ったみたいですよ。年休が溜まってるんでしょう。私はとうとう、年休は消化できないで終わったけどねえ」

「もう引退されたんですか」

「退職したのは、もう十年も前ですよ。私らの世代は、病気でもしない限り有給休暇なんて取ることも考えてなかったけど、今は違うんでしょうな。まあ、休みは取れる方がいいに決まってるけど」サラリーマンは働きづめに働け。呑みこんだ語尾にはそういう主張が含まれている一方で、羨むような調子も窺えた。

「黒田さんのお宅、ご家族は何人ですか」表札には「黒田靖忠《やすただ》」の名前しかなかった。これが世帯主だろう。

「四人ね。ご主人と奥さんと、息子さん二人。博史君が上ね」

「ハワイへは全員で行かれたんですか？」

「いや、博史君は行ってないんじゃないかなあ」若生が首を傾げる。今にも折れてしまいそうだった。「高校の方で合宿があるとかで」

「合宿？」

「陸上。長距離で、なかなか有望な選手なんですよ。将来は中大へ行って箱根駅伝に出て、その後はマラソンで頑張って欲しいね。あ、私は中大ＯＢなんだけど」

「そうですか」

事情は分かった。合宿はどこでやっているのだろう。この時期なら暖かいところへでも行っているのか。遠くなら、探し出して話を聴くのに手間がかかる。若生は合宿の場所までは知らなかったが、私は礼を言って車に引き返した。とりあえず、学校へ向かうことにする。希が行きたかったであろう高校へ。

北へ車を走らせ、環八と笹目《ささめ》通り、西武池袋線に挟まれた三角形の中央付近にある高校にたどり着いた。野球部が練習をしていて、鋭い打球音と掛け声がグラウンドに木霊している。車を下り、道路に面してぐるりと張り巡らされたネット沿いに歩きながら、ついつい練習風景に目がいってしまった。なかなか鍛えられているようだ。私の記憶では、この高校は甲子園の出場経験はないはずだが、練習を見る限りではなかなかのレベルだ。典型的な文武両道ということだろう。

校門のすぐ脇の体育館からも選手たちの声が聞こえてきた。重いボールが床を打つ音、靴底が擦れる歯切れ良い音からして、汗を流しているのはバスケットボール部の連中のようだ。

校舎に回り、職員室に顔を出す。校長は不在だったが、私とほぼ同年輩の教頭が対応してくれた。春休みのせいか、長袖のポロシャツに襟ぐりの深いVネックのセーター、細いコットンパンツというラフな服装である。

「黒田博史ですか？　ええ、確かにうちの生徒ですが」

あっさり認めた。最近は個人情報の保護を盾に情報を出し渋る人間も多いのだが、その壁に阻まれずに済んだのでほっとする。

「陸上部だそうですね」

「ええ」教頭の顔がわずかに綻んだ。「うちの有望株ですよ。もちろん、成績も優秀ですけど」

「この学校に来るぐらいだから、そもそも勉強はできるんでしょうね」

「そういうことです」臆面もなく認めて、教頭が胸を張る。

「今、合宿中だと聞いてますが」

「春の恒例の合宿です。いつも学校で一週間ほどやるんですが」

「会えますか？」

「すいませんが……」教頭の顔がにわかに暗くなった。「何かあったんでしょうか？　彼は、警察のお世話になるような人間じゃないですよ」

「参考までに話を聴きたいだけです。彼がどうこうしたわけじゃありません」

「だったらご家族に何か？」

「いや、彼以外の家族は、今ハワイに遊びに行ってるようですね。事故があったという話も聞いてません」

「そうですか」教頭の顔からはわずかに緊張が抜けたが、まだ唇の辺りに強張りが見られる。「ややこしい話ですと、校長にも連絡を取らないといけないんですが」

「大丈夫です。この件は、こちらの学校とはまったく関係ありませんから。教頭先生の一存で決めていただいて問題ないと思います。何かあったら私の方に電話してもらって構いません。抗議の電話でも何でも」

「学校として抗議しなくてはいけないようなことなんでしょうか」

「それはないですね」

教頭が素早くうなずいた。私と一緒に罪を背負ってしまったつもりかもしれないが、だとしたら少し大袈裟過ぎる。

「一緒に来ていただけますか？　陸上部の連中は、『学友会館』の方に泊まりこんでいます。今、何の練習をやっているかは分かりませんが」

教頭は私を、校舎の東側にある「学友会館」に案内してくれた。鉄筋コンクリート作りの二階建ての建物で、運動部の合宿などに使われているらしい。玄関には、スポーツバッグやジャージ、靴などが乱雑に積み重ねてあった。

「まったく、ちゃんと片づけておくように言ってるのに」ぶつぶつと文句を言ってから、教頭が「陸上部、誰かいるか！」と大声を張り上げた。すぐに、両手に洗濯物を一杯に抱えた女子生徒が中から出てくる。大量の洗濯物のせいで、顔が見えなくなっていた。

「誰？」

教頭の問いかけに、女子生徒が首を横にずらすようにして顔を見せた。丸い顔に短く揃えた髪、地味なジャージ。マネージャーだろう、と見当をつけた。これこそ、希がなりたかった姿ではないだろうか。博史の身の回りの世話を焼き、タイムに挑む孤独な戦いを密《ひそ》かに応援する。

「ああ、美咲《みさき》か。選手たちはどうしてる？」

「ロードです」何とか洗濯物を持ち直して、自分の腕時計を覗きこんだ。「もうすぐ帰ってきますよ。あと五分ぐらいで」

「ありがとう。洗濯物、大丈夫か」

「平気です」気丈に答えて美咲が学友会館の中へ消えていった。

「ロードか……正門の方に戻って来るはずですね。そっちで待ちますか」

「ええ」

間が持たないと思ったのか、私の印象を良くしようと考えたのか、教頭はずっと学校の宣伝を喋り続けた。相槌を打つのにいい加減うんざりしてきた頃、正門にたどり着く。目を上げて道路の方を見た途端、一人の若者が飛びこんで来た。むき出しの肩と長い手足は汗でてらてらと光り、一歩を踏み出す度に漆黒の髪がふわりと揺れる。校門を過ぎるとゆっくりと歩調を緩めて歩きに持っていく。一度立ち止まり、膝に両手をついて呼吸を整えたが、さほど苦しそうではなかった。

「あれが黒田博史ですよ」教頭が私の耳元で囁《ささや》く。

「トップで入って来ましたね」

「言ったでしょう？　有望株ですから」

「話を聞くのは、少し待ってからにした方がいいでしょうね」

グラウンドの方に向かう博史のために、私は後ろへ下がって道を明けた。他の選手も次々と入ってくる。時計を確認したわけではないが、博史は他の選手より一分ほど先行してゴールしたようだ。最後の選手が、かなりへばった様子で飛びこんで来た後には、自転車に乗った若い男が続く。たぶん監督だろう。「グラウンドでクールダウン」と叫ぶと、教頭に気づいて頭を下げた。教頭が駆け寄り、何事か囁く。二人の視線が私の方を向き、監督の顔には怪訝そうな表情が浮かんだ。戻ってきた教頭が「クールダウンが終わったら話を聞いて下さい」と私に告げる。

「お手数おかけしました」

「あの……私が立ち会うわけにはいきませんか？　高校生を一人でというのは、ちょっとねえ」

「ご心配なく」

教頭の目の端が引き攣った。小さく一礼してから、彼を置き去りにしてグラウンドに向かう。選手たちは思い思いにストレッチをして体を解していたが、先頭でゴールした博史は、真っ先にクールダウンを終えた様子だった。足をかすかに引きずるようにしてグラウンドを出て来たが、どこかを傷めているわけではないだろう。顔に浮かんでいるのは苦しみではなく単純な疲労である。

「黒田君」

声をかけると、うなだれていた博史が顔を上げる。立ち止まり、私を値踏みするように目を細めた。二度、三度と瞬《まばた》きしてから、不安そうな表情を浮かべたまま頭を下げる。私はゆっくりと歩み寄り、彼の腕を取った。

「警視庁失踪課の高城と言います。ちょっと話を聞かせてくれないかな、お疲れのところ、悪いけど」

「警視庁……」すぐには事情が呑みこめない様子で、博史がまた瞬きをした。すっきりとしたハンサムな顔立ちで、希が憧れていたのも十分納得できる。好みの問題はともかくとして、一般受けしそうな美男子だ。

「心配しないで。参考までに話を聞かせて欲しいだけだから」

通路沿いにあるベンチに彼を誘った。本当なら、スポーツドリンクでも渡して懐柔《かいじゅう》してやるべきだったと自分の手際の悪さを呪いながら、話を切り出す。

「杉並黎拓中の里田希さんを知ってるか？　君の一年後輩だよな」

短い沈黙の間に、彼が何かを必死で計算している様子が窺えた。頼む、君たち二人が逃避行を試みたのだと言ってくれ。家族が留守の間に、希は君の家に隠れていたのだと打ち明けてくれ。祈るような気持ちになったが、そんなことはあり得ないとすぐに気づいた。博史は合宿でずっと学校に詰めているわけで、希が一人で彼の家にいるとは考えにくい。

「どうだ？　里田希さん」

「……知ってます」

「そうか」私は体を前に倒し、肘を膝に載せた。野球部はバッティング練習中で、大柄な左バッターが右中間に強烈な当たりを飛ばしたところだった。私がスカウトなら、取り合えず丸をつけておく——と思った瞬間、高目のクソボールを豪快に空振りした。丸は取り消し。

「希、行方不明なんでしょう」

ゆっくりと彼の方を向き、「知ってるのか」と訊ねる。

「いろいろ噂も聞いてますから。あいつ、大丈夫なんですか？」

「心配か？」

「いや、だって」博史が背筋をぴんと伸ばし、タオルで顔の汗を拭った。「……中学の後輩だし」

「それだけか？」

「それだけって？」

「君、彼女とつき合ってなかったのか?」

「ええ?」博史が頭から突き抜けるような声を出した。「俺ですか? 何で俺が」

「希さんが君に憧れていたっていう話を聞いてるんだけど」

「いや、それは……」満更でもなさそうに口元が緩んだが、それも一瞬のことだった。すぐに表情を引き締め、「何か、まずいですか?」と心配そうに訊ねる。

「まずくはないよ」

「あいつ、まだ見つからないんですか」

「今のところはね」無性に煙草が吸いたくなったが、校内だということを意識してその欲望を押し潰した。代わりに、痺れるように痛む頭を慰めるために頭痛薬を口に放りこむ。この頭痛とはいつからのつき合いだろう……娘がいなくなってからか。離婚してからか。酷い時には、午前中だけで頭痛薬を十錠も消費してしまうことがある。

「気になるか、希さんのことが」

「そりゃあそうだけど、自分にできることなんてないし」博史が両手をきつく握り合わせた。長距離選手らしく、贅肉《ぜいにく》の一切ない腕に細い筋肉が浮き上がる。何もできない自分の無力さに腹を立てており、それを上手に隠せるほど年齢を重ねてはいなかった。

「だけど、気になって仕方ないって顔をしてるよ」

「違いますよ」下唇を嚙む。薄っすらと生えた髭が、若さと弱さを浮かび上がらせた。つき合っている、というまではいっていないのかもしれないが、希が気になる存在になっていたのは間違いないだろう。「でも……心配ではあるけど」

「彼女とは、どんな感じでつき合ってたんだ？」

「ですから、つき合うとかそういうことじゃなくて……最初は彼女がいきなりここへ訪ねてきたんです」

随分大胆なアプローチであり、私の中にある希のイメージには何となく合わない。

「それはいつ頃？」

「去年の秋、ですね」

「用件は？」

「この高校に入りたいから、いろいろ聞かせて欲しいって」

「それで君はアドバイスをした」

「アドバイスっていうか」博史がタオルで顔を拭った。「受験に関しては、希にはアドバイスなんか必要ないですよ。杉並黎拓始まって以来の秀才だから。だから学校の様子とか部活のこととか、そういう話をしました」

「何で君のところに話を聞きに来たか、その時に分かったよな」

「それは、まあ。俺もそんなに鈍いわけじゃないし」博史が指で頬を掻いた。

「緊張しないでいい」思わず肩を叩いてやりたくなったが、控えた。「でも、君の方で積極的になる訳にはいかなかった、そういうことじゃないか」

「そうです……相手が中学生だと、やっぱり引いちゃいますよね。一年違うと、全然違うんですよ」

「その後は？」

「何回か会いました。お茶を飲んだりとか。あとはメールかな。向こうは受験生だから、そんなに暇な訳じゃないし」

希にしてみれば、十分「デート」の範疇《はんちゅう》に入る行為だったのかもしれない。

「だけど結局彼女は、この高校を受験しなかった。どうしてそうなったのか、その辺の事情は知ってるか？　彼女の成績なら、ここも楽勝だっただろう」

「親のせいだと思いますよ」低い声で言って、博史がグラウンドコートに袖を通した。腿の半ばまで覆われるが、寒そうなのに変わりはない。「親が別の高校を受けさせたがってるって、彼女も悩んでたみたいです。あれだけ成績が良ければ、一番上を目指せって言いたくなるのは、親として当然かもしれませんよね。それで結構揉めてたみたいです」

「他に誰か、彼女が相談していた人はいなかったのかな」

「うーん」博史が顎に指を当てた。必死に思い出そうとしているようで、目が細くなる。

「叔父さん、かな。よく話に出てきたんですよね。父親と違って、話が分かる人だからって」

「そうか」稲本から聞いた情報とも合致する。こんなところで糸がつながるとは。もちろん今の段階では人間関係の糸がつながっただけで、事実関係は途切れたままだが、間違いなく何かある。世の中に偶然などあり得ないのだ。

「最後に彼女と会ったのはいつだったかな」

「……二十日です」希がいなくなった前日だ。博史の顔色は不自然に白く、きつく組み合わせた両手からは血の気が引いている。私は、自分も顔から血の気が引いているのを意識した。もしかしたら私は今、誘拐犯、あるいは殺人犯と向き合っているのかもしれない。

「君が彼女に何かしたのか」

「とんでもない」慌てて顔を上げ、私をまじまじと見る。必死に訴える目つきに嘘はないようだった。

「状況を話してくれ」

「夜……十時ぐらいに会ったんです。彼女が俺の家の近くまで自転車で来て。話は高校のことだったんですけど、彼女、やっぱり合格した高校に行きたくないって。浪人して受験し直したいって言い出したんですよ。もったいない、馬鹿なこと言うなって、止めるのに大変でした」

「その時はどんな様子だった？」

「落ちこんでました。もしかしたら、本気で浪人するつもりだったのかもしれませんね。

とりあえず合格した高校に行ってみて、それでも嫌だったら考えろって言ったんですけど、それも嫌だって……」

「要するに、君がいない高校に行く意味はないってわけだ。それだけ思われてるなら、君は幸せ者だな」

軽い冗談に、博史の顔が赤らむ。少しだけ緊張も解けたようだった。

「遅くなったんで、何とか納得させて十一時ぐらいに別れたんです」

「送っていかなかったのか」

「心配だから送っていきたかったんだけど、一人で帰れるからって」

「ちょっと待て」突然閃《ひらめ》くものがあった。博史を強引に覆面パトカーに引っ張って行き、二人で地図を確認する。閃きには裏づけがあった。二人が別れた地点と、希の家。その途中に、安岡卓美が襲われた現場がある。

## 16

前のめりになった心を後ろから引っ張るように、携帯電話が鳴り出した。ちょうどウインカーを出して車を発進させようとしたところだったので、慌ててブレーキを踏みつけ、すぐに悔いることになった。教訓——相手を確認せずに電話に出てはいけない。

「はい」

「高城か？」

「はい」まずい。失踪課の管理官、井形貴俊《いがたたかとし》だ。課長の石垣徹《いしがきとおる》の右腕なのだが、「腰ぎんちゃく」と陰口を叩く者もいる——主に私と真弓だ。

「おたくの方で、捜査一課から依頼を受けてたそうだな」

「大きな声で喋らないで下さい」井形があまりにも秘密めかした口調だったので、少しからかってやりたくなった。「その件は非公式なもので、表には一切出てないんですよ」

「非公式でも何でもいい。で？」

「もう終わったらしいですよ。俺は直接係わってなかったから、詳しいことは知りませんが」

「向こうがもう結構だと言ってるのに、勝手に動いてるという情報もあるんだが」

「まさか。人に言われれば言われた通りに動く。やめろと言われればさっさとやめる。素直が一番、それが三方面分室のモットーですよ」

「こっちが聞いてる話とはえらく違うな」井形の声はくぐもって聞き取りにくい。それがクールだとでも思っているのか、ほとんど口を開かずに喋る男なのだ。

「管理官、悪い情報源を摑んでるんじゃないですか？　俺は今、中学生の女の子が行方不明になった一件を追ってるんですけどね。それで手一杯ですよ」

「その話は聞いてるが、それだけじゃないだろう」

「マルチタスクができるほど能力のある人間じゃないですよ、俺は。余計な心配をしてると髪が抜けますよ」最近井形は薄毛を気にしている。

「大きなお世話だ」冷静だった井形の声がにわかに大きくなった。「今、課長に代わる」

お前は電話交換手か、と私は心の中で悪態をついた。電話が切り替わる音がして、すぐに対戦相手が石垣に代わる。

「ご活躍のようだね、高城君」流麗で滑らかな口調で飛び出す、皮肉以外の何物でもない台詞。

「とんでもない。給料分の仕事をしているだけですよ」

「それは、こっちが聞いてる話とだいぶ違うな。あちこちで怒っている人がいるようだが、どういうことだろう」

「怒りたい奴は勝手に怒らせておけばいいでしょう。こっちはやるべきことをやってるだけなんだから」

「高城、もう少し賢く立ち回れよ。自分の勝手を通そうとすると、あちこちで軋みが生じるぞ。まずは自分の本分を大事にして、相手の邪魔はしない。自分の手柄だけを考えて暴走しちゃいけない。そんなことは、警察の基本の基本じゃないか」

「ごもっともです。だけど、基本だけじゃ何も進みませんから。大事なのはアドリブですよ、アドリブ。その場に応じて最も適切に動くことです。間違っていたら、後でいくらでも謝ればいいんですから。アドリブといえば、課長、ジャズはお好きですか？」

「音楽に興味はない」

「良かった。自分もジャズはあまり好きじゃないんで……じゃあ、すいません。今聞き込み中ですから」

「ちょっと待て。この件では阿比留室長とも話をするぞ」

「どうぞ。ただし、室長より俺を相手にする方がよほど楽だということは、忘れない方がいいと思いますよ」

一瞬、石垣が言葉を呑んだ。真弓は竹のような存在である。強い風に対して大きくしなるが、決して折れない。議論で疲れて負けるのは、最初に吹っかけた方だ。

「君らは失踪課をいったいどうするつもりなんだ」

「俺にそんなことを訊かれても」誰も見ていないのに肩をすくめてしまった。「それこそ、室長と課長で話し合って決めるべきことでしょう。私はただの中間管理職、現場監督ですからね」

「おい、高城……」

私は電話のマイクの辺りを指先でこすった。

「失礼……電波状態が悪いみたいです」

「ちょっと待て」

電話を切った。デジタルの携帯電話はいきなり電波が切れてしまうはずだ、と思いながら。石垣はさらに怒りを募らせて、攻撃を激しくするかもしれない。だがそれは、真弓が引き受けるべき問題だ。そもそも真弓を飛ばして私に直接電話してくること自体、ルール違反ではないか。

気合を入れ直して車を出そうとした途端、また電話が鳴り出す。石垣だったら絶対に出ない、と決めて液晶ディスプレイを確認すると法月だった。

「オヤジさん」

「不動産屋で、堀の今の住所《ヤサ》を割ったぞ」

「よく喋らせましたね」

「伊達《だて》に年はとってないよ」法月の声は心なしか弾んでいた。

「それより、希ちゃんと堀の間に関係が出てきたんです」

「そりゃあ親戚だから、関係があってもおかしくないだろう」

「単なる親戚っていうだけじゃないみたいなんですよ」

稲本と博史から聴いた話を要約して伝えた。法月が唸り声を漏らす。

「二人が今一緒にいるとか？」

「可能性がないとは言えませんね。高校が決まったとしても、本当にそこに行っていいかどうか、まだ迷ってるのかもしれません。何となく親に反発して家を出たけど、行く先がなくて親しい叔父さんを頼った——そういうシナリオはどうですか」

「悪くないな」法月も私の説に乗ってきた。「しかも堀が、今でも里田と仲が良くないとすれば……下手《へた》をすると憎んでいるかもしれない」

「だからこそ、兄貴を困らせてやろうと思って、希ちゃんが自分のところにいるのを隠している。あり得ない話じゃないですね。二人で共謀して里田に嫌がらせをしているわけですよ」

「ということは、これから堀の家に突撃すれば、全て解決するかもしれないな。失踪課としては希ちゃんを説諭して終了、だ」法月の声に明るさが滲む。

「ええ……」

「何だよ、まだ何か気になるのか？」

「この件と、堀が目撃者として名乗り出てきた件とのつながりです。本当に堀が目撃者なら、ですけど……見落としていたんですが、事件の現場と里田の家はそれほど離れていないんですよ」

「おいおい」法月が眉をしかめる姿が想像できた。「何を考えてるんだ」

「分かりませんけど、被害者についてはもっと詳しく知っておくべきかもしれませんね。一課に聞くわけにもいかないし、SIに当たってみるのはどうでしょう」

「スタンダード・インベストメントか。悪くないけど、何か喋るとは思えないな」

「無駄は承知ですよ。ぶつかってみます。堀の家の方はお任せしていいですか？」

「お前さんがSIの調査を終えるまでは、無理に突っこまないよ。仮に堀と希ちゃんが一緒にいたら、厄介だからな」

「分かりました。ゆっくり飯でも食べてて下さい」

電話を切り、私は車を路肩に止めて手帳のページを繰った。SIの本社は……新宿か。ここからならさほど遠くない。昼飯は抜きになってしまうが、それどころではなかった。それに、昼飯抜きで動けば、脂肪を燃やすことができるかもしれない。一石二鳥だな、と考えたが、それは単なる捨て鉢であるとすぐに気づいた。


木で鼻をくった、という表現がこれほど似合う人間もいなかった。SIの総務部長、長井《ながい》。パウダーブルーのスーツに、濃い紺色のネクタイ。鷲鼻《わしばな》と薄い唇が意志の強さを――あるいは強情さを感じさせる。三十代半ばぐらいだろうが、既に百戦錬磨の雰囲気を漂わせていた。宴席で隣の人の馬鹿話に合わせながらも、決して酔わず目も笑わないタイプ。五人も入れば一杯になる打ち合わせスペースで私と向き合うと、両手を揃えてテーブルに置き、その場で彫像と化した。その場の雰囲気を柔らかくするための前置きも無駄になるだけだと思い、いきなり本題に切りこむ。

「御社は、デジタルプラスワンの株買い占めを続けていらっしゃるんじゃありませんか」

「申し訳ありませんが、個別の案件についてはお答えできません」反発も説明もなし。いきなり門前払いの回答だ。

「調べれば分かることですよ」

「お調べになるのは、そちらの自由です」

「もう調べてあります。それでも、詳しい事情はあなたに話してもらう方が早いんですけどね」

「警察の方にお話しする理由は何もありません。通常の経済活動の範囲内です」

ほとんど口を動かさずに喋っている。まるで井形のようであり、それが私の勘に障った。落ち着けよ、と自分に言い聞かせ、わざとらしい低い声で続ける。

「何も違法なことをやっているとは言ってませんが」

「でしたらそもそも、こちらに訪ねてくる理由はないんじゃないでしょうか」

「警察は、明確な犯罪行為だけで動くわけじゃないんですよ」

長井がわずかに体を動かした。左に五度、右に五度。すぐに真っ直ぐに立て直す。一瞬動揺したものの、ジャブがかすったほどのダメージもなさそうだった。

「せっかくおいでいただいたのに申し訳ありませんが、これ以上お話しすることはないようですね」

席を立とうと椅子を引く。私はすかさず彼の手首を摑み、動きを制した。初めて長井の顔に感情らしきものが浮かぶ——恐怖。手を放すと、浮かしかけた腰をゆるゆると椅子に落ち着けた。

「まあまあ、そう焦らずに、気楽に行きましょうよ。事件じゃないんですから」今のところは、という台詞を呑みこんで続ける。「最近は市場も冷えこんでますから、御社のような仕事はいろいろ大変なんでしょうねえ」

迂闊《うかつ》な一言で彼にチャンスを与えてしまったのを、すぐに悔やむはめになった。自分の専門分野について話している限り、追究される恐れはないと思ったのか、米国経済の落ちこみから日本の不動産市場の低迷、最近の建設会社の倒産状況まで、息も継がずに喋り続ける。かなりの部分が専門用語で、言葉の障害物競走に出走しているような気分になったが、私は何とか我慢して相槌を打ち続けた。一瞬言葉が途切れたタイミングを狙って質問をぶつける。

「それで、デジタルプラスワンの件はどうなんですか」

「先ほども申し上げた通り、お答えできません」長井の口元に深い皺が寄る。先ほどよりは感情的になっていたが、本音を読み取れるほどの反応ではなかった。

「そうは言っても、一方の当事者は認めているんですけどね」

「仮にそうであっても、余計なことを喋るのは信義に反します。だいたい弊社のコンプライアンスは……」

再開された話は延々と続いた。既に説明ではなく、演説のレベルになっている。私は失敗を悟った。この会社を攻めるなら、もっと具体的な材料が——犯罪行為の証拠ならないい——ないと駄目だ。ただ頭を下げて「教えて下さい」というのがどれほど無駄な行為だったかを悟る。

出直そう。あるいは別の線からの攻め方を考えよう。そう決めたが、最後に何とか一撃だけでも与えたい。立ち上がりながら私は訊ねた。

「安岡卓美をご存じですよね」

「誰ですって？」長井の鼻に、ほんの少し皺が寄った。

「安岡卓美。先日、路上で頭を一撃されて、意識不明になっている男です」

「そういう名前の方は存じませんが」長井がすっと目を逸らした。本人は自然にやったつもりかもしれないが、心の揺れははっきりと現れている。

「ほう、そうですか。その男が御社と関係があるという情報があるんですがね。かなり信頼できる筋の情報です」塩田の顔を思い浮かべながら言った。塩田と信頼という言葉を同じ文脈で使うことにひどい抵抗感を覚えながら。

塩田の情報と、長井の否定。どちらに信を置くべきか。やはり塩田だ。塩田はおそらく、利害を計算している。あの男から情報を得て調べてみたのだが、ＳＩのバックにいるとされる暴力団は、塩田たちと対立しているのだ。塩田にすれば、願ってもないチャンスだろう。スキャンダルでＳＩが自滅すれば、自分たちのライバルも勝手に潰れる。そして塩田は、ＳＩを追いこむ役目を私に託したのだ。気に入らなかった。非常に気に入らなかったが、塩田に利するかどうかと考えるよりも大事なことが、今の私にはある。

「こちらとしては、間違いのない情報と考えています」

「聞いたこともない名前ですね」

「彼に払う金の面倒は、あなたがみているんじゃないんですか」

「そういう名前の人と取引はないはずですが」

「取引じゃなくて、依頼じゃないんですか」

「依頼？」長井が小首を傾げ、私の顔を凝視する。「依頼と言われましても……その、安岡という人は何者なんですか」

「鉄砲玉」

私の一言が、長井の目にあからさまな動揺を呼びこんだ。

車を降りると法月がにやにや笑いながら近づいて来る。長年の刑事生活で身についた余裕──捜査が上手くいっている時、自然に出てくる仕草だ。

「その一戸建てなんだがな」私の方を向いたまま、法月が肩越しに親指で指す。そうされても、彼の背後は一戸建てがずらりと並んだ住宅街であり、どの家かは分からなかったのだが。黙ってうなずき、「さすがオヤジさんだ。上手くやりましたね」と言葉を変えて褒めあげる。

「よせよ」法月が顔をしかめて手を振った。「お前さんに褒められても一銭の得にもならん。それより、ＳＩの方はどうした？」

「完黙」

「安岡との関係は？」

黙って首を振った。間違いなく知っているとは思ったが、それは私の勘に過ぎない。

「まあ、タイミングが悪かったかな。どうする？　思い切って突っこんでみるか」

「当然です。いずれ一課の連中もここにはたどり着きますからね。それより先に何とかしないと」

「室長に手柄を持たせようってわけか」

「まさか」私は肩をすくめた。「俺たちにはストップがかかってるんですよ。堀を捕まえて突き出しでもしたら、それこそトラブルの元になる」

「じゃあ、何でこの件にこだわる？」

「一度手をつけたら、最後まで見届けないと気が済まないだけです。それに今は、希ちゃんの件も絡んでいるかもしれないんだし」

「じゃあ、とっとと声をかけるか」

法月の後について歩き出す。既に一度下見を終えていたようで、法月は迷わず歩いて一軒の家の前に立った。

「こいつは都落ちだな」

「どうなんでしょう」

説明がなくとも、法月の言葉は十分理解できた。狭い。本来大地主の土地だったのを遺産相続で困った人が売り払って、できるだけ細かく分割して分譲した感じである。同じような外観の住宅が、壁がくっつかんばかりに建ち並んでいた。淡い青の屋根、ベージュ色に近い黄色の壁というポップで明るい感じを出そうとしていたようだが、長年の雨風で薄汚れ、今はどの家もくすんでいる。

表札で「堀」の名前を確認してインタフォンのボタンを押そうとした瞬間、法月がぽつりと漏らした。

「不動産屋で確認したんだけど、ここ、時価で三千万ぐらいだってさ」

「中古にしても安いんじゃないですか」

「ちなみに、お台場のマンションはまだ売れていないそうだ。売れてもほとんど利益は出ないようだがね。ローンがたっぷり残っていて、それを相殺《そうさい》したらプラスマイナスゼロっていう話だったよ。しかもどうしても売れないんで、何度も値下げしてる。売ることを優先していったら、そのうち売れても赤字、なんて値段になるんじゃないか」

「それでも堀は、どん底に落ちたわけじゃない。家はあるんだから」

「まあな」

法月がゆるりと顎を撫でた。ここのところ忙しかったせいだろうか、薄っすらと不精髭が生えている。それがほとんど白いことに、今更ながら私は気づいた。体は本当に大丈夫なのだろうかと心配になったが、何度も忠告を繰り返されると、彼の方も意固地になってしまうだろう。

「本当に金がないなら、賃貸のもっと小さな家でもいい。一応一戸建てに住んでるんですから、一文無しというわけじゃないでしょう」この状況は、堀本人よりも堀の妻にとって屈辱だったのではないだろうか。堀を「金」に目覚めさせた人物なのだ。

「ダウンサイジングってやつだな、昔流行った言葉で言えば」

「そういうことですかね」

会話を打ち切り、私はインタフォンのボタンを押した。家の中で涼やかな音が鳴り響くのが聞こえたが、反応はない。法月が眉をひそめた。

「どうする？　ここでずっと張り込んでたら、一課の連中と鉢合わせになるぞ」

「ちょっと周りを見てみましょう」

「周り」と言っても、せいぜい三方しか見ることができなかった。左側の壁は、隣の家とほとんどくっついており、その隙間には猫でもなければ入れそうにないのだ。玄関脇には車が停められるスペースが設けられているのだが、実際に車を停めて出入りするには、柔軟体操のような動きを強いられるだろう。今は、車は停まっていないので、その奥にある部屋が見えている。どうやらリビングルームのようで、天井まである高い窓が特徴的だったが、狭いことには変わりなさそうだった。玄関の上にせり出すように二階の出窓があったが、カーテンがかかっていて中は全く見えない。

道路に面した右側に回ったが、小さな窓がいくつかあるだけで、しかもカーテンが引いてあるので外界に対して完全に内部を遮断していた。裏側は勝手口になっていたが、そこを見ても堀がどんな生活を送っているのかは想像もできなかった。

「堀の家族構成は分かってるんですか」

「不動産屋に聞いた限りじゃ、夫婦二人暮らしらしい」

「この時間に誰もいないわけか……」私は腕時計で時刻を確認した。間もなく三時。堀は仕事中かもしれないし、妻は買い物かもしれない。あるいは夫婦揃って働いているとか。二人暮らしの家族としてはごく普通の午後かもしれないが、私は少しだけ違和感を感じ取った。勘によるものでしかないが、かすかな恐怖を伴って生じたその違和感を無視できない。

勝手口のドアを思いきりノックした。

「おい、高城」法月が警告を飛ばしたがそれを無視し、もう一度、最初より強くノックする。すぐにドアに耳を押し当てて、中の気配を窺った。監禁された希が洩らす呻き声や、ロープの縛めから逃れようと体をあちこちにぶつける音——助けが来たことを知り、何とかそれを知らせようと試みていないだろうか。

何もなかった。家の中は静まり返っており、人がいる気配はない。耳をドアから離すと、急に何かが気になり出した。何か……玄関のところだ。急いでそちらに戻ると、自分が何に引っかかっていたのか、すぐに分かった。表札。くたびれた家には似合わない、やけに立派な表札だった。重厚な黒い金属製で正方形。家の年齢よりははるかに若そうだ。それを指摘すると、法月がうなずきながら言った。

「表札にこだわる人もいるんだよ。ここが自分の家だ、苦労して手に入れた家だって周りにアピールしたいわけだ」

「堀は、この家についてもそんな風に考えていたんですかね。都落ちだったんでしょう？　それを言ったのはオヤジさんですよ」

「ああ、そうだった」渋面《じゅうめん》を浮かべて法月が首の後ろを掻いた。「でも、一つのことにかなり執着するタイプだったのかもしれない。表札、お台場のマンションのやつに似てなかったか」

「確かに」マンションなら、横に長い表札が普通だと思うのだが、あそこは違った。稲本の言葉を思い出す。遮眼革をつけた馬——思いこんだら、そこだけに集中してしまう。

「ここで待つか？　一課の連中が来た時は来た時で、お前さんの融通無礙《むげ》な話術で追い払ってやればいい」

「その話術は、もったいないから警察官相手には使わないんですよ。車に戻って監視を続けましょう。堀が目撃した例の事件の背景について話したいし」

「お前さんが情報源から聞いた話か」

「あまり情報源と言って欲しくないですけどね」肩をすくめてから、私は車に戻った。

「人に話すのも恥ずかしい相手だから」

「選《え》り好みしてるんじゃないよ。問題になるのは情報の質だけだ」

「俺はまだそこまで達観できないな」

「達観もクソもあるか」

　車に乗りこみ、一瞬沈黙が降りる間に、私は「情報の質」について考えを巡らせた。情報——堀が摑んでいたのも何かの情報だ。彼にとって、あるいは我々警察にとってそれはいい情報なのか、悪い情報なのか。思わせぶりな態度だけを残して堀が消えてしまった以上、今のところは確認の取りようがない。彼はその情報を何に使おうとしたのか。そして何のために引っこめたのか。

「杉並の事件の被害者、安岡ですけどね」

「あいつがどうした」法月が手帳をめくった。

「確か、住所不詳でしたよね。未だに分からないんですか」

「免許証は持ってたんで、名前は確認できた。ところがそこに書いてあった住所は随分昔に住んでいたところみたいでね。その後は住所の書き換えをやってないらしい」

「仕事も分からない？」

「今のところはお前さんが持ってきた情報だけが頼りだが、確認は取れていない」

「一課も随分のろのろ仕事をしてるんですね」私はハンドルを平手で叩いた。「だらしない話だ」

「仕方ないだろう。人定には時間がかかるもんさ。で、現場の様子なんだが――」

「ちょっと待って下さい」携帯電話が鳴り出し、私は法月の説明を中途で遮らざるを得なかった。電話をかけてきたのは真弓で、これはいよいよ課長から正式にクレームをつけられたのではないかと覚悟したが、彼女が話し始めたのは、私が予想もしていないことだった。

「堀が見つかったわ」

「何ですって？」

「死ぬかもしれないけど」

## 17

私たちにはまだツキが残されていた。現場は青梅《おうめ》の市街地から少し離れた多摩川。練馬から青梅までは関越道《かんえつどう》を使い、途中で圏央道《けんおうどう》に乗り換えれば近い。青梅の市街地からJR青梅線と並行するようにしばらく走れば、現場まではさほど時間はかからないはずだ。霞が関から中央道《ちゅうおうどう》を利用する捜査一課の連中と、走行距離は同じぐらいかもしれないが、こちらは関越道の練馬インターチェンジのすぐ近くにいる。平日の午後で首都高が渋滞しているであろうことを考えれば、私たちの優位は動かない。

圏央道の青梅インターチェンジは、青梅の中心部から五キロほど離れた場所にある。練馬から青梅までは三十分もかからずに走り切ったが、そこから先道路が混んでいて、細かなアクセルのオンオフを強いられた。JR青梅駅前の小さな渋滞をやり過ごすと、ようやく車がスムーズに流れ始める。駅前付近には昭和の香りを濃厚に残す小さな商店街が広がっているのだが、そこを離れると一気に緑の香りが濃くなった。山の中というほどではないが、薄い靄《もや》に煙る木々が、左右から覆い被さるように迫っている。

「俺は駆け出しの頃、この辺にいたことがあるんだよ。久しぶりに見ると懐かしい。いい景色だな」法月が感慨深げに言った。

「派出所勤務の頃ですか」

「ああ。もう四十年近く前か……あの頃に比べれば、青梅も随分都会になったねえ」

「これで？」

「十分都会だよ。しかし俺も、そろそろ引退の潮時かもしれんな。こういう鄙《ひな》びた景色を見て嬉しくなるんだから。田舎で野菜でも育てながらのんびり暮らすか」法月が力なくつぶやく。

「似合わないですよ、そういうの。東京で刑事をやっててこそ、オヤジさんじゃないですか」

「無理するなとか何とか言ってなかったか、しばらく前に」

「状況が変われば言うことも変わるんですよ……あれじゃないですか」

法月が眼鏡をかけ直し、身を乗り出した。

「らしいな。あの様子だと、一課の連中はまだ来てないだろう。おい、もしかしたら堀はまだ現場にいるかもしれんぞ。レスキューの連中も救急車も残ってる。救助が終わってないんじゃないか」

赤色灯の凶暴な光は靄のせいで少し和らげられていたが、現場の橋の上にははしご車や水難救助車が並び、物々しい光景が展開していた。橋まで二百メートルほどのところで、所轄の制服警官が二人、道路を封鎖している。この一本道を通行止めにしたら迂回路《うかいろ》はあるだろうかと訝りながら車を止め、バッジを提示すると、まだ顔に幼さが残る巡査が慌てて敬礼した。

「失踪課です。どんな状況？」

「まだ救助作業中です」

「車ごと転落したのか」

「そのように聞いてます」

「どこまで入れる？　ここが限界か？」

「もう少し先で、署の車が停まっています。その後ろまでなら大丈夫です」

「分かった。ありがとう」

礼を言って車を進める。所轄のパトカーの後ろに車をつけ、サイドブレーキを引いた瞬間に法月がドアを開けた。とても心臓に爆弾を抱えた男とは思えないスピードで走り出す。「無理するな」と止めようと思ったが、ここは万が一倒れても病院の次に安全な場所だ。救急車がすぐ側で待機しているのだから——クソ、性質《たち》の悪い冗談を考えている場合じゃない。

「引き揚げるところだぞ」橋の手すりから身を乗り出しながら、法月が叫ぶ。下を覗きこむと、クレーン車が一台の車を引っ張り揚げようとしているところだった。橋から水面《みなも》までは十メートルほど。宙ぶらりんになった車から滝のように水が流れ落ちるのを見て、私は「堀は死んだ」と確信した。見下ろすと、このところ降り続いた雨のせいで多摩川はかなり増水している。私たちが連絡を受けてから、既に一時間近くが経っている。事故が起きたのはそれより以前だ。これだけ長時間、水没した車の中に閉じこめられていて、無事なわけがない。

クレーン車のアームが九十度回転して、車をゆっくりと橋の上に下ろす。すぐにも駆け寄りたかったが、法月に腕を摑まれた。焦ったが、「救助活動の邪魔をするな」という法月の無言の忠告を受け入れ、その場に踏み止まる。

オレンジ色の制服とヘルメットに身を固めたレスキュー隊員が、車の周囲に群がる。誰かがドアに手をかけたが、ロックされているのか、転落した際におかしな具合にぶつかってしまったのか、開かない。すぐさまハンマーが持ち出され、運転席のガラスが一撃で粉砕された。車はこちら向きになっているので、運転席に座った堀の顔を見ることはできたが、やはり生気はない。顔は真っ青になり、頭から水を被ったように、濡れた髪が額に張りついている。その顔は……兄の里田にはあまり似ていなかった。

壊した窓からレスキュー隊員が体を突っこみ、シートベルトを外そうと悪戦苦闘を始める。

「カッター、至急！」

要請に応じて、鉄も切断するカッターが用意された。車の中に体を突っこんでいた隊員が受け取り、すぐにシートベルトを切り取る。

「バイタル！」

それが何かの合図になったように、一瞬の沈黙が訪れた。その後で現場がにわかに活気づく。

「脈、確認。七十！　呼吸、弱い！」

すぐさま酸素マスクが運びこまれた。壊した窓から引っ張り出すことができないのか、堀の救出は簡単には進まなかった。エンジンカッターが持ち出され、堀の上半身に毛布がかけられるとすぐに、ドアの切り離しが始まる。派手に火花を散らしているので、ガソリンに引火しないかと内心冷や冷やしながら見守っていたが、ドアが斜めに垂れ下がったかと見えた次の瞬間、鈍い金属音とともにアスファルトの上に落ちた。何人もの隊員が体を突っこんで堀を引き出そうとし始めるのを見て、私は救急車の方に移動した。

堀を乗せたストレッチャーが運ばれてくる。白衣の救急隊員が寄り添い、歩きながら呼びかけた。

「堀さん、堀さん、聞こえてますか？　大丈夫？　どこが痛いかな？」

堀が右手をかすかに動かした。救急隊員がその手を握ってゆっくり上下させる。

「はい、大丈夫だからね、無理しないでね」

生きてはいるが、緊急を要するのは間違いない。私は大きく口を開けた救急車のハッチゲートの前に回りこんだ。ストレッチャーを押して突っこんできた救急隊員が、慌てて急ブレーキをかける。

「ちょっと、どいて下さい」

「警視庁失踪課です」バッジを掲げたが、救急隊員を止めることはできなかった。

「急ぎます。上へ乗せますから」

私は彼を無視し、ストレッチャーに横たわる堀の上に覆い被さった。見たところ、顔や頭に怪我はない。外傷というよりも、ショックで弱っている感じだった。青褪めた唇が震えているのは寒さのせいもあるだろう。

「希さんの居場所を知ってるか？　里田希さんだ」

里田という言葉に反応したのだろうか、堀がいきなり目を見開いた。右目だけ毛細血管が切れて、真っ赤になっている。死人が生き返ったような不気味さを感じながら、私はなおも呼びかけた。

「希さんだ。あんたと一緒じゃないのか」

「いい加減にして下さい。危険な状態なんです」救急隊員が私の肩を後ろから強引に引っ張った。上体を捩《よじ》ってその縛めから逃れ、堀の顔に耳を近づける。

「……はな」

「はな？　はながどうした」

花なのか鼻なのか。問い質《ただ》そうとしたが、何故か幸せそうな笑みを浮かべて堀は意識を失った。

「いい加減にして下さい」

救急隊員、さらに援軍に入ったレスキュー隊員が、二人がかりで私をストレッチャーから引き離す。私は両手を上げて抵抗の意思がないことを表明し、その場から一歩引いて気まずい笑みを浮かべた。レスキュー隊員は、普段から自分の限界を押し広げようと体を鍛えている。訓練風景を見学したことがあるが、とても人間技には見えなかった。そんな人間に逆らうのは馬鹿だけである。

いつの間にか救急車に近づいていた法月が、救急隊員に何事か交渉していた。話はまとまったようで、私に向かってうなずきかけてから救急車に乗りこむ。

「病院から連絡する」と言い終えた瞬間にハッチゲートが閉まり、サイレンが鳴り出した。間近で聞いていると鼓膜が破けそうな音量である。両耳を押さえて、私は周囲を見回した。この場を仕切っているのは、おそらく所轄の交通課だろう。橋から車が転落となると、まず考えられるのは交通事故である。

「交通捜査」の腕章をした人間何人かに当たって、やっと責任者を見つけ出した。久保田《くぼた》と名乗る初老の交通課長が自ら現場に出て来ていたが、私が失踪課の人間だと知ると、首を傾げてもっともな疑問をぶつけてくる。

「何で失踪課さんがこの現場に？」

「事故に遭ったのは、こっちが捜していた人間なんです」

「あらら」人の良さそうな制服姿の久保田が大袈裟に目を回してみせる。「だけどあれじゃ、話は聴けそうにないね」

「生きてますから。何とかなります」実際、一言は発したのだ。

「しばらくは無理じゃないかな。この橋から落ちたんだ、相当なショックですよ」雨よけとしてビニールのカバーがかかった制帽を被り直しながら、久保田が言った。

「どこに落ちたんですか」

「この下なんだけどね」鉄製の手すりが大きく歪んだ場所を久保田が指差す。手すりの高さは一メートル五十センチほど。現場に取り残された堀の車は、ごく普通のセダン——フォルクスワーゲンのパサートだった。ぼってりしたフォルムで実際のサイズよりも大きく見える車だが、特に背が高いわけではない。手すりを飛び越して川に転落するとも思えなかった。ランドクルーザー並みに背の高い車だったら、その可能性もあるだろうが。

「珍しい事故みたいだね」久保田が左手を真っ直ぐ立て——手すりのつもりだろう——指

先に右手の先を水平にぶつけた。その勢いで、左の手首がぐっと外側に折れる。「ほぼ正面から突っこんだのは間違いない。手すりはあんな具合に大きく曲がってるけど、車は縦に一回転して転落したようです」

「それは確かに珍しいですね。普通はぶつかった所で止まるか、手すりを突き破るんじゃないですか」

「そういうこと。で、彼にとっては幸運なことに、落ちた先がちょうど中州《なかす》の上だった。増水してるけど、そこだけ浅くなっているんですよ。おかげで完全に水没しなくて済んだけど、ショックは相当大きかっただろうね」

「水没しなかったから、車の持ち主もすぐに割れたんですね」

「ああ。上からもナンバーが確認できたから」久保田が制帽を脱ぎ、すっと髪を撫でつける。吐く息が白いほどの寒さだが、額には薄っすらと汗が浮かんでいる。

「ついてた、と言っていいんでしょうね」

「このまま無事に生き延びられればね」久保田の口ぶりは曖昧だった。はな。堀は私に一言だけを残したが、あれが遺言になってしまうのだろうか。あの笑顔は、不思議と余裕を感じさせるものだったが。

「自損事故なんですか？」

「それはこれから精査しなくちゃいけないんだが……ちょっといいですか」

歩き出した久保田が、転落場所から五十メートルほどのところで立ち止まる。彼が何を疑問に思っているかはすぐに分かった。ここも手すりが少しだけ曲がっている。歩道との境界に当たる縁石は欠け、真新しい断面が白い姿を晒している。一旦歩道を乗り越えて手すりにぶつかり、何とか姿勢を立て直そうとしたものの、ついにコントロールを失って川に落ちた——そんなところだろう。

「ここに、他の車の破片がある」

久保田がアスファルトの上に屈みこみ、足元の微細な破片を指差した。私だったらまず見逃してしまうような、小指の先ほどの大きさだったが——交通課の連中は現場のブツを見つけ出す能力に長けている——確かにウインカーか何かの破片のように見える。

「それと、フォルクスワーゲンの方にも物証が残ってるようでね」

久保田がつかつかと歩いて、パサートの背後に回りこむ。車は衝突と転落のショックで、前面がほぼ完全に崩壊していた。バンパーは落ち、グリルはエンジンルームに食いこんで、ボンネットがくの字に折れ曲がっている。それを横目で見ながら久保田の後に続くと、彼が右側のテールランプ——丸型二灯だった——のすぐ下側を指差した。

「ここに衝突の痕があるの、分かりますか」

「ええ」

落ちた衝撃による傷でないのはすぐに分かった。パサートは全体に前部の損傷が激しいが、それに比べれば両サイド――ドアが切り落とされた部分はともかく――と後部はほとんど無傷と言ってもいいぐらいだった。それだけに、テールランプの下の傷は目立つ。抉《えぐ》られたように凹んだ痕。久保田はほとんど触れんばかりの位置で、その傷をなぞるように指を動かした。

「塗料がね」

顔を近づけてみると、メタリックシルバーのボディの一部がわずかに黄色く染まっている。

「これは間違いなく、他の車がぶつかった痕だね。しかもごく最近だ。黄色い車っていうのはあまり見かけないんだが――」

「いや」私は腰を伸ばした。鼓動は激しく胸郭を打ち、一時は引っこんでいた頭痛が蘇ってきた。ポケットを探ったが、あいにく頭痛薬は切れている。クソ、どうするか……街中に戻れば薬局はあるはずだ、それまでの我慢だと自分を慰める。私は明らかに一種のヤク中であり、頭痛薬がないだけで尋常でない不安に襲われる。

「何か？」久保田が顔をしかめる。

「黄色い車なら、一台知ってます」

「どういうことかね？」

「その前に……この辺り、交通量は少ないんですか？　何となく、カーチェイスをやっていて事故になったような感じもするんですが」

「休日は結構賑わうんだけど、平日の午後はこんなもんですわ。ここから先に行く人は、基本的に観光目的が多いからね」

「派手にカーチェイスをやっていても、目撃者はいないかもしれないですね」

「その可能性は高い」

「塗料の調査にどれぐらいかかるでしょう」

「まあ、一日二日……珍しい車の塗料だと、もう少し早くチェックできるかもしれない」

「フェラーリですよ」

「フェラーリ?」久保田が眉を上げた。「それがあんたの知ってる黄色い車?」

「黄色いフェラーリが、都内に何台ぐらいありますかね」

「それは分からないけど、何千台もあるわけじゃないだろうね」

「フェラーリのナンバーは割れてます。容疑者として手配するのはまだ無理かもしれないけど、参考人として捜す価値はあるんじゃないですか」

「手配しましょう」

うなずき、久保田が手帳を取り出した。私が告げたナンバーを控え、赤色灯を回しているパトカーの方に小走りで向かう。それを見送りながら、既に事件が自分の手を離れつつあるのを意識した。里田は堀をつけ回していた……のかもしれない。何故だ。理由はおぼろげに想像できたが、穴がたくさんある。おそらく、まともには歩けないほどに。いずれにせよ正式に手配されれば、里田のフェラーリは見つかるだろう。あの車は、走っているだけで目立つのだ。

頭の中で、分かっていること、分かっていないことを整理した。

・希は三月二十一日の朝から所在が確認されていない。最後に彼女と会ったのは、現在分かっているところでは黒田博史。別れた時刻は二十日午後十一時頃、場所は自宅近く。二日後の二十三日、拓也が失踪課に駆けこんできた。

・二十日午後十一時半頃、希の自宅近くで安岡が襲われて意識不明の重傷を負う。安岡は、塩田の情報によればSＩに使われていた人間。SＩ側は否定しているが、私の個人的な感触は逆。

・目撃者が捜査一課に電話をかけてきたのは二十二日の午前中。「堀」と名乗ったが、これが里田の弟の堀かどうかはまだ確認できていない。

・デジタルプラスワンは、SＩの買収攻勢を受けて大揺れだった。しかし里田は、会社の仕事を放り出して度々姿を消している。それは希が行方不明になった後だ。

・堀が里田に襲われ、殺されかけた。

穴が埋まらない。どこか見落としているのではないかと頭を捻り始めた瞬間、低い声で妨害された。

「何でお前がここにいる」

ゆっくり振り返ると、長岡が殺意の籠った視線を私に投げかけていた。とりあえず、言い訳を試みる。

「連絡が入ったんで、来てみただけです。堀はたった今、病院に搬送されましたよ」

「生きてるのか？」

「俺が見た限りでは」

肩をすくめてやったが、それが長岡の怒りに火を点けたようだ。髪を短く刈り上げているので、地肌まで赤く染まっているのが見える。

「お前らは、人の仕事に嘴《くちばし》を突っこむ権利はないんだ。大人しく座って書類の整理でもしてろ」

「堀を見つけられなくて泣きついてきたのは誰ですか？　大事な証人なのに、自分たちで捜そうともしないで、こっちに押しつけてきたんでしたよね」

「あの時にはあの時の事情があった」長岡が唇をへの字に曲げる。

「大したことのない殺人未遂事件だと判断したから、目撃者捜しは失踪課にでもやらせておけばいいと思ったんでしょう。それが今になって事情が変わったのは、要するに読み違いですか」

「こっちは忙しいんだ。百パーセント完璧なんてことはあり得ない」

「それは分かりますよ。だけどそれは、あくまでそっちの事情でしょう。こっちにはこっちの捜査があるんです」

「それが余計なことなんだ」詰め寄ってきた長岡が私の胸に人差し指を突きつけた。「お前らは警視庁の盲腸なんだ。手柄が欲しいのかもしれんが、そんなことをしても誰も褒めてくれん」

「盲腸ね」私は鼻を鳴らした。「盲腸ってのは何ですか？　人間の臓器の中では、基本的に何の役にも立たない器官ですよね。警察の組織に盲腸があったらまずいでしょう。それは、納税者に対する裏切りだ」

「利いたふうなことを言うな」

長岡が私の胸を人差し指で小突いた。二度、三度。私は右腕を素早く上げ、彼の指を握り締めた——潰してやろうという明確な意図をこめて。力を入れたまま さらに手首を捻り、指を絞り上げる。長岡の顔から血の気が引き、慌てて左手で私の手首を取って逆に捻り返そうとした。

「高城さん！」

切りつけるように鋭く呼びかけられ、咄嗟《とっさ》に手を離す。勢い余って長岡がこちらに向かって転びそうになったので、さっと身を引いてよけた。長岡の背後に、愛美が腰に両手を当てて立っている。長岡が首を捻って彼女の顔を凝視し、さらに私に強烈な一瞥をくれてから、何事かぶつぶつとつぶやきながら去って行った。自分の手首をしっかり握ったまま。

「いい加減にして下さい、高城さん」愛美が溜息を漏らした。顔の周りにふわふわと白い息が漂う。「こんなところで内輪揉めなんて、みっともないですよ」

「奴は内輪じゃないよ」

「それは屁理屈です」

「ちょっと逮捕術の練習をしてただけだ」

「そういうことを言ってるから、嫌われるんですよ」

「外の人間に嫌われるのは構わない。仲間に好かれてれば」

「仲間って、私たちのことですか？　それもあり得ませんから」愛美が力なく首を振る。次の瞬間には声を潜めて訊ねた。「どうするんですか？　一課を怒らせたら、もう正式な捜査は無理ですよ」

「正式じゃないかもしれないけど、とりあえずできることがある。『はな』を捜してくれないか」

「はい？」

「『はな』だよ。何のことか分からないけど、堀は絶対に希ちゃんの居所を知っている。そのキーワードが『はな』なんだ」

「いい加減にして下さい。『はな』ってそもそも何の意味なんですか？　それだけじゃ、何も分からないでしょう」

「そこを何とかするのが失踪課の仕事なんだよ」

「いつからそういうことになったんですか」

「今、俺が決めた」

手のつけようがないとばかりに、愛美が深くうなだれる。ポニーテールを跳ねさせて勢い良く顔を上げると、絶望的な眼差しで私を射抜いた。

「自分勝手なルール変更は、子どもの遊びと同じですよ」

「同じにするな。俺たちは人捜しをしてるんだぜ。命がかかってるんだ」

青梅の現場に到着した愛美と醍醐は、お台場での聞き込みの結果を携えていた。私の車の中で報告を受ける。

「近くのクリーニング屋で話が聞けましたが」醍醐が淡々とした口調で手帳をめくる。やはりいつもの勢いはない。「奥さんがよく利用していたようです。ただし旦那の……堀の洗濯物を持ってくることは、ほとんどなかったらしいですね」

「旦那の洗濯を放棄していた？」

「そこまでは分かりませんが」

「それは単に、普段はワイシャツなんか着てなかったということじゃないんですか。あの業界の人って、いつもTシャツを着ているようなイメージがあるし」愛美が割りこんだ。「あるいは全部家で洗濯して、アイロンをかけてたとか」

「今時、そんな奥さんがいるのかね」私は首を捻った。「それに堀は、人並み以上には稼いでたはずだぜ。クリーニング代ぐらい、ケチケチしないだろう」

「お金の問題じゃなくて、愛情の問題です」愛美がなおも抵抗する。「家族の洗濯ぐらいは、自分できっちりやってあげようとしただけじゃないですか」

「分かった、そういうことにしておこう。他には？」

「マンションの近くにあるスーパーには、毎日のように顔を出していたそうです。ただ、そこでの買い物の仕方がですね……」醍醐が口を濁す。

「何だよ、はっきり言ってくれ」

「だんだんレベルが落ちてきた」

「そんなこと、分かるのか？」

「毎日利用してると、分かるそうです。顔見知りになった店員さんもいましたし。あそこに越してきた当時は、買い物の支払いも全部カードで済ませていたらしいですね。それがいつの間にか現金になって、そのうち特売品が出る夕方遅い時間を狙って来るようになったりして……以前は結構愛想よく話していたのが、引っ越す前は妙につっけんどんな態度になっていたとか」

窮《きゅう》していたのは間違いなさそうだ。支出を少しずつカットして何かに――おそらくあのマンションのローンに――振り分けていたのだろう。あれだけ豪華なマンションを所有していて、それが故に生活のレベルを次第に落とさざるを得なくなっていたとしたら、哀れな話ではないか。バブルの頃だったら、無理な背伸びをする人も少なくなかった。ワンルームマンションに住みながら車だけはポルシェだったり、主食をカップ麺にしても豪奢《ごうしゃ》な洋服を買い漁り、夜ごとクラブに通い詰めたり。中途半端な金持ちが多かったあの時代、そういうバランスの崩れた生活はさほど珍しいものではなかった。

彼の中でバランス感覚はある時点――妻に洗脳されて以来崩れたままで、「家こそ一番大事」という考えに凝り固まっていてもおかしくはない。問題は、人が暮らしていく中で一番金がかかるのが家だということだ。これが仮に、兄の里田のように車に凝っていてフェラーリを乗り回しているだけだったら、簡単には生活レベル全体を落とさずに済んだかもしれない。車の場合、最悪でも手放すか買い替えればいいのだから。今なら、フェラーリからトヨタのｉＱに買い替えても、言い訳の材料はいくらでもある。いわく「イタ車は故障が多くて」「時代はエコだから」。

「他にはどうだ？」

私が促すと、今度は愛美が口を開いた。先ほど勢いよく突っかかってきたのが嘘のように、冷静に報告する。

「マンションの方で確認しましたけど、二年ほど前に車を買い替えたそうです。駐車場の契約関係で資料が残っていました」

「グレードダウンしたのかな」

「そういうことかもしれません……ええと、最初はＡＭＧ《エーエムジー》？」

「それは英語読み。ドイツ語読みでＡＭＧ《アー・エム・ゲー》が正解だ。ベンツのチューニング部門だよ」

「ということは、普通のベンツより高いということですか？」

「モデルによっては、同じグレードでも値段に二倍ぐらい開きがあるんじゃないかな」

愛美が唇をすぼめる。口笛を吹こうとしたようだったが失敗し、拗《す》ねる子どもの顔つきになった。

「それの……ＡＭＧのＧ55という車種だそうですが」

「なるほど」

趣味がいいのか悪いのか。特にベンツファンでない私も、「Ｇ」が本格的なオフロードモデルであることぐらいは知っている。確か、元々軍用車両だったのを民生用に転換した特殊なモデルである。真四角な箱のように無骨なデザインで、ＡＭＧがチューンしているということは、内外装は一段と豪華に、エンジンにもかなり手が入れられているはずだ。芸能人やプロ野球選手が好んで乗っていた時期があったはずだが、堀の頭には、そういうオーナーたちの存在があったのかもしれない。

「とにかく、そのAMGのG55から、同じベンツのEクラスに乗り換えたそうです。あのマンションを引き払うまでの一年間は、それに乗っていたそうですが」

日本の道路では持て余す巨軀《きょく》と大馬力を誇るAMGから、穏便なミドルクラスのサルーン——確かドイツでは、タクシーの車両としてもよく使われているはずだ——へ。そこまでは一応、ベンツを乗り継いだ格好になっているが、橋の上でほとんどスクラップと化している現在の愛車はフォルクスワーゲンである。ここ数年の彼の車遍歴は、右肩下がりという表現が相応しいが、それでも彼が車を手放さなかったのはどうしてだろう。

拠り所だったからかもしれない。俺は人とは違う、金もある特別なドライバーなんだ、という主張。今は、レクサスにでも乗っている方が、余程周囲の評価は高くなるはずだが。輸入車がある種のステータスだった時代は、とっくに終わっている。

「マンションを引き払った時、近所の人に挨拶は？」

「それはなかったようですけど、理事会の方には話がありました」醍醐が報告を引き継いだ。

「理事会って、彼は確か、入居二年目に理事をしてただけだよな？　しかも当時の理事長は、顔も覚えていないぐらいだったぞ。印象は薄かったんじゃないかな」

「ええ、ただ、騒音問題で理事会に相談していたそうです。彼の上の階の住人が煩くて、悩まされていたようですね」

「まさか、引っ越しの原因はそれじゃないだろうな」

「いや」醍醐が首を振った。時間が経つに連れ、元気が消えていくようなのが気になる。

「それは理事長も確認したそうです。そんなことで引っ越す人がいたら、その後もトラブルが起きそうですからね。でも、堀は否定したそうです。口を濁していましたけど、仕事の関係だ、と言っていたそうです」

「仕事の関係ね……そこが問題なんだよな。今彼がどんな仕事をしてるのか、俺たちは全然知らないんだから。そこを当たってみよう」

「いいんですか？」愛美が疑義をただした。「問題は希ちゃんでしょう」

「そこに迫るためにも、堀という人間を知る必要がある。だいたい奥さんはどうしてるんだ？　この事故のことは伝わってるのか？　奥さんが希ちゃんと一緒にいる可能性はないだろうか」

冷たい沈黙が降りた。答えを知っている人間は誰もいない。

「里田社長の方はどうしますか」熱のない声で醍醐が訊ねる。

「そっちも引き続き捜す。とりあえず明神は病院でオヤジさんと合流して、堀の容態を詳しく確認してくれ。それから余裕があったら練馬に転進して、堀の周囲を調べて欲しい」

「分かりました」

疑問はあったかもしれないが、愛美はすぐに踵《きびす》を返して自分の車に戻って行った。残された醍醐に声をかける。

「醍醐、お前さんは俺と一緒に動いてくれ。この事故には里田さんが関係している……可能性が高い。妙なことをする前に捕まえたいんだ」

「オス」低く返事をしたが、その声に勢いはなかった。いいだろう。そうやっていじけていればいい。思い切り悩め。お前の悩みぐらい、俺が全部引き受けてやる。ただし、捜査が終わった後で。

## 18

スカイラインの運転を醍醐に委《ゆだ》ねた。何でもいいから手足を動かしている方がいい。助手席にぽつんと座って固まったままだと、この男が精神的にどんどん追い詰められてしまいそうな予感がしていた。

まだ封鎖されている道路でUターンし、都心に向かって走り始めたところで失踪課に電話を入れる。真弓が直接電話を取ったので事情を説明し、フェラーリの手配状況をチェックするように頼む。

「間違いないの？」

「可能性は極めて高いですね」百パーセントでは絶対にないのだぞ、と私は自分に言い聞かせた。わずか数パーセントの確率が本筋を逆転し、思いも寄らぬ結果に至ったのは一度や二度ではない。事件に関する刑事の読みが外れることはあまりないのだが、外れた時の被害は甚大《じんだい》だ。捜査がゼロからやり直しになるからだ。捜査は大きな船のようなものであり、止まるにも方向転換するにも、加速し直すにも多大なエネルギーを要する。「ちなみに事故現場の所轄署は……今のところは協力的です」

「結構です」私の言葉を信じたかどうかは分からないが、真弓がきびきびした口調で答えた。「所轄には私の方から改めてお願いしておくわ。何か分かったら、私経由で伝えます。連絡を密にして」

「一課はどうですか？　現場で長岡管理官と会いましたけど、そっちにちょっかいは出してませんか？」

「一課としたら、こっちの存在なんか、もう忘れてるのかもしれないわね」

「だったらそのまま忘れさせておきましょう」

「了解」

電話を切る瞬間、真弓が忍び笑いを漏らしたような気がした。まったく、何という管理職か。軋轢《あつれき》を恐れてストップをかけるのが普通だろうに。電話を切るとすぐさま鳴り出す。

今度は法月だった。

「病院だ」

「どんな具合ですか」

「全身ショック。肋骨《ろっこつ》を三本と骨盤を骨折している。脳や内臓に重大な損傷はないようだから、とりあえず生き延びるとは思うが……今のところ、まだ意識は戻らない」

「しばらく話せない？」

「ああ。意識がいつ戻るかは、医者も明言できないようだ」

「こっちは一課に追いつかれました。現場に管理官が来ましたよ」

「仕方ない」法月の口調は落ち着いたものだった。「連中、こっちにも向かってるだろうな。それはこっちで引き受けた。顔見知りがいるかもしれんから、何とかするよ」

「だけど一課とは喧嘩……抗争中ですよ」

「抗争って、ヤクザ屋さんかい、あんたは」法月が乾いた甲高い笑い声を立てた。「あんたが個人的に長岡管理官と揉めてるだけじゃないのか」

「オヤジさんに迷惑をかけるかもしれませんね」

「心配するな。お前さんみたいな鉄砲玉の面倒はさんざん見てきたんだ。長岡管理官だって、若い頃は随分ゴリ押しして、無理をしてきたもんだよ。諫《いさ》めたこともある」

「無理偏に拳骨と書いて長岡、みたいな古い冗談はよして下さいよ」

「何だい、それ。初耳だぞ」私をからかっている様子ではなかった。「とにかく俺は、しばらく病院に張りついているから。堀に話が聞ければ、穴は相当埋められるはずだ」

「明神もそっちに向かってます。そこで堀から話が聴けるようだったら、その後で練馬の自宅を調べさせようと思っていたんですが……」

「そっちにこそ、一課の連中がうようよしてるかもしれんよ。ここで堀が目を覚ますのを待ってる方がいいんじゃないか？　一課の連中が独占したがるから直接話は聴けないかもしれないけど、奴さんが何を言ったかぐらい、しっかり確認してやるよ。明神もそれが勉強になるだろう。『待ち』も大事な仕事だからな」

「そうですね」

周囲の暗さにふと気づいた。夕方。山間《やまあい》の街は既に薄暮に染まっている。本当なら、法月は引き上げねばならない時間だ。

「ええと、オヤジさん？」

「何だい？」

「はるかさんに——娘さんには、俺から電話しておきましょうか？　とりあえずの弁明だけでも」

「冗談じゃない」大袈裟ではなく、法月の声は震えていた。「余計なことをするな。お前さん、娘に殺されたいのか？」

「まさか」彼の恐怖が私にも伝染し、背筋に冷たいものが走るのを感じる。

「だったら黙ってろ。弁護士がどれだけ怖いか、お前さんなら身をもって知ってるだろう」

強烈な皮肉をかまして、法月がいきなり電話を切る。私は「クソ」と悪態をついて、通話ボタンを親指で押し潰した。醍醐がこちらをちらりと見て短く言った。

「どこへ向かいますか」

醍醐が久しぶりに声を出した。そういえば「都心に戻ろう」と言っただけで、何も指示していなかったのを思い出す。一課の連中とぶつからずにこちらが独自に情報を集められるところ……デジタルプラスワンか。フェラーリとフォルクスワーゲンのカーチェイスの話はいずれ耳に入るだろうが、一課は今のところ、里田に対する疑惑を深めてはいないはずだ。彼らが追っていたのはあくまで堀であり、今一番望んでいるのは、彼が証言できるまで回復することである。里田が本当に堀を追い回して車を多摩川に転落させたとしても、その捜査は一義的に所轄の交通課の担当になるはずだ。関連性を疑うには、それこそ堀の意識が回復するのを待つしかない。

「里田を捜そう。デジタルプラスワンだ」

「オス」

低い、押し潰すような声で言って、醍醐がアクセルを踏む足に力を入れる。シートに背中が押しつけられ、雨に煙る光景が後ろに流れ始めた。青梅へ来た時と同じように圏央道を使ったが、今度は八王子《はちおうじ》に出て中央道を走る。圏央道と中央道は緑深い山の中で交わるので、都心からはかなり遠くにいる感じだが、渋滞さえなければ青山まで一時間もかからないはずだ。

走っている時間を利用して、あちこちに電話をかけまくる。拓也はすぐに捕まったが、私の言葉に戸惑うばかりだった。

「はな、ですか」

「そう。その言葉で何か思い当たることはないかな」

「いや……何だろう」拓也がぶつぶつと言葉を連ね始める。「人の名前？　違うか。『はな』なんてつく名前の奴、いないし。地名かな？　花小金井ってこと、ありますか？」

「それはこっちが聞きたいぐらいだよ」

堀の口から漏れた言葉は、より大きな言葉の一部だったはずだ。言い切れずに気を失い、中途半端な謎を私の頭に残している。あの時もう少し無理をしても、吐き出させておくべきだった。彼がこちらに戻ってくる保証はないのだから。

「すいません、ちょっと分からないです。希は、その『はな』に関係ある場所にいるんですか？」

「確証はないけどな。できたら、皆に確認してくれないか？　一人ぐらい、何か思い当たる人がいるかもしれないだろう」

「分かりました」

「いつでも電話してくれていいから」

一刻も早く情報を収集しようというのか、挨拶もなしに拓也が電話を切った。私は続けて、博史の携帯に電話を入れた。練習中かもしれないと思ったが、彼も待ち構えていたようにすぐに応答した。やはり希のことが心配になったのだろう。背後にはがやがやとした気配が流れている。六時半……陸上部の春合宿は、もう夕飯の時刻かもしれない。

「今、話せるかな」

「大丈夫です」

ややこしい事情を飛ばして、キーワードの「はな」という言葉を持ち出す。博史が一瞬沈黙したが、次の瞬間には「すいません」と謝罪の言葉を口にした。

「思い当たる節はないんだな」

「ええ」

「人の名前、地名、何でもいいんだ」

「いや……」悔しそうだった。博史が唇を噛み締める様が目に浮かぶ。

「分かった、無理しなくていい。何か思い出したら電話してくれないか」

「分かりました。その情報、どこから出てきたんですか？　何だか中途半端な感じですけど」

なかなか勘の鋭い男だ。将来は刑事にスカウトしてもいい。

「君が教えてくれた彼女の叔父さんな……彼が言ったんだ」

「見つかったんですか？　希は一緒じゃなかったんですか」

「まだ分からない」言葉を濁さざるを得なかった。「とにかく君が言う通りで、はっきりした情報じゃないんだ。彼が何かを知っている可能性はあると思うけど」

「だったら、叔父さんに訊けばいいじゃないですか」

「それができれば苦労しない。いろいろ事情があって、今は無理なんだ」

私の言葉を、博史は無言で受け止めた。「はな」という言葉の裏側に、何か事件の臭いを嗅ぎ取ったのかもしれない。だとしたら、やはり刑事向けの男だ。願わくは、東大を出てキャリア官僚になろうなどとは考えないように。百人のキャリア官僚よりも、一人の優秀な刑事が現場にいた方が、事件の解決には役立つ。

「思いついたら連絡します」

「頼む。どんなことでもいいんだ」

電話を切り、深い溜息をつく。携帯電話のバッテリーが心もとない。両手で顔を擦ると、脂と一緒に疲労感がこそげ落ちるようだった。ただしそれは表層だけで、体の芯《しん》に染みついた部分は決して消せない。

「あとどれぐらいだ？」目を閉じたまま、醍醐に訊ねた。中央道は闇に沈んでおり、自分が今どこにいるのかすら分からない。

「三十分ぐらいですかね」

「飛ばし過ぎじゃないのか？　大丈夫か？」

「オス」

　私の忠告を無視して、醍醐がさらにアクセルを踏みこんだ。ちらりとスピードメーターを見ると、針は真上から右側のエリアに振れている。スカイラインのエンジンはまったく音《ね》を上げる気配はないが、私の方が先に参ってしまうかもしれない。フロアに突っ張る足が早くも疲れてきた。

　真弓経由で連絡を取る、というルールを無視して所轄に電話を入れる。交通課長の久保田を呼び出すと、迷惑そうな声で出てきた。

「フェラーリの方、手がかりはどうですか？」

「手配はしたけど、今のところは引っかかってないな。都心に戻ったんじゃないですか」

「どうしてそう思います？」

「田舎に行けば行くほど、ああいう車は目立つからさ。逃げようとすれば、目立たない場所へ向かうのが普通でしょう。あのまま西へ向かって山梨方面へ、というのはちょっと考えられないなあ」

一理ある。里田のフェラーリが西進して勝沼《かつぬま》辺りを爆走している光景を思い浮かべると、水墨画の中に、油絵具で真っ赤に描いたリンゴのようなイメージが実を結んだ。あの車が不自然に見えない場所はサーキットだけだろう。

「とにかくそういうわけで、今のところは何も情報はないから」

「すいません、お忙しいところ」

「実際忙しいんだ。申し訳ないけど、切りますよ」

中途半端に撒《ま》き散らされた手がかりは、田舎の夜空に浮かんだ星のようだった。手を伸ばせば触れそうなのに、実際には絶対に手が届かない。

「はな」。いったい何なんだ。その音節が含まれる様々な言葉を頭の中で組み合わせてみるが、どれもぴんとこない。俺の想像力はこの程度なのか？　真弓がそれに賭けて、強引な異動さえ画策した「高城の直観」は鈍ってしまったのか。

そんなことはない。あと一歩、ほんの少し努力が足りないだけなのだ。これ以上は何もない、もう搾り出せないと泣き言を連ねてみても、実際にはあと一搾り、最後の知恵が残っているものだ。そんなものは出ないと泣き言を言う人間は、搾り出す術《すべ》を知らないだけである。

恒例の地下駐車場への訪問を終え、フェラーリが不在であることを確認してから、デジタルプラスワンのオフィスがあるフロアに上がった。もはや「秘密の情報源」とのんびりしているわけにはいかない。必要なら醍醐を使って圧力をかけるつもりで呼び出すと、田村はすぐにエレベーターの前まで飛び出してきた。顔色が悪く、疲労のせいか目が赤く染まっている。

「疲れてる場合じゃないですよ」

「はい？」私の先制攻撃の意味を咀嚼《そしゃく》し切れず、田村が首を傾げた。

「今夜は長くなります。今のうちに食事をとっておいた方がいい。安いものでよければ奢りますが」

「何の話ですか」

「警察は、公式に里田社長を捜しています」

「今までだって高城さんが捜してたじゃないですか」

「手配されているという意味です」容疑者だと確定されたわけではないが、私はわざと詳しい説明を省いた。

「手配って……」田村の顔に戸惑いが浮かぶ。それを消そうとするように、頬を強く掌で擦った。もちろんそんなことでは不安は消えるわけもなく、目の赤味がかえって増しただけである。「社長は警察に追われるようなことでもしたんですか」

「人を殺そうとしたようですね」

瞬時に田村の顔から血の気が引く。私を恐れるように後ずさると、壁に背中を預けてずり落ちた。膝が笑い、両手を背後で突っ張ることで、何とかその場に座りこまずに体を支えている。

「社長が……」言葉を呑みこみ、唇を舐める。そうすることで少しでも滑舌《かつぜつ》を良くしようとしているようだったが、結局そこから先の台詞は出てこなかった。少しショックを与え過ぎたかもしれない。しかし、冗談で自分の車の鼻先を相手の車の尻にめりこませようとする人間がいないのも確かだ。

「あなたにも正式にお話を伺う必要がある。失踪課まで来てもらってもいいんですが、どうしますか」

「いや……」

「この一件は全て、堀さんが会社を辞めたことに起因しているのかもしれません。その辺りの事情から、もう一度しっかり話を伺いたいんです。どうしますか？　失踪課は渋谷中央署にありますから、すぐですよ」

「しかし、私は……」

「ご協力いただけるなら、ここでも構いませんよ」私は緊張のない笑みを田村に向けてやった。「署よりもここの方がいいかもしれませんね。分からなくなったら、他の人に助けを求めることもできる。そうだ、そうしましょう」

田村の顔にわずかに血の気が戻る。自分の城にいる限り、最悪の事態は避けられる、と確信しているようだった。

「部屋を用意して下さい」私はドアの前に移動した。会社の中に入るには彼のカードキーが必要なのだが、いまや主導権は完全に私の手にあり、断る術はないだろう。これまで田村は、知っていることを全て話したわけではないと確信していた。いくら緊急時でも、会社内部の話を他人に打ち明けるには勇気が——あるいは今の自分の立場を失う覚悟が必要だ。だが今、田村は追い詰められ、全てを話さない限りは解放してもらえないと十分理解しているだろう。

せめて飯を食わせてからにした方がよかっただろうか。しかし少し腹が減っている時の方が集中力が高まることは、経験的に分かっている。よし、飯は抜きだ。こっちもつき合おう。しかし、この痺れるような頭痛は、何とかしなければならない。薬が切れていることを思い出すと、さらに痛みが増幅して襲ってくる。

「田村さん」

のろのろと壁から背中を引き剝がした田村が、時間稼ぎをするようにゆっくりと私の方を向く。

「頭痛薬はありませんか？　できれば非ピリン系のものを」

最初にこの会社を訪れた時に里田と対面した会議室に、私たちは陣取った。いつの間にか雨が激しくなっており、窓を流れ伝う黒い筋が見える。暖房の利きは悪く、足元を冷たい風が撫でていった。田村は頭痛薬を見つけ出してくれ、ミネラルウォーターまで恵んでくれたが、これからしばらくは、頭痛がさらに悪化するのを覚悟せざるを得ない。寒さが一番の敵なのだ。

「堀さんが会社を追い出された時のことなんですが」

「はい」田村が丸めた背中をわずかに伸ばした。

「彼は、五千万円もの金を何に使っていたんですか？　お台場に高級マンションを持っていたようですが、それは五千万円ではとても買えない額だった。実際、ローンを組んでますからね」

「ええ」

「これだけ儲かっている会社の役員だったんですから、十分な報酬は得ていたと思いますが」

「前にも言いましたけど、意趣返しですよ」

「自分が会社を支えたという自負心が満たされなかったから。そういうことですね」

「ええ。技術系の人っていうのは、我々文系の人間には理解できない思考回路を持ってるんですよね。会社を経営するにしても、儲かるとか儲からないとかじゃなくて、基本的に面白ければいい、という感覚なんです。経理システムに手を突っこんだのも、堀さんはただ面白がってただけかもしれない。それで社長が困れば、ザマアミロっていうことですよ」

「迷惑な話ですね。いずればれることなのに」

「そうですね」

「堀さんは、退職金代わりに株を持ったままでしたよね。その後会社は上場したわけですから、株を手放していれば相当の額が手に入ったはずだ」

「だと思います」

「なのに金に困っていたということは、株には手をつけなかったんでしょうか」

「たぶん、そうでしょうね」

「前に話を伺った時、あなたは答えを留保していましたが、彼はこちらの株の買い占めにも絡んでいたんじゃないんですか」

田村がぴくりと肩を震わせる。口からでまかせの勘が当たったことを意識しながら、私は続けた。

「株の買い占めに乗り出していたのはＳＩ――スタンダード・インベストメントという投資会社でしたね。この会社が暴力団と関係しているのは、当然あなたも把握しているはずです」

「いや、それは……」渋い表情を浮かべて腕を組む。

「否定されても、こちらではもう確認できていることなんです。もっとも、ＳＩは株の買い占めに関してはノーコメントで通しましたけどね。今のところ、社会的に問題になるような手法は取っていないかもしれませんが、無理な注文を出してくるのも時間の問題でしょう。対策には気を遣いますよね。ＳＩが出てきたら、いずれ暴力団が乗り出してくるんですから。向こうは、どんな要求を突きつけてきているんですか」

「――経営陣の一新を」

「株主総会はまだ先ですよね」

「六月です。ＳＩとしては、株主総会を待たずに会社を乗っ取りたいんでしょう」

「堀さんの持ち株比率はどれぐらいなんですか」

「五パーセント弱です」

デジタルプラスワンの時価総額は約百九十億円。その五パーセントでも九億五千万円だ。一部を処分すればマンションのローンなど簡単に返せる上に、食べていくにも困らなかったはずである。株を持ち続けたのは、それが堀にとっては最後の頼みの綱だったからかもしれない。

「五パーセントでも、とんでもない額になりますよね？　株主総会で委任状争いにでもなれば、彼がキャスティングボードを握る可能性もある」

「ええ」

「堀さんが実際にＳＩと接触していた可能性は？」

「自分がいた会社を裏切ったとでも言いたいんですか」田村の喉仏が大きく上下する。

「だからこそ、報復したくなるんじゃないですか。裏切って追い出されたんだから」田村に貰った頭痛薬に手を伸ばす。十分ほど前に呑んだばかりだが、頭痛は治まりそうにない。こうなったら量で痛みを制圧するだけだ。「五千万円の横領の件……堀さんにすれば、いつまでも頭を押さえつけている兄に対する、軽い嫌がらせのつもりだったかもしれない。でも経営者としての里田さんは、当然そんなことは許せませんよね。馘にする。堀さんはそこで初めて、自分のしたことの重大さに気づいたのかもしれません。その結果、里田さんを本格的に恨むようになった――私はそういう筋書きを想像しているんですが」

「私は、堀さんとはほとんど話したことがありませんから」

「でも、堀さんが社長をかなり憎んでいたことはご存じでしょう。会社を辞めた後は、金にも困っていたようです。その結果、時間が経っても憎しみは消えるどころか、さらに増したのかもしれない。ところで、経営陣を一新させて、誰を新しい経営者に送りこんでこようとしたんですか？　具体的に名前が出ていなければ、ただ『交代しろ』と言っても説得力がないでしょう」

突然、頭の中に稲本の言葉が蘇った。声を落とし、田村に迫る。

「堀さんじゃないんですか」瞬時に田村の顔が青褪めた。当たりだ、と確信して、畳みかける。「堀さんはこちらの会社にいた時も、自分を社長にしろと要求していたはずです。それぐらいこの会社に愛着を持っていたし、執念深かったんですね。ＳＩに協力すれば、その時諦めた夢を叶《かな》えることができると考えてもおかしくありません。ＳＩにしても、社長の座を用意すれば堀さんを自由に操れるかもしれない。お互いの利害が一致したんじゃないですか」

「私の知る限り、今回の株の買い占めに堀さんは絡んでいないはずです」辛うじて田村が否定したが、声に力はなかった。

「そうですか……」その言葉を信じていいものかどうか。私は喉に引っかかる頭痛薬の感触に苛々しながらうなずいた。「あなたの知る限り。ということは、知らないところでは、ＳＩと堀さんが連絡を取り合って、里田社長を追い落とすために工作をしていたかもしれない。まだ確認は取れていませんが、その可能性は低くないと思いますよ」

田村の中で何かが崩れた。組み合わせた両手に力が入り、手の甲に血管が浮き上がる。

「まだ言っていないことがあります……隠していたということになったら、私も逮捕されるんでしょうか」

「あなたは忘れていただけですよ」私は身を乗り出した。肩を叩いて親しげな態度を見せてやってもよかったのだが、手を触れたら彼の体は崩壊してしまうかもしれない。それほど緊張し切っていた。「人間、何でもかんでも覚えてるものじゃないでしょう。逆に忘れていた記憶が急に蘇ることもある。あなたの場合、隠していたんじゃなくて、忘れていたんでしょう」

「しかし……」

「大丈夫。あなたが忘れていたのか隠していたのか、私にとってそんなことはどうでもいいんです。大事なのは、真実が手に入るかどうかだけでね」

緊張で盛り上がっていた田村の肩が、すっと落ちる。わずか一、二センチほどの落差だったが、それでも彼を縛りつけていた緊張感が少しだけ薄れたのが見て取れた。うつむいたまま、ぼそぼそと話し出す。田村の話は、私の想像に空いた穴をある程度埋めてくれた。そのことには感謝したが、ようやく彼が話し終えた時には、「何故もっと早く打ち明けてくれなかったのだ」という憤りに似た気持ちが湧き上がるのを感じていた。もっと前にこの情報を得ていれば、悲劇は防げたはずである。しかしそれは、突っこみ切れなかった自分の責任でもあると恥じた。

話し終えると、田村はぐったりと椅子に寄りかかった。しばらく虚ろな目で私の背後の壁を見つめていたが、突然体を起こし、目を見開く。その瞳に、何かを期待するようなきらめきが宿っているのを私は認めた。

「堀さんの件は、もしかしたらＳＩに対する決定的な対抗策になるんじゃないでしょうか」

「あるいは」

「そうですよね……スキャンダルにはなるでしょうけど、うちは被害者なんですから。会社を守れさえすれば、後のことは何とでもなる」

「そんなに簡単なことじゃないでしょう。おたくの会社を支えてるのは誰ですか」私は敢えて残酷な質問を突きつけた。「社長がいなくなっても、会社としてやっていけるんですか」

「それは……」赤から蒼へ、田村の顔色がめまぐるしく変わる。「そういうことになるんでしょうか?」

「本人に聴いてみないと分からない」私は湿ったコートを摑んだ。

「ちょっと待って下さい」田村が両手を突っ張って立ち上がり、私の上に覆い被さるようにした。勢い余って後ろに倒れた椅子が壁にぶつかり、鈍い音を立てる。「まさか、社長を逮捕するんですか」

「まずは彼に会えないと、どうしようもないですね。意地悪な言い方に聞こえるかもしれないけど、今の段階では何も言えないんです。追いこまざるを得ない可能性もある……皮肉な話だと思いますよ。我々の本来の仕事は、彼の悩みを取り除いてあげることだったんだから」

「希さんの件ですね」力なく言って、田村が椅子を引いた。だらしなく椅子に腰かけたまま、すがるような視線を私に向ける。

「そう——ああ、一つ、忘れてました。あなた、『はな』という言葉に何か心当たりはありませんか？　地名や人名で」

「いや、そんなこと急に言われても」困ったように言って、田村がテーブルに視線を落とす。

「それが分かれば、里田社長の行き先も分かるかもしれないんだけど……何か分かったら連絡してもらえますか」

「分かりませんよ」

私は無理に笑みを浮かべた。それで彼が緊張と困惑から解放されるとも思えなかったが。

「思い出すかもしれないでしょう。さっきの話を思い出したようにね」

重大な秘密を明かしてしまった衝撃が、再び彼を襲ったようだったが、慰めている暇はない。一礼して、私たちは狭い会議室を出た。濡れたような田村の視線が、いつまでも背中に張りついているようだった。

「すいません」

私はドアにかけた手を止め、宙で浮かせた。そのまま振り返り、期待をこめて田村を見詰める。そう、我々は君に期待している。新しい情報ならいつでも歓迎だ。

「何か？」

「いや、ええと……」勢いは消え、難問に対して調子に乗って手を挙げてしまった小学生のような情けない声が、田村の口から漏れた。

「何でもいいんですよ。どんなことでも役に立つんだから」

「さっきの話……社長の居場所ですけど」

「何か心当たりがある？」

「いや、はっきりそうだとは言えないんですけど」

「言ってみましょうよ」回りくどい男だ、と思いながら私は彼に向かって両手を差し伸べた。「喋れば、それが引き金になるかもしれない」

「例の『はな』ですけど」

「ええ」

「もしかしたら『離れ』の意味じゃないでしょうか」

「家の離れですか？」堀の、次いで里田の家の様子を思い浮かべる。どちらにも離れなどなかった。そもそも二十三区内の一戸建てで、敷地内に離れがある家など、捜す方が難しいだろう。

「いや、別荘のことです。社長は別荘のことを『離れ』って呼んでて……冗談だったんでしょうけどね」

私は醍醐と顔を見合わせた。彼の目はまだどんよりと濁っていたが、わずかな光が煌《きらめ》いたようにも見える――見えたと思いたかった。もちろん、この情報に軽々と飛びつくのは危険だ。何しろ「はな」という言葉を発したのは堀であり、里田ではないのだから。それに、仮に希が里田の別荘にいるとしても、そんな所は堀が里田本人がとうに調べているのではないだろうか。いや、堀がずっと希を連れ回していて、最後に別荘に閉じこめたとしたら。里田はとっくに希を救出しているかもしれない。その場合彼は、平然と会社に戻って来るのではないだろうか。家族のことで心配がなくなれば、次は会社のために動く、里田の性格から考えればそれは当然だ。だが、里田はここにはいない。フェラーリもまだ見つかっていない。ということは、彼が「別荘」に向かっている、あるいは今もそこにいる可能性は捨て切れない。

幾つかの輪が閉じ、謎には然るべき答えが与えられた。だがまだ謎は残っている――それも大きなものばかりが。今の私を突き動かしているのは、一つには希を無事に見つけ出すこと。そしてもう一つは、欠落している答えを全て拾い上げることだ。刑事としての純粋な好奇心と言っていい。その結果、どれだけ暗い人間の穴を覗きこむかが予想できていても、走らずにはいられないのだ。

## 19

「まさか、山梨とはな」

中央道に乗った途端、私は無意識のうちに漏らした。東へ、今度は西へ。巨大な卓球台の上を行き来するピンポン玉のような気分になってくる。山梨方面は考えられない——所轄の交通課長、久保田と交わした会話を思い出した。黄色いフェラーリはひどく目立つはずであり、交通量の少ない場所を走っていたらとうに発見されていてもおかしくない。それが未だに何の手がかりもないのは、里田がどこかで早々と乗り捨てたか、あるいは隠しているからではないか。ガレージの中までは覗けない。

「お前さん、山中湖《やまなかこ》の辺りは詳しいか」

「いや……」

「醍醐」私は助手席の中で、姿勢をできるだけ楽に保とうとした。長いドライブ。これから始まる事態への準備をする前に、話をする時間はある。「お前さんが何を気にしてるかは分かるつもりだ」

「自分は別に……」

「嘘つけ」私はわざと乱暴に吐き捨てた。「普段の半分も力が出てないぜ。分かってるんだよ、亡くなったお兄さんのことを気にしてるんだろう？　それが、里田と堀の兄弟の事情に重なってる。彼らも、金の問題で揉めてたんだからな。もちろんお前が、金のことで汚い真似をしたわけじゃないけど」

「俺は……兄貴にひどいことを言いました」

「それで？」

軽い調子で応じると、醍醐がこちらにきつい視線を向けるのが分かった。無視して頬杖をついたまま、窓の外を流れる中央道の夜景を眺める。車内は十分に暖まっているのに、顔に迫るガラスの冷たさが頬を凍りつかせた。

「親兄弟が憎み合うのは、珍しくもないさ。家族だからって、いつも仲良く助け合わなくちゃいけないわけじゃない。どんな家族だって軋轢を抱えてる。俺だってそうだった」

「そうかもしれませんけど、俺は兄貴を罵倒したんです。『お前みたいにいい加減な奴に生きる資格はない』って……それがショックで兄貴は死んだのかもしれない」

「お前には罵倒する権利があったと思う」選ばれた言葉は、最悪のレベルだったが。

「そんな権利、誰にもありませんよ」

「甘ったれるな」

私の一言が、醍醐を鋭く貫いた。ハンドルがぶれて車が一瞬バランスを崩す。背後から罵声のようにクラクションを浴びせかけられた。醍醐がハンドルを抱えこむようにして車の姿勢を立て直す。私は全身からどっと汗が吹き出すのを感じながら、いざとなったらサイドブレーキを引こうと伸ばしていた手を引っこめた。

「お前、この先も兄弟が争うような事件に出会う度に、立ち止まって悩むつもりなのか？　お前がちゃんと動かないと命が危なくなる人間がいても？　ふざけるなよ。お前の悩みなんか、小さいもんだ。余計なことを考えてる暇があったら足を動かせ。頭を使え。今もお前がぐずぐずしている間に、希ちゃんは死にかけてるかもしれないんだぞ」

「しかし……」

「しかしもクソもない」ほとんど叫ぶように喋ったせいで、鳴りを潜めていた頭痛が戻ってきた。「悩むのは、ジイサンになってからにしろ。定年になったらいくらでもうじうじしている時間はあるんだから。もっともその頃には、大抵の嫌なことは忘れちまうだろうけどな」

ちらりと横を見る。醍醐の顔は闇に埋もれていたが、その手が白くなるほどきつくハンドルを握り締めているのは分かった。

「いいか、今回は少し乱暴なことになるかもしれない。その時どうしてもお前の百パーセントの力が必要だ。今の状態じゃ駄目だぜ」

「オス」

低い声と同時に、醍醐がスカイラインに鞭をくれた。私の体はシートに押しつけられ、たちまち非常識的な速度域に連れこまれる。外はほとんど闇だが、飛ぶように流れる風景がわずかでも目に入ったら、三半規管が悲鳴を上げるかもしれない。きつく目を閉じると、綾奈の顔が浮かんだ。何かを心配するように目を細め、額には二本の皺が太く、深く刻まれている。

――急いで。

――どうしたんだ、綾奈。

――急いで。パパは間違ってないから。

――綾奈？

娘はいつも、勝手に姿を現しては肝心なところでいなくなってしまう。しかし今は、根拠があるのかないのか分からない忠告にも耳を傾けざるを得なかった。目を開けて運転席に向かって告げる。

「醍醐、死なない程度に急げ」

「オス」

醍醐が容赦なくスピードを上げる。私は吐き気と眩暈、それに絶対に取れない黴《かび》のように頭に巣食った頭痛を追い出すために、割れんばかりに強く奥歯を噛み締めた。

中央道から東富士五湖道路《ひがしふじごこ》へ。山中湖インターで降りて国道一三八号線に出ると、山中湖はすぐ近くだ。この辺りに何があったか……ホテル、土産物屋、ペンション。観光地ならではの光景の背後には、古くからの別荘地が広がっている。道路標識を頼りに車を走らせ、ほどなく里田の別荘を見つけ出す。鬱蒼《うっそう》とした木立に囲まれた敷地の中に立つ、くすんだ赤い屋根の家。木々はまだ春の恩恵を受けてはいないが、夏は緑のカーテンになってこの家を優しく覆うだろう。位置的に、家の裏側からは山中湖が直接望めそうだ。広いテラスがあり、夏はビールを呑みながら、夕陽でオレンジ色に染まる湖を眺められる——そんなことを考えた途端に、喉の奥にビールの苦味が蘇った。俺はアル中なのか、そうでないのか……自分では判断がつかなかった。今は呑まずに済ませることもできる。ということは、自力で回復不能、入院治療が必要なほどの重症だったわけではないはずだ。しかし、いつ自分が再びアルコールの海にダイブすることになるか。絶対にない、とは絶対に言い切れなかった。実際、禁酒を誓ったわけでもないのだし。

醍醐が家の周りをゆっくりと流す。灯りは漏れていなかったが、全ての窓に雨戸が下りているためだった。嫌でも目立つはずの黄色いフェラーリも見当たらない。

いきなり携帯電話が鳴り出し、私の鼓動は危険水域にまで跳ね上がった。クソ、こんな時にマナーモードにしておくのは基本中の基本ではないか。着信を確認すると真弓だったので、慌てて電話に出る。気を利かせたつもりなのだろう、醍醐が車を一旦別荘から遠ざけた。

「今、現場に着きました」

「里田は？」

「車は見当たりませんね。別荘からも灯りは漏れていません。でも、雨戸が閉まっていますから、中の様子は分からない。もう少し調べる必要があります」

「山梨県警にはもう連絡がいってるわ。フェラーリは手配してるけど、今のところ情報はなし」

「この辺を虱潰しに当たれば、目撃情報が出るかもしれない。それでなくてもあの車は目立つし、今はオフシーズンで人も少ないですからね。走っていれば、必ず誰かの目に入るはずです」

「呑気に構えている暇はないわよ」真弓の冷徹な声が、嫌でも私の緊張を高めた。真弓は基本的に感情を表に出さないタイプだが――課長の石垣と棘々しいやり取りをしている時でさえ冷静だ――一つだけ、感情が窺える時がある。いつもより落ち着いて見える場合だ。それが彼女の内面の激しさを覆い隠すためのセルフコントロールだということは分かっている。ただしそれは、まだ完全には身についていないようだ。私にあっさり見抜かれてしまうぐらいなのだから。

「あなたの考えてることと同じよ」

「指示は？」

クソ、この狸め。腹の底で罵りながら、私は笑みが唇を震わせるのを感じていた。今は停滞期にあるとはいえ、彼女が管理職としてここまで上がってきたのは、こういうやり方を身につけているからだろう。自分では決して意思決定しない。議論を進めていく中で部下に結論を言わせ、自主的な判断で動いていると思わせるように仕向ける。このやり方の利点は、いかにも部下の決断を重視している物分かりの良い上司だと、相手に思いこませることである。悪い点は、失敗した時に全てを部下のせいにできることだ。ええ、彼らが勝手に判断して暴走したんです。私は関与していません——とはいえ、このやり方がマイナスの方向に働いたことはないだろう。そんなことがあったら隠してはおけない。必ずどこかで漏れて下から突き上げを食らい、頭が天井につかえるはめになる。出世の階段はそこで壁にぶち当たり、六十歳まで足踏みを続けるか、全てを諦めて自ら降りるしかなくなるだろう。

「こっちからも応援を出してるから。一時間ほどでそちらに着くはずよ」

「待ちません。家に入ります」

「待てと言っても無駄でしょうね。ドアは壊さないように」

無茶苦茶な上司だと考えると、再び口元が緩む。普通は絶対に止める。のんびりしていることで誰かが死ぬ可能性があっても、合法的な手続きや安全な方策を選ぶのが管理職というものだ。

「分かってますよ。証拠は残しません。でも侵入したら、それこそ警備会社に連絡がいくかもしれない。この辺に別荘を持っているような金持ちは、警備会社と契約を結んでいるはずです」

「その際は、警備会社を上手く丸めこむように。私の指示はそれだけです」

それはないだろうという文句が喉元まで上がってきたが、辛うじて噛み砕いて呑みこむ。電話を切ってマナーモードに切り替え、醍醐に「どこか目立たないところに停めてくれ」と頼んだ。醍醐はすぐに車を路肩に寄せ、大きくハンドルを切ってUターンした。カーブミラーにヘッドライトが反射し、目を焼く。別荘を通り過ぎた先にある小さな交差点を左に曲がった所で醍醐がスカイラインを停車させる。別荘からは死角になるはずだ。

外に出て、音を立てないように気をつけながらドアを閉める。私のトレンチコートはまったく役に立たず、寒さは肌に張りつくようだった。一方醍醐は冷えを感じていない様子で、ゆっくりと車の背後を回って私の方に近づいて来る。立ち止まると、巨大な革靴の下で小石が潰され、耳障りな音を立てた。気合が、寒さを吹き飛ばすようにこちらに伝わってくる。彼が打席で見せたはずの気迫。現役を退いて十年以上も経っているのに、今になって突然蘇ったようだった。

「庭の横の方から行きますか？　正面から回ると気づかれるかもしれない」

「そうだな」

目の前は、高さ一・五メートルほどの石垣になっている。醍醐が縁《へり》に手をかけ、懸垂の要領で体を引き上げた。彼が庭の隅にある木立の奥に消えるのを待ってから、私は少し下がり、勢いをつけて石垣に挑んだ。両手が縁を摑んだが、それだけでは体重を支え切れない。慌てて靴底を石垣に押しつけ、摩擦力で落下を防ぐ。何とか体を押し上げた時には肩が熱くなり、顔が火照っているのを意識した。

先に木立に入った醍醐は、太いクヌギの木陰に隠れて片膝をついていた。そこから建物の左側を確認できる。大きな窓が一つあったが、やはり灯りは漏れていない。私は彼の横に立ち、できるだけ建物の全景を視野に入れようとしたが、密生した木が邪魔になった。ここでじっとしていても、状況は把握できないだろう。

「正面に回ろう。バックアップしてくれ……俺のライターが合図だ」

耳元で囁くと、醍醐が素早くうなずく。私は彼の元を離れ、急いで建物の正面に移動した。足元で濡れた枯れ葉が立てる音が、爆発並みの大音量に感じられる。この辺りに野生動物はいるのだろうか。家の中に誰かがいるとして、この音を動物か何かが立てたものだと思ってくれるといいのだが。中腰の姿勢のまま木立の中を駆け抜ける。途切れた所はちょうど家の正面、県道から続くアプローチの端にあった。家は闇の中に沈んでいたが、ようやく目が慣れてきて、視界の中に車がないのは分かる。別荘の左側に寄り添うように建てられたガレージ。里田はここに車を入れたのか……雨を避けるように小走りにガレージに向かい、白いシャッターに背中を押しつける。ガレージの屋根が傘代わりになったが、黒く濡れて重くなったコートがスムーズな動きを邪魔する。脱いでも置いておく場所がないし、このまま張り込むことになったら体が冷え切ってしまう。クソ、コートに邪魔されるとは。既にスーツの肩には雨が沁みこんでいたが、意識を集中することで冷たさを忘れようと努めた。

シャッターには横一列に幅二十センチほどの小さな窓が並んでいたが、ちょうど私の頭の高さにあり、爪先立ちしても覗けない。醍醐なら何とか目が届きそうだ。ワイシャツの胸ポケットからジッポーを取り出し、火を点ける。一度蓋を閉めて消してからもう一度着火。私のいる場所からは醍醐の姿は見えなかったが、木立の下生えがかすかにざわめいたようだった。巨軀の割に身軽な男だが、さすがに音も立てずには動けないのだろう。私は木立の途切れた所を凝視し、闇から醍醐が抜け出て来るのを確認した。突進するラグビー選手のように背中を丸め、雨を蹴散らす勢いでガレージの方に走って来る。無言のままシャッターの窓を親指で示すと、肩をくっつけて爪先立ちになる。それで目が窓の高さと同じになり、しばらくそのままの姿勢で内部を観察していた。やがて足が震え出し、一度踵を下ろしたが、今度は隣の窓に強引に指先を引っかけ、自分の体を引っ張り上げる。シャッターが耳障りな金属音を立てたので私は肝を冷やしたが、醍醐はすぐに手を離して地面に下り立った。首を二度、思い切り振る。その目には鋭い輝きが宿っていた。

「あったか?」

「ナンバーまでは見えませんが」

「黄色いフェラーリだな」

醍醐が勢いよくうなずく。私は頭の中で、今日の午後の出来事を時間軸に沿って並べた。午後四時ごろ、青梅で事故が発生。警察と消防への通報はその五分後。私たちが現場に到着したのはそれからさらに三十分以上が経ってからで、フェラーリを手配するよう頼んだのはその後である。結果的に里田はある程度の時間、誰にも追われないまま逃亡の時間を稼げたはずだ。どこまで逃げられただろう。国道四一一号線、一三九号線を使えば、奥多摩湖沿いに都境を越え、山梨県に入って一時間ほどで大月《おおつき》に至るはずだ。そこから山中湖までは高速を使えるから、さして時間もかからない。

私も醍醐の真似をして、窓に手をかけて体を引っ張り上げ、中を覗いてみた。闇の中、黄色いボディがぼうっと浮かび上がっている。腕が痺れてきたが何とかこらえ、さらに一段高い位置からフェラーリを見下ろす。左のフロント部分が派手に凹み、塗装が剝がれているのが確認できた。ボンネットも少し歪んでいる。音を立てないように、残った腕の力を何とか振り絞り、爪先からそっと地面に下り立った。

「フェラーリの修理代を考えると怖いな。擦っただけで何十万、の世界だろう」

「里田が修理代に困るとは思えませんが」

「逮捕されなければな……ところで、ここから先が問題だ。里田はどこにいる？」

幸いなことに——あくまで我々にとってだが——この別荘に関して、里田は警備会社と契約を結んでいなかった。鍵は単純なシリンダー錠。醍醐が意外な手先の器用さを発揮して、三分で鍵を突破する。慎重に、音を立てないようにドアを開けて、私たちは玄関に体を滑りこませた。湿った冷たい空気が押し寄せ、同時に埃《ほこり》っぽい臭いが鼻をくすぐる。

誰もいない。

人がいる場所には、必ず気配があるものだ。ここには誰もいない——その証拠が埃の臭いだ。立っているだけで、鼻がむずむずしてくる。家の中は尚更だろう。いくら雨が降って寒くても、久しぶりにここに来たなら取りあえず窓を開け、埃臭さを外へ出そうとするのではないだろうか。

ここにいるのが里田だけなら。焦っている人間なら、そんなことは気にもしないかもしれない。希を誘拐し、取りあえずここを監禁場所と決めたなら、細かいことに注意を払っている余裕はあるまい。暗闇の中、私は醍醐と顔を見合わせた。俺が先発を買って出るから背中を守ってくれ。銃のない現状では、醍醐といえども絶対の守護神にはなっていなかったが。

靴を履いたまま廊下に足を踏み入れる。しばらくその場に佇《たたず》み、外よりも暗い闇に目が慣れるのを待った。ぼうっと浮かび上がってくるのは、正面に続く廊下。すぐに、左側から薄明かりが射しこんでいるのに気づいた。薄いナイフの刃のように伸びた光が、廊下の一部を細く照らしている。その光を目指して、私は慎重に歩を進めた。

光はリビングルームから漏れていた。膝をついて、低い位置から室内を覗きこむ。光は、完全に閉まりきっていない窓の雨戸から忍びこんでいるようだ。その光で内部の様子はある程度把握できたが、人の気配は感じられない。手前にソファ、窓に近い方にダイニングテーブル。大型の液晶テレビが、光の中でかすかに浮かび上がっていた。姿勢を低くしたまま部屋に入り、テレビに触れてみる。冷たい。続いて、ダイニングテーブルの奥にあるキッチンに足を運ぶ。大型の冷蔵庫を開けてみたが、灯りは点かなかった。中に食品は入っていない。少なくとも里田は、しばらくこの別荘には来ていないのだ。だったらあの車は何だ？　里田はガレージに車を置いたまま、どこに行ってしまったのだ？

それから手分けして、別荘の中を全て調べ上げた。一階にはリビングルームのほかに一部屋、二階には寝室が二部屋あったが、いずれにも人気はない。そこまで確認してリビングルームに集合し、私は久しぶりに口を開いた。

「どこかに、地下室への入り口とかはないのか？」

「なさそうですね」醍醐が即座に断じる。「車をここへ置いて、別の場所へ行ったんじゃないでしょうか」

「例の『はな』は、ここのことじゃなかったのかもしれないな」手がかりが崩壊する時に特有の無気力さを私は味わっていた。

「そうですね……」醍醐が力なく窓へ近づいた。カーテンが開いているだけではなく雨戸も少しずれているようで、細い隙間が開いている。窓に顔を押しつけて外を眺め、「こっち側は湖でしたよね」と告げる。

「見えるか？」

「今は無理です。雨だし、暗いし」熱のない声で言って、もう一度窓に顔を押しつける。

「クソ、条件が悪いな」

「――高城さん？」醍醐の声がにわかに緊張する。

「どうした」

彼の後ろに近づくと、醍醐が身を引いて私のためのスペースを作った。雨戸の隙間から外を見透かすと、左側に小さな建物があるのが確認できる。建物というより小屋という感じで、作りはしっかりしているようだ。別荘本体よりもだいぶ新しく、後から増築されたのは間違いない。

そこから人工的な灯りが漏れている。

私がいる場所からは、小屋の窓が一つだけ見えた。巻き上げ式のシャッターが閉まり切らずに、かなり明るい光が零れている。小屋は別荘本体に対して斜めになる位置に建てられており、ドアは右側にあった。

「こういうことか」呼吸を停めていたことに気づき、私は長く息を吸った。窓から目を離し、醍醐に向き直る。「はなれっていうのは、本物のはなれの意味だったんだろう。別荘そのもののことじゃなくて」

「そうみたいですね」

「あそこに誰かいる」

「希さんが」

「つまり、堀は吐いたんだよ」

「そういうことですか……」私の横をすり抜け、醍醐が監視を再開した。「すぐに救助しますか？　それとも応援を待ちますか」

「待つ意味も時間もないだろう」

私は踵を返したが、すぐに醍醐に腕を摑まれて引き戻された。バランスを崩して、窓に後頭部をぶつけそうになる。

「気をつけろよ、馬鹿力」

「すいません」一応謝ったが、醍醐の関心は別の方に向いていた。「小屋の外に誰かいます」

「里田か？」だとしたら、なおさら訳が分からなくなる。あの小屋にいるのは希ではなく別人なのか。それとも里田が娘を監禁していたのか。その疑問を、醍醐の報告がすぐに否定してくれた。

「違います。別人ですね……まずいな」醍醐が舌打ちをした。

「どうした」

「猟銃――ライフルを持ってます」

「ハンターがここに迷いこんできた可能性は？」

「高城さん……」醍醐が振り返り、絶望的な表情を浮かべて首を振る。「冗談言ってる場合じゃないですよ」

「分かってる。余計な可能性を排除したいだけだ」

猟銃。一人ではないかもしれない。小屋の中にも見張りがいたとすると……丸腰の状態の私たちに何ができるだろう。

「俺が囮《おとり》になる」

「何言ってるんですか」醍醐が口を尖らせて抗議した。私の肩を両手で持ち上げるようにして部屋の中央に押し戻す。「無理しちゃ駄目ですよ。応援を待ちましょう」

「あの小屋の中で何が起きてるか、何も分からないんだぞ。一秒躊躇ってるだけで手遅れになるかもしれない」

「県警の応援を呼ぶべきです。あるいは捜査一課の。失踪課からも応援が向かってるんですから、せめて連中が来るまで……」

「待てない」

「無茶です」

「考えてみろ。ここに人が集まるのにどれだけ時間がかかると思う？　最低一時間は必要だぞ」私は彼の顔の前で人差し指を立てて見せた。「それから偵察して作戦を練るのにまた一時間。犯人を包囲できたとしても、実際に投降させるのにどれだけ時間がかかるか、想像できるか」

「それは……」私の指から目を逸らし、醍醐がうつむいた。勇気を振り絞るように顔を上げて、なおも抵抗する。「分かりませんけど、我々は丸腰なんですよ」

「あの場所は、守るには最高だ。背後は湖だから、取りあえずこっち側だけに目を配っておけばいい」

「……だから？」

「奇襲しかないな」

「駄目ですよ、高城さん」醍醐はなおも食い下がった。「包囲して説得すべきです。その手順を無視しちゃいけませんよ」

「希ちゃんがいなくなってからどれぐらい経つ？　ずっと監禁されているとしたら、そろそろ限界だぞ。一刻も早く助けなくちゃいけない」

「しかし――」

「醍醐、俺は娘を失くした」それが正しい表現かどうかは分からない。万に一つ、あるいはもっと確率は低いかもしれないが、綾奈はどこかで生きている可能性もある。しかし醍醐は、「失くした」を「亡くした」と解釈したようで、無言で喉仏を上下させるだけだった。「迷ったからだ。全力を尽くさなかったからだ。俺は二度とあんな思いを味わいたくない。誰も傷つけたくない」

「……分かりました」

「よし」醍醐の肩を軽く叩く。がっしりしたその肩は緊張で盛り上がり、分厚い筋肉は硬くなっていた。「リラックスしろ……深呼吸したら偵察に出てくれ。裏側から小屋に近寄れないかどうか、確認するんだ」

「オス」

「十分警戒してくれ。状況が分かったら携帯で報告するんだ。できるだけ小屋から離れてな」

「分かりました」

醍醐を送り出し、一人別荘の中に取り残されて、私は次第に鼓動が高まるのを感じた。

私は何を焦っているのだ？　どうしてここで、武器もない状態で、二人だけで解決しようとしているのだろう。日本の警察は、基本的に強行突入を選択しない。できるだけ説得で犯人を無傷で確保し、人質を解放するというのが暗黙の了解なのだ。だったら何故？　自分のため、あるいは醍醐のためかもしれない。この危機的状況を二人だけで乗り切れば、醍醐は一皮剝けるのではないか。そんなことのために事件を利用するのは間違っているし、何かあったら私が辞表を書くぐらいでは済まないのだが、不思議と何とかなるという自信があった。

キッチンの端の裏口から、小屋の方に出られるようだった。幸い、小屋の窓から死角になる位置である。小屋までは三メートルほど。飛び出せば三歩でたどり着けるだろう。小屋の周囲を警戒していた人間——顔ははっきり見えなかったが男だろう——は、さほど緊張した様子もなくゆっくりと歩き回っている。自分に不利なことが起きるとは思ってもいない様子だった。私たちはその油断を突かなければならない。

携帯が震え出した。声を低くして電話に出ながら、雨戸の隙間に目を押し当てる。今は、小屋の前に偵察要員はいない。目を凝らすと、小屋の裏側から薄っすらと煙が立ち上っているのが見えた。

「奴さん、煙草を吸ってるか？」

「ええ」醍醐の声はどこか苦しそうだった。無理な姿勢を保ったまま喋っているのだろう。

「呑気な奴だ。一人だな？」

「はい」

「男か？」

「そのようです。百七十センチぐらい。小太り。黒いダウンコートにジーンズですね。顔は……毛糸の帽子を被っているんで、はっきり分かりません」

「里田じゃないのか」

「それは……違うと思いますけど、確証はないですね。俺は直接里田社長を見たことはありませんから」

違うだろう、と判断する。里田は痩せ型で、身長ももう少し高いはずだ。

「それほど警戒している様子でもないんだな」

「ええ」

「分かった」一旦言葉を切る。まだ計画は固まっていないが、とにかくやってみることにした。「今、お前の時計で何時だ？」

「十時十五分です」

自分の腕時計を確認する。醍醐の時計と合っていた。

「十時二十分に決行だ」

「どうするんですか？」

「その時間に、こちら側に見張りの奴がいなかったら、俺はキッチンのドアから出て小屋に向かう」

「俺は囮ですか」

「いや、囮は俺だ。俺の動きを見ていてくれ。隙を見て小屋のドアを開けろ」

「俺が囮になった方がいいんじゃないですか」

「お前には家族がいる」

「高城さん……」醍醐が溜息をついた。「家族がいるとかいないとか、そういうことは関係ないでしょう」

「いいからここは上司の言うことを聞いておけ。業務命令だ。あと四分三十秒だぞ」

電話を切り、ドアに体を押しつけた。腕時計と睨めっこしながら、果てしなく長く感じられる四分三十秒を耐える。残り三十秒を切ったところでドアノブに手をかけた。回らない。焦りで背中に汗が噴き出すのを感じたが、単に鍵がかかっているだけだと気づいた。ドアノブの中央にあるサムターンをゆっくりと左に九十度回し、開錠する。かちりとロックが外れる音がやけに大きく響いて、噴き出した汗が小川になって額を流れ始めた。濡れたコートを慌てて脱ぐ。あと五秒。五つ数えてからドアをゆっくりと開け、隙間から外を窺った。湖からの冷たい風で汗が一気に引き、コートを脱いだことを後悔したが、今は寒さから逃れるよりも自由に動けることの方が大事なのだ、と思い直す。

　小屋の周囲は静まり返っていた。里田はどうしてあんな小屋を建てたのだろう。家の裏側は芝生の生え揃った裏庭になっており、小屋さえなければ一面に山中湖の湖面を見ることができる。その景観を失ってさえこの小屋を必要としたのは何故か。見張り要員は葉巻を吸っているのか、あるいは二本目の煙草に火を点けたのか、湖側からはまだ細く煙が立ち上っている。立て続けに煙草を吸っているなら、異常に緊張しているか気が抜けている証拠だ。いつの間にか私の神経は研ぎ澄まされ、風で拡散してしまったはずの煙草の香りをはっきりと嗅いでいた。国産品ではない、ひどく癖のある香り。ゴロワーズのようなフランス煙草ではないかと思った。こういうのを吸う人間は、古いフランス映画のマニアか、口蓋《こうがい》の構造が人と違っているかのどちらかだ。

　よし、行け。

　ドアを開け放したまま、私は闇の中に駆け出した。足元は枯れた芝。ざっくりと音を立てたので心臓が縮み上がったが、いずればれることだと覚悟を決め、小屋の壁に背中をくっつける。耳をそばだてたが、小屋の中からは何も聞こえてこない。代わりに小屋の裏側で、誰かの靴が硬い芝を踏む音が聞こえた。誰何《すいか》されると思ったが、相手は無言を保っている。自分が知っている相手なのかどうか、声を聞きたかったのだが。

　醍醐は動いているはずだ。気配は感じられなかったが彼を信じ、壁に背中をくっつけたままゆっくりと左に移動する。顔を撫でていく風は容赦なく冷たいが、吹き出た汗が壁に染みをつけるのではないかと恐れた。ようやく小屋の角まで来る。入り口のドアは私のすぐ横にあるが、見えない角の向こうには誰かがいると考えておいた方がいいだろう。耳を澄ませろ。目を見開け。気配を読み取れ。

ふっと息が漏れる音がする。自分の顔と同じぐらいの高さ。行くしかない。膝を折って身を屈め、一気に小屋の横へ飛び出す。相手の膝がすぐ目の前に入った。そこを狙ってタックルしたが、相手も素早く体を引く。このままでは防御するにも攻めるにも中途半端だ。意を決して立ち上がると、目の前に猟銃の銃口が覗く。その先に男の顔――里田ではない。安心していいのか焦っていいのか分からないまま、私は一歩前に出て銃身を摑もうとした。だが動きが一瞬遅れ、体を捻った瞬間に耳の横で爆発音が炸裂《さくれつ》する。同時に右肩に鋭い痛みが走った。クソ、醍醐、お前が怪我した時もこんな感じだったのか？　意識はある。痛みと怒りは、むしろ意識を鮮明に保ってくれた。一瞬の判断で、銃口が下がった銃身を脇に抱えこみ、相手を振り回す。しかしこの銃が命綱だと分かっているので、相手もそう簡単には引き下がらなかった。

もう一発、銃声――クソ、また撃たれたのか。俺はまだ生きているのか？　自問したが、次の瞬間に私の目に入ったのは、吹っ飛んで小屋の壁に当たった猟銃が地面に落ちるところだった。何があった？　分からないが、チャンスが巡ってきたのは間違いない。私は喉の奥から声を上げ、男に襲いかかった。肩が万全なら何とか押さえこめる自信はあったが、次第に激しくなる痛みで一進一退の攻防になる。

揉み合う私たちを分けたのは醍醐だった。背後から突進して来てぶつかると、私の全身にかかっていた圧力が消える。醍醐の体当たりを受けた男はまだ何とか倒れずに踏ん張っていたので、私は耳の上に拳を叩きこんだ。鈍い音を残して倒れ落ちた男にとどめの一撃を刺そうと、醍醐が首筋を蹴り上げる。倒れる途中で意識を失っていたようで、男は全く反応しなかった。私は男の猟銃を拾い上げた。

「高城さん、血が」

「大丈夫だ」

私を見て醍醐が顔をしかめたが、それを無視して周囲を見回す。家の横に、法月と愛美、それに森田が立っていた。森田？　奴も応援に？　しかも一撃で猟銃を叩き落としたのはこの男のようではないか。拳銃を持っているのは森田だけなのだ。不安そうに周囲を見回す蒼い顔と、銃を握る右手の力強さが合っていない。三人が駆け寄って来た——森田はおどおどした態度で。

「森田、お前……」

私は唖然《あぜん》として彼に声をかけた。法月が笑い出しそうな表情を浮かべて説明する。

「誰にでも特技はあるんだよ。こいつの場合は射撃でね。一時は二十五メートルで全国ランキングに入ってたぐらいなんだぞ。とにかく今のは緊急避難だから、始末書の面倒を見てやってくれよ。重大な話があるけど、それより、今は急げ」

言われて我に返り、ドアを蹴り上げる。鍵はかかっていたが、蝶番《ちょうつがい》が木枠から外れてめりめりと音を立て、ドアが内側にめりこんだ。もう一度蹴りを入れると、今度は完全にドアが吹っ飛び、中から生暖かい風が流れ出してくる。人の気配も。

この小屋が、ボートを収納しておくためのものだということはすぐに分かった。車輪つきの台に載せられた白いボートが、白熱灯の下で鈍い輝きを放っている。希は後ろ手に縛られ、猿轡《さるぐつわ》をかまされた上で、ボートの右側に転がされていた。そのすぐ側に中年の女が呆然《ぼうぜん》と立っている。膝まであるダウンジャケットに身を包み、希にナイフを向けているが、真剣味は感じられない。私たちの動揺を誘おうとしているのだろうが、動揺しているのは明らかに向こうだった。

「ナイフを捨てろ」

痺れ始めた右腕で無理して猟銃を持ち上げ、構える。この睨み合いが一分続いたら痛みで死ぬかもしれないと思ったが、女はあっさり両手を頭の高さに上げた。その拍子に右手に握ったナイフを落としてしまい、床に落ちる冷たい金属音を聞いて短い悲鳴を上げる。その顔に浮かんでいるのは、緊張と恐怖だった。何なんだ？　誰かに命令されて気乗りしないまま希を監禁していた？　おそらくそうなのだろう。そして私は、この女が堀の妻だと直感で悟った。ひどく疲れた感じ。身につけている服や装飾品は高級そうだが、どれも古くなっている。時の流れに逆らえなかったのだ。

　女に銃口を向けたまま、希に駆け寄る。猿轡を外してやると、口の両側と頬に痛々しく赤い跡が残っていたが、その痛みに耐えていきなり「パパ！」と叫んだ。

「醍醐！」

　叫ぶと、醍醐が小屋に飛びこむ。一瞬で状況を把握し、ボートの右側に倒れていた男に駆け寄った。私はその男の存在を、無意識のうちに頭から押し出していたのかもしれない――死んだことを認めたくなくて。

「生きてます！」

　醍醐が低く叫ぶ。私は安堵の吐息を漏らし、希の腕を縛っていたロープを解いた。指先がかじかんで上手くいかず、何度か悪態を吐く羽目になったが、何とか成功して彼女を解放することができた。痛みと恐怖に支配されているはずなのに希はすぐさま立ち上がり、ボートを迂回して里田の元に駆け寄って行く。低いすすり泣き、それを慰める醍醐の声、里田が漏らす呻き声。様々な音が、ノイズのように私の耳を満たす。

　ゆっくりと立ち上がり、銃口を床に向ける。目の前にいる女は恐怖に目を見開いたまま、私を凝視していた。無言で睨み合っているうちに、撃たれた肩の痛みが次第に激しくなり、私は軽い眩暈を覚えた。頭痛薬なら田村にもらったものがある。あれで少しは痛みを抑えられるだろうか。

馬鹿な。

希はいったいどれだけ長い間、ここに閉じこめられていたのだろう。この女もずっと一緒だったのか。里田はいつ撃たれたのか——知らねばならないことはいくらでもあった。長い夜に耐えられるかどうか、自信はなかったが。

## 20

山梨県警に対する説明を現場で醍醐に任せていいものかどうか——言い訳を考えられるような男ではない——迷ったが、肩の痛みで私の判断力は著しく衰《おとろ》えており、醍醐より上手い説明ができる自信もなかった。真弓が急遽《きゅうきょ》こちらに向かっているというので、到着まではつないでもらうしかない。法月たちを現場に残し、醍醐のサポートを頼む。短い時間で法月から重要な話を聞いた。

堀が意識を取り戻したのだ。

私も含め、その場にいた何人かは病院に向かうことになった。一番重傷だったのは脇腹を撃たれた里田。次が私で、希は寝不足と緊張、それに空腹でひどく消耗していることを除いては怪我一つなかった。実際、病院に着いた時には、口の周りの赤い跡も消えていたほどである。若く、肌が元気なせいもあるのだろう。一晩ゆっくり寝れば、きちんと話をできる程度には元気を取り戻せそうだった。

私を治療した医師は免許を取り立てで、しかも連続何十時間かの勤務中といった感じだった。明らかに私より休息が必要な様子で、傷口を縫合する手元を見ないように、意識をどこか外へ置かねばならなかった。

「問題ないです。ちょっと削られただけですよ」

「あり得ない」藪《やぶ》医者め、と心の中で悪態をつきながら、私は彼の診断を否定した。「それだけだったら、こんなに痛むわけがないでしょう」

「実際そうなんですから」医師の声は、欠伸の中でぼやけていた。「とにかくこれで大丈夫です。後はタイミングを見て、他の病院で抜糸してもらえばいいですから。痛み止めはいりますか？」

「できるだけ強力なやつを」

診察台から下りて顔を見ると、医師は不審そうな表情を浮かべていた。

「まだ痛むんですか？」

「持病の頭痛の治療に使いたいんです。市販の薬よりは効きそうだし」

深く溜息を漏らして、医師が首を振った。

「それだったら、市販の薬を規定の二倍飲んで下さい」

「そんなことをしたら胃が荒れる」

「本来の治療目的以外で薬は出せません」

　叩き出されないうちに口を閉じることにした。包帯を当ててもらった上から穴の開いた血まみれのシャツを着こみ、修復不可能な背広を羽織る。ネクタイなしでこんな格好をしていると、余計寒さが身に染みた。しかも悪いことに、里田の別荘にコートを置いてきてしまっている。あれがあれば、少なくとも怪我をしていることは他人には分からないはずだ。こんなぼろぼろの姿を見たら、恐怖で口を閉ざしてしまう人間もいるだろう――希とか。

「ところで、もう一人の撃たれた人――里田さんの具合はどうですか」

「おっと、そうだ。私もそっちにいかないと。まだ手術中なんです」医師が手首を見下ろす。私に顔を向けると、何とか笑顔と認められる表情を浮かべた。「幸い血管は傷ついてなかったので、出血は止まっていました。内臓がどうなってるかは分かりませんけど、運びこまれてきた時には意識もはっきりしてましたから、それほど心配はいらないでしょう」

「事情聴取しなくちゃいけない」

「それは無理じゃないかな。少なくとも今夜は」

首を捻る医師に、私は言葉を拳にしてぶつけた。

「どうしても今夜、事情聴取しなくちゃいけない。邪魔するようだったら、それなりの覚悟をしてもらいますよ。こっちには、押収した猟銃もあるんだから」

医師が唾を呑み、木の瘤《こぶ》のような喉仏が上下した。辛うじて「そういうやり方は、あまり……」と抗議する。

「こちらの要望は、今伝えた通りです。まず女の子から事情を聴きますから、男性の件についてはその後で話し合いましょう」

「その話し合いは、私の方が不利でしょうね」医師が溜息を漏らした。「三十時間連続で働いているんだから。判断力がゼロレベルに落ちています」

「条件は五分五分だな。こっちは撃たれてるし、夕食を食べていない」

納得できない様子で医師が唇を歪めたが、私はこの勝負は引き分けだ、と考えていた。寝ていない、食べていない。そんな低レベルの条件を勝負のポイントにしようと——いや、そもそも勝負しようなどと考えていることこそ、私がへばっている何よりの証拠だ。

希は手術室前のベンチに一人で腰かけていた。私が近づいたのにも気づかない様子で、後頭部を二度、壁に軽く打ちつける。続いてがっくりと首を垂れ、顎を胸に埋めた。私は彼女の向かいにあるベンチに腰を下ろし、軽く手を上げて「よ」と声をかけた。

びっくりしたように希が顔を上げる。私が考えていたよりずっと小さく細い子だった。身長は百五十センチに満たないようだし、明らかに痩せ過ぎである。デニムのミニスカートから伸びた足は二本の箸のようだった。ニューバランスのスニーカーは左側の紐が切れ、右側は泥が乾いて薄茶色に汚れている。目立つところに怪我はないが、耳を覆う程度の長さの髪はすっかり乱れ、顔には疲労の色が濃い。それでも何とか行儀良くしようと、膝をぴたりと閉じ、そこに両手を置いて背中を伸ばした。無理をしているのが明らかで、可哀相になる。

同級生たちから話を聞いているうちに、希に対する私のイメージは拡散して、アンバランスな存在として根づいてしまった。優等生だが、高校と憧れの先輩を天秤《てんびん》にかけるような子。子どもっぽいところもあるのに、恋においては少し大胆な一面もある。しかしこうやって面と向かっていると、別の印象が固まりつつあった。

想像していたよりずっと幼く、弱い。

「里田希さん、だね」

こっくりとうなずく。声を失ってしまったかと恐れるように、白い喉元に手をやった。

「ようやく見つけたよ。もちろん知らないと思うけど、君の友だちから捜すように頼まれてたんだ……申し遅れました。警視庁失踪課の高城と言います。さっき、小屋でも会ったね」

「……里田希です」細い、消え入るような声だったが、礼儀正しさ、育ちの良さは失っていない。柔軟運動でもするように深々と頭を下げる。私がぼろきれのようになっているのにやっと気づいたようで、口元に拳を押し当てた。「すいません、怪我……」

「いや、仕事だから。気にしないで。大したことはない」その言葉にまったく説得力がないことは自分でも分かっていた。先ほどトイレで鏡を見ただけで、激しい頭痛が襲ってきたほどだから。「手術中」の文字がまだ赤く凶暴な光を放っているのを見てから、希に視線を戻す。彼女の顔は、赤い光を受けて不安の色に染まっていた。

「お父さんは大丈夫だから」

足りない空気を求めるように、希の唇が薄く開く。

「医者に聞いたよ。致命傷は負っていないはずだ。手術が終われば、それで一安心だからさ」

希が深く溜息をつき、それで小さい体がさらに縮んでしまったように見えた。組み合わせた両手に額を預け、頭を支える。クソ、誰も父親の容態について説明していなかったのか？　小刻みに肩が震え出したがそれも一瞬で、すぐに顔を上げる。鼻を啜り上げながら、私に向かって小さくうなずきかけた。

「疲れてるだろう？　この後正式に警察で話してもらうことになるけど、その前にちょっと我慢して俺と話をしてくれ」小さくうなずくのを見て続ける。「君を誘拐したのは叔父さん……堀だな」

「最初はそうじゃなかったんです。私が叔父さんに会いに行ったんです」

「やっぱりそうか」私は、法月から得た堀の証言を頭の中で再構築した。慎重に言葉を選ばなければ……相手はまだ十五歳なのだ。とりあえず、時系列の確認から始めることにする。「順番に教えてくれないかな。まず、三月二十日の夜のことだ。君は、黒田博史君と会っていただろう」

希の肩がぴくりと動く。右手で左手首をきつく握り締めたが、ほどなく意を決したように顔を上げた。

「はい」

「高校のことで相談しようとしたんだろう？　君は本当は、黒田君と同じ高校に行きたかったんだよな。その件でずっと、ご両親と揉めていた。だけど結局ご両親が勧めた高校に合格して、入学式も迫っている。浪人して高校を受け直したいって、彼に相談したんだよな」

「でも、怒られました」希が悲しそうな笑みを浮かべる。「馬鹿なことするなって。だけど私には、それぐらいしか方法が思いつかなくて」

「その件についてはもうちょっと時間があるから、よく考えてみればいいよ。だけど、これだけは覚えておいてくれ。君は優秀だ。たぶん、俺が考えてるよりずっと優秀だろう。

そういう人間には、いつも上を目指す義務があるんじゃないかな。権利じゃなくて義務だよ。大袈裟に聞こえるかもしれないけど、それこそ将来は日本を支えるぐらいの気持ちで頑張ってもらわないと。だから、今できるベストを尽くした方がいい……これは余計な話だったな。大人の一方的な希望かもしれないし」

笑いかけてやると、希が一瞬だけ寛《くつろ》いだ笑顔を見せた。しかしそれはすぐに消え、今までよりも緊張した面持ちに変わる。頭がいいだけでなく、勘も鋭いのだろう。この先待ち受けている質問を素早く察知して、緊迫したようだった。

「彼と別れた後、君は一人で家に帰った。その途中、何があったんだ？」

「それは……」希が身を固くした。このまま喋るのを待つか、それともこちらから明かすか。待っていてもいいのだが、それは時間の無駄に思える。希の嫌な記憶を引きずり出してしまうのを覚悟して、私は告げた。

「ある男が、君にちょっかいを出してきた。ちょっかいというか、君のお父さんのことで脅しをかけてきたんだろう。君は知らなかったかもしれないけど、お父さんの会社は買収攻勢をかけられていた。それに絡んで、お父さんを脅そうとした人間がいたんだよ――それが、君に声をかけてきた男だ。何を言われたんだ？」

「……父親によく言っておけって。俺がその気になったら、お前なんか……」

うなずいて先を促した。希が震える声で続ける。

「お前なんか殺すのは簡単だって。それが嫌なら、父親に人の言うことを聞くように言えって言われました」

「そこにお父さんが現れたんだな。珍しく君の帰りが遅いから、気になったんだろう」

希が顔を上げる。目は潤み、鼻は赤くなっていた。それでも涙声にはならず、はっきりした口調で「はい」と認めた。

「普段はほとんど家にいないのに、その日はたまたま」

「黒田君のことも知っていたんだな？　彼の家に行っていると思って、迎えに行ったんだろう」

「はい」

「お父さんは、君が危ないと思ったんだろう。近くの花壇にあった石で男を殴りつけて、君を連れてその場から逃げた」

「怖かったんです」希の声が震える。しかしまだ泣き出さなかった。「その人を殺しちゃったと思って。お父さん、物凄く怒って、でも自分が相手を殺したかもしれないって、混乱して」

「君は、警察に行くべきだと言った」

「だって、どんな理由でも人を殺そうとしたんですよ。黙って隠れているわけにはいかないでしょう。でも、絶対に駄目だって言われました。あいつは、死んでも仕方ない人間だからって」

「不幸中の幸いで相手は無事だった。でも君は、黙っているのはまずいと思ったわけだよな。それで、叔父さん——堀さんのところに相談に行ったんだろう」

「どうして知ってるんですか?』希が目を見開く。

「君がいない間に、こっちもいろいろ調べたんだよ」堀は比較的素直に取り調べ——ベッドの上にいるから一課もまだ無理はできないようだが——に応じているという。しかし、肝心の部分の供述がまだ得られていない。希は自分から罠《わな》に飛びこんだのか、それとも堀が千載一遇《せんざいいちぐう》のチャンスと見て急遽計画を立てたのか。「いつからこんなことになったんだ?」

「二日? 三日前?」希が首を傾げる。「今日、何日なんですか? 時計もしてなかったし、携帯も取り上げられたから、時間も日付も分からなくなって」

「五日になるな」私は携帯電話のカレンダーで日付を確認した。「君たちが、東京ディズニーランドに行くことになってた日から数えて。その日に、叔父さんの家に行ったんだろう?」

「その日の朝、会いに行きました。前の日の夜のことはお母さんには相談したけど、お父さんの言うことが正しいって言われて……誰にも言っちゃいけないって。でも、新聞に事件のことが載っていたのを見て、私、やっぱり間違っていると思ったんです。相談する人がいなくなって、叔父さんのところに行きました」

「ディズニーランドに行けないって、友だちに連絡しておけばよかったな。そうしたら、もう少し早く見つけてあげられたかもしれない」叱責されたと思ったのか、希がうつむいた。構わず質問を続ける。「お父さんはその日、会社に行ったのか？」

「はい、普通に出かけました」

あんなことがあった翌日に……その日の朝のことを、田村は私に打ち明けてくれた。口数少なく、どこか悲壮な雰囲気を漂わせていた里田。田村がかつて見たことのない社長の姿であり、「何かあった」と直感したという。安岡の事件を新聞で知り、軽い調子で話題にしたところ、里田は態度を一変させた。「余計なことは言うな」と一喝。それ以来田村は、里田が安岡に手を下したのではないかという疑念をずっと抱き続けていた。

「叔父さんに相談か……君のお父さんと叔父さんは仲が悪かったはずだ。普段はつき合いもなかったんじゃないか」

「私には関係ありませんから。叔父さん、昔から私には優しかったし」

「今までも、お父さんに隠れて会ってたのか」

「隠れてたわけじゃないですけど」希がすっと視線を下げる。

「大変な問題で相談できる人は叔父さんしかいなかった。最初は、ちゃんと話を聞いてくれたんだろうな。ところが、叔父さんの様子が急変した」

「別荘に行こうって……何だか様子がおかしかったから嫌だって言ったんですけど、強引に……」

「叔母さんも一緒だったんだね？」あの小屋にいた女の顔を思い浮かべた。まさか警察が来るとは思ってもいなかったという、驚きの表情。私の出現で、それまで張り詰めていた気持ちが一気に崩壊したようだった。

「はい」

「それで、あそこの小屋に閉じこめられたわけだ。怪我はなかったんだよね？　ちゃんと食べてたのか？」

「食べ物は出してくれたけど、ほとんど食べられなかった。変な男の人が何人も出入りしてて、怖くて……」

「ヤクザっぽい感じだった？」

希が素早くうなずいた。離れの周囲を警戒していた男は、安岡の仲間ででもあったのか。まだ身元は確定できていないが、いずれはっきりするだろう。体を震わせ、希が自分の体を抱き締める。横に行って肩を抱いてやりたいという衝動に襲われたが、黙ってこの場から見守るだけにした。十五歳の少女が肩を借りたい相手は、四十五歳の刑事ではないはずだ。

「外で何が起きてるかは分からなかった？　周りの人たちがどんなことを話してるか、聞こえなかったかな」

「分かりません。小屋の中では、誰も何も喋らなかったし」

「そうか……お父さんはいつ、あの小屋へ？　今日の夕方ぐらいだろうか」

「たぶん。時間は分からないけど……」希が両手を拳に固め、こめかみを挟むようにぎゅっと押しつけた。

「いいんだ。今は無理に思い出さなくてもいい。お父さんはいきなり小屋に飛びこんできたのか？」

「そうです。鍵を持ってますから」

「それで撃たれたんだな」

顎を震わせながら希がうなずいた。零れ落ちた涙が、頬に細く白い痕をつける。そのまま泣き崩れてしまってもおかしくなかったのに、彼女はしゃくりあげながらも真っ直ぐ私の目を覗きこんできた。大人と子どもの間でせめぎ合う年齢……この時は、大人の強さが勝った。いや、この瞬間にこそ彼女は大人の一歩を踏み出したのかもしれない。悲惨《ひさん》な経験は、時に人を少しだけ早く大人にする。

「あの……叔父さん、何でこんなことをしたんですか」

「聞いてないんだな？」自分の口から明かすべきかどうか迷い、大雑把《おおざっぱ》な返事を与えることにした。「さっきも言ったけど、君のお父さんとの間に、昔トラブルがあったんだ」

「それはどういう……」

「俺の口から言うべきじゃないかもしれない。兄弟の間の話だし、まだ完全に分かったわけでもないから。いつかお父さんが詳しく話してくれると思う」いつか――おそらく、かなり遠い先に。私が刑事としての義務を果たせば、希は父親から真相を聞く機会を逸してしまう。彼はこれから、いくつかの容疑で訴追される身なのだ。二人の人間に対する殺人未遂容疑。事情はあるにしても、実刑は避けられないだろう。

無理に笑顔を作り、「よく頑張ったね」と褒める。希の顔に笑顔が過ったが、一瞬後には消え、涙を零さないように我慢しているうちに表情が崩れた。本格的に泣き出されたら、私には手の施しようがない。子どもの――特に女の子の扱い方など、とうに忘れてしまっているのだ。

駄目だ。そんなことは言い訳にならない。彼女にきちんと話すのは私の責任だ。

「よく頑張ったよ、君は。一人で心細かっただろう」

「……信じてたから」

「何を?」

「助けに来てくれるって。お父さんが」

憧れの人ではなく、いつも側にいた同級生たちでもなく、父親。自分のために人を傷つけることも躊躇わなかった父親。希が必死に守ってきた何かが崩れた。涙が頰を濡らし、喉の奥から苦しげな呻きが漏れる。ちょっと突けば一気に崩れ落ちてしまいそうだった。ちょっと待て。ここから先、どうすればいいんだ？

その時ようやく、心強い援軍が到着した。愛美と法月。私に比べれば希に年齢の近い愛美と、女の子を一人育て上げた経験のある法月は、この場では最強の組み合わせだろう。ほっと安堵の吐息を漏らした瞬間、二人の顔に浮かぶ暗い表情に気づいた。背後から迫ってきた長岡が二人を追い越す。立ち上がると、私とほとんど胸がくっつかんばかりにして止まった。顔に穴を開けようとでもいうように、じっとりとねめつける。

「えらく勝手なことをしてくれたな」

「必要な件はそちらに引き渡しますよ。それでいいでしょう」

「この件は絶対に問題にする。失踪課は潰してやる」

「一課の管理官が、いつからそんな権限を持つようになったんですか」

「そんなことをお前に心配してもらう必要はない。ふざけた口を叩けるのもここまでだぞ」

「まあまあ、二人ともちょっと落ち着いて」法月が割って入った。小柄な体を私たちの間にこじ入れ、両手を広げて分けようとする。長岡が抵抗して私に手を伸ばしたが、一瞬早く手首を摑まえて押し返した。怒りで我を忘れ、右手を使ってしまったので、肩に鋭い痛みが走る。クソ、鎮痛剤を飲み忘れていた。

「何なんだ、失踪課は？　馬鹿どもの集まりか」

「どうでもいいけど、管理官、人殺しになるつもりですか」

「何だと？」

「法月さんは心臓に爆弾を抱えてるんですよ。あんたのせいで発作が起きたらどうするつもりだ。それに、ここには関係者がいるんです。遠慮して下さい」

希の顔を見やる。怯えが目の中を走った。長岡が思い切り腕を振り、私の手から逃れる。

「いい加減にして下さい」鋭い声に気づいて首を巡らすと、愛美が腰に両手を当てて仁王立ちになっていた。「手術中ですよ。そんなところで騒ぐ馬鹿がどこにいますか」

一塊になっていた私たちは、それぞれ気まずさを隠すための無愛想な表情を浮かべて離れた。その瞬間に「手術中」の赤い灯が消える。希が立ち上がり、胸の前で手をきつく組み合わせた。愛美がさっと近づいて彼女の肩を抱く。

一分ほど経って手術室のドアが開いた。ストレッチャーに乗せられた里田が頭から出てくる。首の所まで青い滅菌布に覆われているが、裸の肩がわずかに覗いていた。全体に酷く白く、血の気が感じられない。希は駆け寄ることもできず、その場で凍りついている。

一方長岡は、迷わずストレッチャーに突進し、緑色の手術衣の首から胸の辺りまでを汗で黒く染めた医師に詰め寄っていく。疲れた目つきから、先ほど私を治療してくれた男だと気づいた。

「まだ麻酔が効いてますから」

「無理です」医師がマスクを外しながら胡散臭そうに言った。「まだ麻酔が効いてますから」

「いつなら話が聴けるんですか。いつ目が覚めますか」

私は長岡の肩を引っ張り、こちらを振り向かせた。殴られるのを警戒してさっと身を引いたところを、両手で肩を押して廊下の壁に押しつける。

「いい加減にしろ。だいたいあんたは、彼を捜していたわけじゃないだろうが。堀の身柄は確保してるんだから、一度に全部やろうとするな。話をするのはこっちが先だ」

「放せ、馬鹿野郎が」

長岡が暴れ始めたが、私はなおも彼の体を壁に押しつけ続けた。

「子どもがいるんだぞ」

「こっちは捜査中だ」

何かの気配を感じて、私は彼の肩から手を放した。暴れていた反動で、長岡が壁から離れてストレッチャーの方に一、二歩よろめきだす。そこに医師が割って入り、肩の入った見事なパンチを胃の辺りに叩きこんだ。長岡の体がくの字に折れ、その場に腰から崩れ落ちる。私は思わず一歩引いて、医師の顔を惚れ惚れと見つめた。彼は顔をしかめて右の手首をぶらぶらと振っていたが、ダメージが大きいのは明らかに長岡の方だった。

「いい加減にして下さい。こっちは何があっても患者さんを守りますからね」

「先生、素人《しろうと》じゃないですね？」私はこみ上げる笑いを噛み殺しながら訊ねた。

「ミドル級。国体準優勝。アマチュア成績二十勝一敗」

言葉もなく、私は賞賛の視線を彼に送るしかなかった。ゆったりとした足取りで歩き出した医師が、音を立てて首を左右に倒す。一瞬だけ立ち止まると肩を上下させ、右拳を思い切り突き上げた。この場に似つかわしくない、無言の勝利の雄叫《おたけ》び。

夜は静かに更けていった。目の上のたんこぶである長岡は私に脅し文句を残して去って行ったが、そもそも脅しになっていなかった。医者にダウンを奪われる刑事など、誰にも相手にされない。

午前二時、現場から引き揚げてきた醍醐が合流する。肩に力が入って盛り上がっていたが、私の顔を見た途端にすっと表情が柔らかくなった。怪我を負わず、銃刀法違反容疑などで逮捕された堀の妻から事情を聴いてきたという。彼の話は、これまで空いていた穴を埋めてくれた。

「オヤジさんたちはどうしました？」里田が眠る病室の前の廊下は冷たく静まり返っており、それに合わせるように醍醐も声を潜めている。

「帰ってもらった。何人もいても仕方ないからな」

「それにしても、森田の射撃には驚きましたね」

「まったくだな。しまった、褒めるのを忘れてた……あいつには命を助けてもらったのに」顔をしかめ、私は指を鳴らした。

「褒めるのは後でいくらでもできるじゃないですか。それより希ちゃんは？」

「明神が面倒を見てる。今日はこの病院に泊まることになるだろうな。母親がこっちに向かってるから、それまではあいつに任せるよ。詳しい事情聴取は、明日東京に戻ってからにしよう。お前さんの方はどうだ？　現場はもう決着がついたのか？」

「一通り終わりました。ちゃんとした現場検証は明日ですが」

「俺たちがつき合う必要はあるのかな」

「それは室長が判断するでしょう」

「そうか……何か食ったか？」

「食べてないですけど、食べる気にもなりませんよ」

私は立ち上がり、思い切り背伸びをした。欠伸を嚙み殺しながら煙草のパッケージを取り出す。病院の中では吸える場所はないはずだが、確か駐車場の隅に灰皿が置いてあったはずだ。時代に迫害される喫煙者は、どこに行ってもいち早く灰皿の場所を嗅ぎつける。

「ちょっと休憩だ。つき合えよ」

「俺はタバコは吸いませんよ」

「いいから」

人気のない廊下を歩き、非常口を捜して駐車場に出る。パジャマの上に分厚いナイロンのコートを引っかけた中年の男が忙《せわ》しなく煙草を吸っていたが、私たちに気づくと慌てて灰皿に投げ捨てた。入院患者だろう。そそくさと建物に入って行く後ろ姿を見ると、サンダル履きの素足が闇に青白く浮き上がっていた。

煙草に火を点け、頭を後ろに倒して煙を噴き上げる。冷たい風が心地好かったが、心の底に蠢《うごめ》く暗いものは微動だにしない。最も面倒な仕事がこれから待っているのだ。

「里田が意識を取り戻したら、すぐに話を聞く。一課の連中に横取りされないうちにな」

「そうですね。早く聴かないと……」醍醐が言葉を呑みこんだ。

「お前の考えてる通りの構図だろう。少なくとも俺はそう思ってる」

「だったら、一課に任せちゃったらどうなんですか」

「いや。俺たちは、希ちゃんに説明する責任がある。そのためにも知っておかないと」父親と早急に話をするのが難しい以上、やはり私が告げなければならない。

「それも一課か、母親がやるべきことじゃないんですか」

「一課の連中はデリカシーがないし、母親はショックで当てにならないだろう。最後までやり遂げようぜ。希ちゃんだって、事実を受け止める力はあると思う。聞く義務もあると思う。十分大人なんだから」

「しかし、ショックでしょうね」

「ああ」私はまだ長い煙草を灰皿に放り入れた。空き缶の上を切り取っただけの灰皿の中では茶色い水が渦巻いており、煙草の紙が解けて漂っている。「里田の事情聴取には、お前もつき合え」

「……いや、しかし」醍醐の顔から血の気が引いた。

「しかしもクソもあるか。世の中の兄弟がどれほど憎み合ってるか、その目でしっかり見届けろ。苦しんでるのはお前だけじゃないんだ」

言い残して建物に入る。醍醐は付いては来ず、外で佇んでいた。しょうがない奴だ——呼びに行こうとした途端、看護師がこちらへ走って来る。

「里田さんに会えますよ」

黙ってうなずき、醍醐を呼びに戻ろうとしたが、彼は既に私の背後に立っていた。その顔には、自分の未来に対して覚悟を決めた者だけが持つ、険しい表情が浮かんでいる。

里田は静かにベッドに横たわっていた。点滴の管が二本、掛け布団の中に消えている。顔色は蒼かったが、意識はしっかりしているようで、私の顔を見る目は澄んでいた。

「十分」先ほど長岡を撃退してくれた医者が、顔の前で指を一本立てた。「それが限界です。十分経ったら……」

「叩き出しますか、チャンプ？」

医師の顔が奇妙に歪む。

「準優勝だって言ったでしょう。チャンプじゃありません。とにかく十分でゴングを鳴らしますよ」

うなずくと、医師が部屋を出て行った。何かを心配しているのか、ドアを細く開けたままにしてある。部屋の灯りは点いていたので、枕もとの電灯には手を伸ばさなかった。あまりにも眩しいと、里田が苦しみそうだった。椅子を引いて彼のすぐ側に陣取る。醍醐は私の背後にやや距離を置いて立った。

「痛みはないですか？」

「ええ」少しかすれていたが、里田の声は意外にしっかりしていた。「希は？　どうしました？」

「無事です。疲れてますけど、怪我はありません。間もなく奥さんがこっちに来ますから、ご心配なく」

「そうですか」全身の空気を抜こうとでもいうように、深く溜息をついた。「よかった……希さえ無事なら」

「無茶しましたね。最初から我々に任せてくれればよかったんですよ。あなたが協力してくれたら、もっと早く捜し出せた」

「それができなかった理由……あなたは知ってるんじゃないか」

「今では分かっています」私は里田の顔を正面から覗きこんだ。「私の仕事は、失踪した人を捜し出すことです。殺人未遂の容疑者を摑まえることじゃない。ただ今回は、結果的にそうなってしまいました。あなたは安岡卓美——スタンダード・インベストメントの手先になって動いていた男に重傷を負わせましたね？」

「証拠は？」里田の喉が大きく上下した。

「あります。これ以上はないという証言が」希の不安そうな顔を思い浮かべる。「ただし、あなたの口から正確な事情を聞きたいと思っています」

里田がゆっくり頭を巡らし、私の顔を見据えた。顔には疲労の色が濃かったが、目だけは強い輝きを放っている。それが痛みからくるものか、怒りからくるものか、私は判断を先送りにした。

里田が唇を引き結んだままだったので、先を促すために私は喋り出した。

「あなたの会社、デジタルプラスワンは、スタンダード・インベストメントから買収攻勢をかけられていた。悪いことにこの投資会社は、暴力団のフロント企業のような存在です。株を買い占めて相手からどれだけ金を引き出せるか、合法と違法の狭間《はざま》、ぎりぎりのところで勝負しているようですね。そいつらがデジタルプラスワンに目をつけた。連中の最終的な要求は何だったんですか？　会社の乗っ取り？　株主総会も二か月後に迫ってますよね」

「私の退任を求めてきました。しかも弟を、次の社長候補に立ててきた。あの馬鹿を……会社を裏切った馬鹿を」里田がぎりぎりと歯嚙みした。そのまま歯が折れてしまうのではないかというほどの激しさだった。下品な台詞は、私が彼に対して抱いていたイメージに合わないものだった。

「それを呑まないなら、これまで買い占めてきた株を高値で買い取れ、ということだったんじゃないですか。表向きは役員の退陣を求めていたけど、その裏では金を吐き出させようとしていた。恐喝ですね――もちろん、簡単には立件できないでしょうが」

表と裏。裏の問題について教えてくれたのは田村だった。彼自身、SIの恐喝まがいの要求には悩まされていたのだ。里田がかなり追いこまれていたのも、その目で見ている。社員に余計な負担をかけまいと、自ら交渉の矢面《やおもて》に立っていたのだ。

「今なら――こうなってしまったら、きちんと証言してもいい。連中は確かに脅しをかけてきました」

「そういう部分を受け持っていたのが、安岡卓美ですね。しかも彼は、あなたの家族にまで手を出そうとした。娘さんを脅しているところを、迎えに行っていたあなたはたまたま見てしまって、その結果、ああいうことになったんですね」

「あのクソ野郎が」里田が歯を嚙み締めると、それが脇腹の痛みを誘発したようだった。

苦悶《くもん》の表情を見て私は呼び出しのベルに手を伸ばしかけたが、里田は私の手首を摑んで押し留める。ゆっくり首を振って「今、話してしまいたい」と小声で告げた。うなずくと、深呼吸をしてから話を続ける。

「希さんは悩んだんですよ。たとえ自分の身を守るためだといっても、あなたのやったことは犯罪です。警察に言うべきではないか、と。正義感から悩んでいたんです」

「そんな必要はなかった。向こうが違法な手段でくる以上、こっちも……」里田の言葉が細く消える。

「希さんは、堀に相談に行きました。この事実を知って、彼は最初、警察に情報提供しようと思った。実際、電話もかけています。しかしその後で翻意《ほんい》したんですね。SIからも圧力があったようです。あの会社は、デジタルプラスワンの買収のために、安岡のような人間を使っていることを認めていないんですよ。確かにあなたが暴力を振るった事実は、会社にとってはマイナスになるかもしれない。しかしそれ以上に、安岡のような人間が存在していたことは、SIのウイークポイントになるんです。諭され、堀はあなたのことを警察へ通告するのは断念した。しかし何としてもあなたを苦しめたい。そのために、希さんを誘拐したんです。元々一つの考えに囚われると、周囲の状況が見えなくなってしまうタイプだったようですね。もしかしたら、SIにも見捨てられたと思ったのかもしれない」

「逆恨《さかうら》みなんだ。弟は、会社の金に手をつけたんです」

「五千万、ですね」

「それも知ってるんですか。完全に調べ上げたんですね……あいつにしてみれば、ちょっとした悪戯だったのかもしれないけど、私は許せなかった。あの会社を作って育ててきたのは私だから。あいつの感覚は、完全に歪んでるんだ」

「あなたは弟さんを会社から追い出した。経営者としては当然かもしれませんが、その後の彼は、緩やかに転落していったようですね。退社後は何をしていたんですか」

「自分で会社を作ったけど、上手くいかなかったようですね。あいつは経営のプロじゃない。そういう才能はないんです。結局会社も潰してしまったようですね」

「そういうことですか……日々の生活に困るようなことはなかったけど、会社に、あなたに対する不満は薄れることはなかったんでしょう。その彼が安岡と——SIと手を組めば、デジタルプラスワンを揺さぶる決定的な材料を提供することができる。自分をまな板に載せるようなものですが、横領事件を揉み消していたのが分かったら、一般の株主もいい顔はしないでしょう。過去の出来事とはいえ、間違いなく犯罪なんですから。SIに、攻める材料を与えてしまったんですね」

「それは私の失敗です」布団の下で、里田が小さくうなずいて認める。「失敗は……」

「最大の失敗は、あなたが衝動的に安岡を殺そうとしたことです。SIとの問題ではないんですよ」

里田の唇が震え出した。きつく目を閉じ、開いた時には一筋の涙が頬を濡らす。私は感情を押し殺したまま続けた。

「あの時は、家族と会社を守るために、安岡を殺してしまっても仕方がないと判断したんですね？　相手はどうせヤクザのような人間だ。死んでも悲しむ人間はいない」

「違う！」里田が腹の底から声を絞り出した。「そんな簡単なものじゃなかった。娘を守るために夢中だったんだ。殺すつもりなんかなかった」

彼の辛い記憶を引き受けるつもりはなかった。私に与えられた時間は十分だけだし、そのうちのかなりの部分を既に消費している。醍醐の話を元に続ける。

「堀のやっていたことは、相当行き当たりばったりだったようですね。上手くいくわけがないのに……堀は安岡の手下と自分の奥さんを引きこんで、希さんをあの別荘に監禁していた。元々あそこの鍵は、あなたが渡していたものですね」

「ずっと昔に」里田がうなずく。声からは力が抜けていた。「渡したことさえ忘れていたけど」

「あなたは——あなたと奥さんは、必死になって希さんを捜した。警察に相談できなかった理由は、今となっては理解できます。あなたは既に殺人未遂を犯していたわけで、安岡が警察の手に落ちれば、その事実も分かってしまう。だから何とか自分で決着をつけなくてはならないと思ったんですね。でも、安岡が意識を取り戻すとは思わなかったんですか」

「賭けでした。あの男だって、脛に傷持つ身です。私にやられたと言えば、警察は当然背景を調べるでしょう。その結果、安岡とSＩの関係が明らかになるかもしれない。ＳＩがそんなことを望むわけがないでしょう。金を使ってか、あるいは……とにかく、安岡の口を封じるんじゃないかと考えました」

「確かに、ＳＩならそれぐらいのことはするかもしれません。あなたはその後、散々堀に引きずり回されたんでしょう。これはまだ想像の段階ですが、堀はどうやってあなたを破滅させるか、具体的な方法は考えていなかったのかもしれない。とにかくあなたを苦しめようと思って、ちくちくと刺激し続けた。その結果が青梅の事故です。あなたは真っ昼間に公道でカーチェイスをやって、血のつながった弟を多摩川に突き落とした」

「殺すつもりはなかった。脅して、希の居場所を吐かせるつもりだった。あんなことになるとは思ってませんでした」里田の声に必死さは感じられなかった。ただ淡々と、自分の置かれた状況を説明するだけである。

「分かっています。それに彼は死んでいませんよ。あなたは、死んだ方が良かったと思うかもしれませんが。ところで、希さんの居場所はどうやって割り出したんですか」

「弟に聞いたんですよ」

「あの事故の後で?」私は目を見開いた。「どうやってそんなことができたんですか?

彼は川の中に転落していたんですよ」

「降りていったんです。水かさは増していましたけど、渡れる場所があって」

「それから希さんを助けるために別荘に行って、いきなり撃たれたんですね」

「お恥ずかしい話です……私は結局、希を助けられなかった。あなたたちが来なかった
ら、今頃どうなっていたか分からない」里田が唾を呑むと、細い喉仏がゆっくりと動いた。

「私は逮捕されるんでしょうね」

「私が逮捕するわけじゃありませんが」

里田が目を見開き、無言で私に問いかけた。静かに首を振ってやる。

「それは私の仕事じゃないんです。私の仕事は希さんを見つけることですし、それは何と
かやり遂げました。あなたに先を越されましたけどね」

「それでいいんですか」

「私はあなたを取り調べたくない。今ここで話を聴いているのは、あくまで非公式な行為
です」

「だけど、あなたは刑事でしょう?」

「刑事である前に父親ですから。しかも私は、娘を失った父親です。希さんを助けるため
に一人で走り回ったあなたの気持ちは……」分かる、とは言えなかった。家族の形は一つ

ずつ違い、まったく同じ感情を共有することは不可能だ。まして私も里田も、身の上に降りかかった出来事は極めて特殊である。単純な同情以上の気持ちは持ち得ない。

　里田がまたゆっくりと唾を呑んだ。そうすることがひどく苦しそうで、顔が歪む。咳きこんだ途端にドアが大きく開き、医師が静かに部屋に足を踏み入れた。

「そこまでです」低いが有無を言わさぬ声で警告を発する。私は黙って立ち上がったが、里田が震える手を伸ばして私の袖を引いた。

「いつか、あなたとはゆっくり話してみたい」

「そういう機会もあるかもしれません」

「あなたも苦しんだんですね？」

　私は長い時間、彼と目を合わせ続けた。彼は私に同情を求めていなかった。

　私に対して同情していた。


　深夜の高速。醍醐は慎重に運転を続けた。私は疲れ切り、傷は痛み、体の芯までぼろぼろだった。シートに後頭部を預けて目を瞑ったが、妙に神経が高ぶって眠れそうにない。喉が嗄《か》れ、煙草さえ吸いたくなかった。目を開けてシートの上で姿勢を直すと、醍醐が声をかけてきた。

「寝てて下さい」

「いや、大丈夫だ」

「お疲れ様でした」

「ああ……お疲れ」

醍醐に何か言葉をかけてやりたかった。家族は憎み合う、お前だけが例外ではないと。だがそれが何の慰めにもならないことは、今では分かっていた。それぞれの家庭のそれぞれの事情。他人の痛みを自分の薬にすることはできない。

「自分、大丈夫ですから」車が風を切る音に消えそうな声で、醍醐が言った。

「そうか」

「ぐずぐず悩んでも、兄貴は帰ってきません。その分、自分が一生懸命生きるしかないんですよね」

「おい、そういう台詞は俺が言うべきだろう。せっかく説教してやろうと思ったのに」

「オス」私の視界の端で醍醐がにやりと笑ったが、すぐに真顔になってつけ加えた。「高城さん、死んだと決まったんじゃなければ、何とかなるんじゃないですか。諦めることはないんじゃないですか……すいません！　生意気言いました」

「馬鹿、俺に説教するな」

私は頬杖をついて真っ暗な高速道路に目をやった。何も見えず、視界に入るのは、窓に映る疲れ切った中年男の顔だけである。

諦めることはない、か。里田が必死に走り回ったように？　そうかもしれない。綾奈の顔が見えないかと、必死で目を凝らす。だがこういう時に限って、何も見えてこないのだった。まるで気紛れな十四歳そのままであるように。

しまった、と腿を平手で叩く。拓也に連絡するのを忘れていた。この件を話したら、彼はどんな反応を見せるだろう。ひどい話だ。衝撃が走り、仲良しグループの関係は崩壊してしまうかもしれないが、彼らは間もなく新しい一歩を踏み出すのだ。一年ごとに区切りが来る学生の生活を、初めて羨ましいと思う。社会に出てしまうと、毎日は連綿と続く長い織物のようになり、過去を清算している暇はなくなってしまう。

「なあ、醍醐。春休みが欲しいと思わないか？」

「有休でも取ればいいんじゃないですか」

呑気な口調で言う彼の横顔をちらりと見た。簡単にそんなことができないのは、私も彼もよく知っている。仕事をリセットするための時間など、私には許されないのだ。酒も役には立たない。私にとっての酒は、単に感覚を麻痺させるための薬でしかないから。

ではどうする？

呑みこんでしまうしかない。笑えなくとも全て呑みこんでみせる。いつかは腹の中に黒いものを抱えたままで笑える日が来るかもしれない。

この作品はフィクションで、実在する個人、
団体等とは一切関係ありません。
本書は書き下ろしです。

DTP　ハンズ・ミケ

中公文庫

# 相《そう》　剋《こく》
## ——警《けい》視《し》庁《ちょう》失《しっ》踪《そう》課《か》・高《たか》城《しろ》賢《けん》吾《ご》

2009年4月25日　初版発行

著　者　堂《どう》場《ば》瞬《しゅん》一《いち》

発行者　浅海　保

発行所　中央公論新社

〒104-8320　東京都中央区京橋2-8-7
電話　販売 03-3563-1431　編集 03-3563-3692
URL http://www.chuko.co.jp/

印　刷　三晃印刷

製　本　小泉製本

©2009 Shunichi DOBA
Published by CHUOKORON-SHINSHA, INC.
Printed in Japan　ISBN978-4-12-205138-6 C1193

定価はカバーに表示してあります。
落丁本・乱丁本はお手数ですが小社販売部宛お送り下さい。
送料小社負担にてお取り替えいたします。

各書目の下段の数字はISBNコードです。978－4－12が省略してあります。

## 中公文庫既刊より

と-25-15 **蝕罪　警視庁失踪課・高城賢吾**　堂場瞬一

都民の声を受け、警視庁に新設された失踪事案を専門に取り扱う部署・失踪課。その実態はお荷物署員たちを集めた窓際部署で……新シリーズ開幕！

205116-4

と-25-7 **標《しるべ》なき道**　堂場瞬一

「勝ち方を知らない」ランナー・青山に男が提案したのは、ドーピング。新薬を巡り、三人の思惑が錯綜する——レースに全てを懸けた男たちの青春ミステリー。〈解説〉井家上隆幸

204764-8

と-25-10 **焔《ほのお》 The Flame**　堂場瞬一

大リーグを目指す無冠の強打者と、背後で暗躍する代理人。ペナントレース最終盤の二週間を追う、緊迫の野球サスペンス。〈解説〉芝山幹郎

204911-6

と-25-14 **神の領域　検事・城戸南**　堂場瞬一

横浜地検の本部係検事・城戸南は、ある殺人事件の真相を追ううちに、陸上競技界全体を蔽う巨大な闇に直面する。あの「鳴沢了」も一目置いた検事の事件簿。

205057-0

ほ-17-1 **ジウⅠ　警視庁特殊犯捜査係**　誉田哲也

都内で人質籠城事件が発生、警視庁の籠城・誘拐事件専門の捜査一課特殊犯捜査係〈SIT〉も出動するが、それは巨大な事件の序章に過ぎなかった！　警察小説に新たなる二人のヒロイン誕生‼

205082-2

ほ-17-2 **ジウⅡ　警視庁特殊急襲部隊**　誉田哲也

誘拐事件は解決したかに見えたが、依然として黒幕・ジウの正体は掴めない。捜査本部で事件を追う美咲。一方、特進をはたした基子の前には謎の男が！　シリーズ第二弾‼

205106-5

ほ-17-3 **ジウⅢ　新世界秩序**　誉田哲也

〈新世界秩序〉を唱えるミヤジと象徴の如く佇むジウ。彼らの狙いは何なのか？　ジウを追う美咲と東は、想像を絶する基子の姿を目撃し……⁉　シリーズ完結篇。

205118-8

も-25-1
スカイ・クロラ The Sky Crawlers　森　博嗣
戦闘機乗りの僕には、戦闘が日常。直接ではないけれど、人を殺す……森博嗣が新境地に挑んだ意欲作、待望の文庫化。〈解説〉鶴田謙二
204428-9

も-25-2
ナ・バ・テア None But Air　森　博嗣
空でしか笑えない「僕」は、飛ぶために生まれてきた子供なんだ——永遠を生きる子供が紡ぐ物語。森博嗣の新境地、待望の第二作！〈解説〉よしもとばなな
204609-2

も-25-3
ダウン・ツ・ヘヴン Down to Heaven　森　博嗣
戦闘機に乗ることに至上の喜びを感じる草薙だが、戦闘中に負傷し入院、鬱屈した日を過ごすことに。組織に守られる身になじめないまま——〈解説〉室屋義秀
204769-3

も-25-5
フラッタ・リンツ・ライフ Flutter into Life　森　博嗣
沢山の命が、最後だけ、ほんの一瞬だけ、光ってから散っていくみたいだった——地上での濁った生よりも輝くものを知っている「僕」たちの物語。転換の第四弾！〈解説〉荻原規子
204936-9

も-25-7
クレィドゥ・ザ・スカイ Cradle the Sky　森　博嗣
「僕」は病院を抜け出し「彼女」の車で地上を逃げる。二度と空には、戦闘機には戻れないと予感しながら——空を生きる子供たちの物語。〈解説〉押井　守
205015-0

も-25-8
スカイ・イクリプス Sky Eclipse　森　博嗣
空で、地上で、海で……「彼ら」は「スカイ・クロラ」の世界で生き続ける——永遠の子供を巡る大人気シリーズ、最初で最後の短編集。〈解説〉杉江松恋
205117-1

こ-40-9
復　讐　孤拳伝1　今　野　敏
九龍城砦のスラムで死んだ母の復讐を誓った少年・剛は苛酷な労役に耐え日本へ密航。暗黒街で体得した拳を武器に仇に闘いを挑む。本格拳法アクション。
205072-3

こ-40-10
漆　黒　孤拳伝2　今　野　敏
松任組が仕切る秘密の格闘技興行への誘いに乗った剛は、賭け金の舞う流血の真剣勝負に挑む。非情に徹し、邪拳の様相を帯びる剛の拳が呼ぶものとは！
205083-9

堂場瞬一
好評既刊

# 刑事・鳴《なる》沢《さわ》了《りょう》
## シリーズ

①雪虫　②破弾
③熱欲　④孤狼
⑤帰郷　⑥讐雨
⑦血烙　⑧被匿
⑨疑装　⑩久遠（上・下）

刑事に生まれた男・鳴沢了が、
現代の闇に対峙する――
気鋭が放つ新警察小説

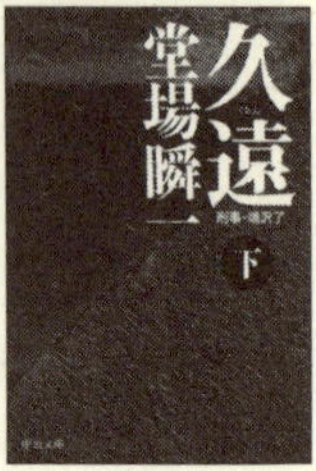